LA PRIGIONIERA DELL'HIGHLANDER

Al tiempo degli highlander, libro I

MARIAH STONE

Traducción:
TIZIANA PENNATO

Traducción:
VALERIA SALERNO

Stone Publishing

Titolo dell'opera originale

HIGHLANDER'S CAPTIVE

©Mariah Stone, 2020

Traduzione dall'inglese di

TIZIANA PENNATO e VALERIA SALERNO

©Stone Publishing febbraio 2022

ISBN

La libertà come la vita
si merita soltanto chi ogni giorno
la dovrà conquistare..
—JOHANN WOLFGANG VON GOETHE[1]

---

1. Johann Wolfgang von Goethe, Faust, a cura di Franco Fortini, Mondadori, *I Meridiani*, 1999.

PROLOGO

La croce di fuoco bruciava.

Boom. Boom. Boom. Il suono di centinaia di mani che battevano sui tamburi rimbombava nel petto di Craig Cambel, il suo cuore martellava seguendo il ritmo.

Alle sue spalle erano in attesa duecento uomini del clan Cambel. Ogni singolo uomo aveva risposto all'antica chiamata della croce in fiamme, che si ergeva accanto al cavallo del loro capo.

La chiamata alle armi.

La chiamata per riscattare l'onore perduto.

La chiamata in soccorso dei propri cari.

Il castello di Dunollie, sede del clan MacDougall, si stagliava minaccioso davanti a Craig. Aveva mura di cinta a quattro lati, una porta proprio di fronte ai Cambel e una semplice torre quadrata a tre piani nell'angolo destro. Sul tetto e sulle mura gli arcieri si tenevano pronti, le corde tese, le frecce puntate su Craig e i suoi uomini.

Ma le frecce incendiarie dei Cambel si preparavano a rispondere. L'ariete da sfondamento era in posizione davanti alla porta. Le lunghe scale da assedio, alcune riparate, altre costruite per l'occasione, erano pronte all'uso.

Sir Colin Cambel, capo del clan nonché nonno di Craig, alzò una mano e i tamburi tacquero all'istante.

«John MacDougall!». Il suo grido si propagò lontano, nel cielo plumbeo, riecheggiando tra le rocce e le mura. «Fatevi vedere!».

Gli arcieri sul tetto si spostarono, facendosi da parte. Un uomo apparve tra loro.

«Cambel», urlò. «Siete tornato per restituirmi le mie terre?»

«Queste terre mi sono state concesse dal re John Balliol e non sono più vostre».

«*Aye*, siete stato troppo precipitoso ad accettarle. Non avreste dovuto dimenticare che siete ancora un mio vassallo».

«Sembra che siate voi a dimenticare le cose. Cose come l'onore. Come mantenere la parola data. Come proteggere i vostri vassalli».

«Non devo nessuna protezione ai ladri».

«Ladri?». Sir Colin sputò a terra. «Come osate? Restituitemi mia nipote. E se ancora sapete cosa è bene per voi, consegnatemi quel bastardo di vostro figlio, che non sa accettare un *nae* come risposta da una fanciulla. Gli insegnerò qualcosa sull'onore. È evidente che suo padre ha fallito in questo».

La mano di Craig si strinse attorno all'elsa della *claymore*. Ripensò al giorno in cui sua sorella Marjorie era scomparsa. Era uscita dal castello con l'ancella per raccogliere le erbe aromatiche per cucinare. Dopo un po' l'ancella era tornata di corsa da sola, urlando, tremante, con una ferita profonda sulla guancia.

Ci erano volute due settimane di ricerche e interrogatori prima che i Cambel capissero chi l'aveva presa.

Alasdair MacDougall.

Il figlio del padrone delle loro terre.

Craig strinse i denti, il bisogno di trovare quel bastardo e liberare sua sorella bruciava come una ferita.

John MacDougall rimase in silenzio per un momento. «Se

volete vostra nipote, Sir Colin, dovrete venire a prendervela. È promessa a mio figlio e non ve la ridarò finché lui non la vorrà più».

Cadde il silenzio sulle rive della baia di Oban. Craig lo sentiva: la giornata non sarebbe finita senza che fosse versato del sangue.

Restava da capire se Marjorie fosse stata ferita o meno.

Un ruggito di rabbia gli si formò nelle viscere, gli risalì nella gola e si liberò sul campo di battaglia. I MacDougall lo guardavano. Gli uomini dei Cambel erano in tensione, pronti a lanciarsi al segnale.

«Se vostro figlio le ha torto anche solo un capello...». Craig sentì la propria voce propagarsi nell'aria. «Lo scopo della mia vita sarà rendere la sua morte lunga e dolorosa».

La sua famiglia scalpitava. Il padre a cavallo al suo fianco, i due fratellastri, il nonno, gli zii e i cugini erano tutti lì. Il resto del clan li seguiva, con le asce e le spade puntate in alto, verso il cielo. Il fragore ricominciò, non di tamburi questa volta, ma delle armi contro gli scudi.

«*Cruachan*!». Sir Colin lanciò il grido di battaglia dei Cambel e il clan lo ripeté. Corse attraverso il campo di battaglia rimbombando, unendoli come fossero un solo uomo.

Forse li attendeva la morte, ma sarebbero morti volentieri per i loro cari. Per ciò che era giusto.

E Craig non avrebbe esitato a dare la vita per salvare sua sorella.

Partirono all'attacco. Proteggendosi dalle frecce, che piovevano su di loro come grandine, arrivarono alla torre. I loro arcieri scoccarono frecce infuocate verso il castello e le prime trovarono il legno tra le pietre.

La morte scelse le proprie vittime tra i Cambel. Grida di dolore dei guerrieri. Carni lacerate. L'intenso odore metallico del sangue sospeso nell'aria aizzava la furia e la paura di Craig.

Corse in avanti e riuscì a raggiungere le mura.

L'ariete colpì la porta del castello. Le scale furono piazzate, ma il nemico le spinse via e alcune caddero. Altre rimasero erette e gli uomini cominciarono a salire.

Il cuore di Craig batteva così forte da fargli pulsare le tempie. Guardò a destra e a sinistra, cercando di vedere oltre gli uomini del suo clan. Come poteva introdursi nel castello senza che i nemici lo notassero?

Stringendo lo scudo sopra la testa, corse verso destra, lungo la colonna degli uomini del suo clan che si stavano arrampicando sulle scale da assedio. Il piano del loro capo prevedeva di prendere d'assalto le mura anteriori e occidentali, entrambe basse. In modo da richiamare l'attenzione dei MacDougalls su quelle due aree.

Non a oriente.

Girò l'angolo e corse lungo il muro occidentale della torre, che portava alla cortina muraria. Si fermò sotto tre finestre, una per ogni piano.

Fino ad allora nessuno dalla torre si era accorto di lui. Tutti gli arcieri stavano guardando nella direzione in cui si trovava la maggior parte degli uomini del suo clan.

E Craig era bravo ad arrampicarsi.

Si mise lo scudo sulla schiena, prese i due coltelli da arrampicata e guardò in alto. Aveva solo bisogno di raggiungere la finestra più bassa.

«È solo una montagna scoscesa», si disse. «Ti sei arrampicato su rocce altrettanto ripide decine di volte».

Questo è per Marjorie.

I solchi tra le pietre erano perfetti per i coltelli. Conficcarne uno nella prima fessura gli procurò una grande soddisfazione, quasi come colpire al cuore un MacDougall.

Si tirò su con un braccio e affondò il secondo coltello più in alto.

Traditori.

Si tirò su ancora una volta, i muscoli delle spalle e i bicipiti stridevano per lo sforzo, la sua rabbia trovava un po' di sollievo.

Un altro affondo, più in alto, sabbia e polvere caddero dal foro. Il terzo...

Qualcuno dall'alto gridò e una freccia lo sfiorò, cadendo poi al suolo.

Alzò gli occhi. Gli uomini sul tetto stavano puntando le frecce su di lui.

Più veloce. Più veloce!

Un'altra freccia gli sfiorò la spalla.

Si sbrigò, colpendo la parete con più rapidità e tirandosi su. Qualcosa di affilato gli bruciò la spalla: una freccia lo aveva graffiato.

Aveva quasi raggiunto la finestra. Un altro affondo nel muro e si issò sulla piccola sporgenza del davanzale. Infilò il coltello nella fessura tra le imposte di legno e sollevò il chiavistello. Cedette e le imposte si spalancarono.

Craig sbirciò dentro. Gli bruciavano i muscoli per lo sforzo di arrampicarsi. Era una camera da letto. La flebile candela che tremolava in un angolo proiettò l'ombra di una persona. C'era qualcuno in piedi contro la parete alla sua destra.

Craig staccò un sassolino dal muro e lo lanciò dentro la stanza.

Un'asse di legno volò dalla finestra. Lui si diede un'altra spinta e saltò nella stanza. Mentre atterrava, afferrò la persona che lo aveva attaccato – una donna – e le bloccò le braccia dietro la schiena.

Le puntò il coltello alla gola.

«Marjorie Cambel», disse. «Dove si trova?».

La donna era la moglie di John MacDougall. Nell'angolo accanto al letto erano rannicchiati dei bambini. Craig si guardò intorno. Non c'era nessun altro.

«Dove si trova?», ripeté più forte, premendo più a fondo la lama. «Non intendo farvi del male, sono venuto per mia sorella».

La donna serrò gli occhi. «Al terzo piano», disse. «Nella camera esposta a est. Come questa».

La lasciò andare, sguainò la *claymore* dal fodero sulla schiena, socchiuse la porta e sbirciò nel corridoio.

Poteva fidarsi delle parole della donna? E se lo avesse mandato ai piani superiori, dove avrebbe trovato maggiore resistenza?

Bene, stava per scoprirlo.

Sentì dei passi pesanti giù nella sala. L'ariete aveva sfondato la porta di legno del castello.

Salì di corsa le scale strette e sbirciò dietro l'angolo.

Due guardie corsero verso di lui. La spada incrociò la spada e lo scudo, e iniziò la danza che gli era stata insegnata fin da quando era stato in grado di tenere in mano un'arma. *Clank. Swoosh. Bang.* Uno a terra, con una ferita profonda sul fianco, l'altro privo di sensi.

Craig salì di corsa la rampa di scale successiva.

Le grida provenienti dal tetto erano più forti al terzo piano. L'odore di fumo gli riempì le narici. Il tetto di legno doveva essere in fiamme: doveva sbrigarsi a portare Marjorie fuori da lì prima che il fuoco inghiottisse il piano superiore.

Entrò nel corridoio in silenzio. Una guardia era in piedi davanti alla porta della camera. Si girò verso di lui. I loro sguardi si incrociarono. L'uomo aveva appena alzato la spada quando Craig lo attaccò, colpendolo con lo scudo. Una seconda guardia arrivò dalle scale e lui la colpì con la *claymore*, squarciandole una coscia.

Un'altra lo attaccò, ma un forte boato proveniente dal pianterreno attraversò l'aria, e le mura tremarono. I suoi erano riusciti a sfondare la porta? Schivò la spada della guardia e la colpì all'addome.

Quando l'uomo cadde, Craig si affrettò verso la porta che guardava a est. La aprì... e fu accolto da una spada che lo ferì a un fianco.

Il dolore lo accecò, il suo stesso grido gli attraversò il corpo. Gli mancò la terra sotto i piedi, fu colto dalle vertigini.

Colpì a sua volta, ma mancò il bersaglio. Cadde su un ginocchio e alzò la *claymore* per incrociare la spada. La respinse, si alzò.

Alasdair.

«Voi, maiale», gridò Craig.

Sul letto era distesa una figura pallida, i capelli scuri sparsi sul cuscino, il viso nell'ombra. Ma avrebbe riconosciuto sua sorella ovunque. La gamba nuda, esposta senza pudore, era coperta di graffi e lividi, e di sangue incrostato sull'interno coscia.

Era morta?

«Che cosa le avete fatto?», gridò Craig.

«Solo quello che si merita con quel carattere ostinato!», ringhiò Alasdair.

Con un ruggito, Craig lo attaccò di nuovo. Ma Alasdair era un guerriero migliore delle sue guardie: lo schivò, poi si scagliò di nuovo contro di lui, colpendo la sua spada. Le loro *claymore* si incontrarono, ma Craig era più debole, la ferita al fianco gli toglieva le forze.

«Vi ucciderò, verme!», ringhiò a denti stretti sul viso del MacDougall.

Alasdair premette la *claymore* di contro quella di Craig, che, raccogliendo le forze nel profondo dell'anima, la respinse. Il MacDougall indietreggiò barcollando e questo fu sufficiente. Con un movimento rapido, puntando al cuore, Craig affondò la propria arma. Alasdair urlò e rimase immobile, un'espressione di stupore misto a dolore sul volto. Craig estrasse la spada e l'uomo crollò a terra.

Dietro la porta il rumore dello scontro si fece più forte.

Bene. Erano entrati nella torre.

Craig cadde in ginocchio accanto a Marjorie e gli si gelò il sangue nelle vene. Il petto della sorella si alzava e si abbassava, anche se in modo flebile. Il viso era stravolto, pieno di tagli e graffi. Aveva un occhio gonfio e completamente chiuso, la pelle rossa e violacea. Le labbra tagliate e il naso sembrava rotto. Il vestito strappato e sporco. Era addormentata. O forse priva di sensi.

«Marjorie», sussurrò Craig sfiorandole i capelli con la mano.

Lei sollevò le palpebre, giusto un po', e lo guardò. Le si riempirono gli occhi di lacrime e sulle labbra le apparve l'accenno di un sorriso.

«Fratello», disse con voce rotta.

La porta si spalancò ed entrò suo cugino Ian, con il volto livido e insanguinato, il *léine croich* – un giaccone lungo fino al ginocchio, pesantemente imbottito – tagliato, strappato e intriso di sangue.

«L'ho trovata», disse Craig.

«Bene», rispose Ian. «Andiamocene. La strada è libera».

Craig avvolse la sorella in una coperta e la prese in braccio. Sembrava così piccola, non pesava quasi niente. Quando mise piede nel corridoio tenendola tra le braccia, gli uomini smisero di combattere e lo guardarono. C'era suo padre, il cui viso si contrasse in una smorfia di dolore alla vista della figlia. Lo zio Neil e i suoi figli. Tristezza e rabbia brillavano nei loro occhi.

Ian scese le scale prima di lui, per controllare che non ci fossero pericoli in agguato, la spada pronta. Ma quando Craig iniziò a scendere, il combattimento si interruppe anche al piano inferiore.

Quando finalmente uscì nella chiara luce del giorno, il sangue copriva l'erba, facendola sembrare viola.

Poi con dolore vide un viso familiare tra i guerrieri caduti sul campo.

Sir Colin Cambel.

Il capo.

Suo nonno.

Craig gli si avvicinò e crollò in ginocchio, continuando a stringere Marjorie tra le braccia. Prese la mano del nonno e la strinse nella sua. Una lacrima gli solcò la guancia.

Ian gli posò una mano sulla spalla.

«Lei è con me, Sir Colin», disse Craig. «La vostra morte non è stata vana. Giuro sul vostro corpo e sul vostro cuore che non mi fiderò mai più di un MacDougall. E non permetterò mai più che un Cambel sia vittima dei loro tradimenti».

CAPITOLO 1

Castello di Inverlochy, Scozia, novembre 2020

Amy MacDougall si appoggiò alle mura del castello e chiuse le palpebre. Si lasciò scaldare dal sole di novembre, un sollievo dopo tre giorni di pioggia gelida.

Jenny, sua sorella, venne a sedersi su una pietra al suo fianco.

«Tutto bene con i ribelli?», le chiese Amy.

«Vedremo». Jenny lanciò un'occhiata dubbiosa alla corte ricoperta di erba in cui una decina di adolescenti camminava, rideva, correva e si faceva selfie. «Zach ha intenzione di arrampicarsi su quella torre e cantare *The Star-Spangled Banner*». Fece un cenno in direzione della torre diroccata dall'altra parte della corte. «Certo, sta cercando di fare colpo su Deanna. Ecco, tu sei in posizione strategica per intercettare Gigi se dovesse decidere di andare a vedere se ci sono scheletri nelle segrete della torre orientale».

Indicò con il capo alla loro sinistra e Amy guardò accigliata l'ingresso buio della torre. Le vennero i brividi al pensiero di essere imprigionata tra quelle mura spesse due metri e l'antico soffitto che poteva crollare in qualsiasi momento.

Il sorriso di Jenny si spense.

«Stavo scherzando, tesoro», disse, «niente sotterranei per te».

Amy scosse la testa e si sforzò di sorridere. «Va tutto bene, dai. Sto bene. Posso entrare in una segreta. Andare in posti pericolosi fa parte del mio lavoro. Non è per questo che mi hai chiesto di venire?»

«Be', si spera che non succeda niente. È bello avere un'agente di ricerca e soccorso come spalla in una gita scolastica, ma non è per questo che ti ho proposto di rimpiazzare Brenda. Voglio passare del tempo con mia sorella».

Amy appoggiò la testa contro il muro. «Già, quando comincia quella parte del programma? Pensavo ci sarebbero stati più whiskey, più figaccioni delle Highlands e meno drammi adolescenziali».

«Be', mi spiace. Lo pensavo anch'io. Brenda ha molta più autorità su di loro, li comanderebbe con il pugno di ferro. Pensano che io sia debole. Oddio, credi che sentano la mia paura come i cani?».

Amy ridacchiò. «Sì, riesco a sentirla persino io».

Risero entrambe, Amy appoggiò la testa sulla spalla della sorella. Quando era stata l'ultima volta che avevano riso insieme in modo così spensierato? Sia la North Carolina che il Vermont erano pieni di ricordi, saturi del retrogusto nauseante del rifiuto e della paura.

Ma lì non c'era niente di tutto questo. C 'erano aria pura e fredda, mura antiche e spesse, e la bellezza selvaggia e mozzafiato delle Highlands. Quello era il regno dei colori dell'autunno, come se persino le rocce fossero coperte di ruggine, il muschio crescesse ovunque e le foglie fossero sempre ingiallite. C'era così tanta storia – centinaia, migliaia di anni – e anche una parte di lei apparteneva a quei luoghi.

«Pensi che qualcuno dei nostri antenati sia vissuto qui?», chiese Amy.

Jenny alzò le spalle. «Forse. Il nonno lo avrebbe saputo».

«Già, lui lo avrebbe saputo».

«Anche papà probabilmente...». Jenny si irrigidì all'improvviso e rimase a bocca aperta.

«È tutto okay», le disse Amy. «Puoi nominare papà. Come sta?».

Jenny deglutì e si guardò le mani. «Bene. Chiede di te».

Amy strinse le labbra, aveva un nodo in gola. «Perfetto, anche io sto chiedendo di lui, vedi? È ancora sobrio?»

«Sì. Resiste».

«Bene. È una cosa buona».

«Sì. A proposito, grazie per i soldi. Di nuovo».

«Nessun problema. Non puoi prenderti cura di lui da sola con uno stipendio da insegnante».

Era dura parlare di suo padre. Per distrarsi dal fastidio che sentiva in gola ed evitare l'espressione di gratitudine della sorella, Amy si concentrò su un arbusto spoglio che cresceva vicino alle mura alla sua destra.

«Non sono sola. Ho Dave...». Jenny spalancò gli occhi guardando verso la corte. «Hey! Zach! Fermati, torna subito giù!».

Ma Zach era già a metà del cumulo di pietre crollate, diretto verso la cima della torre, e non sembrava intenzionato a rallentare. Jenny saltò in piedi e corse verso di lui agitando le braccia e urlandogli di fermarsi. Amy si drizzò a sedere, in allerta, pronta a reagire. Sfiorò con la mano lo zaino, in cerca della forma rassicurante del kit di primo soccorso che conteneva.

«Che deliziosa frotta di bambini», disse una voce femminile cadenzata.

Amy alzò lo sguardo verso destra. C'era una giovane donna in piedi vicino all'arbusto spoglio che stava fissando un momento prima. Nell'aria c'era profumo di lavanda e di erba tagliata di fresco. Che strano. Aveva la pelle d'oca. Ricordava di aver provato una sensazione simile ogni volta che lei e Jenny si erano raccontate storie di fantasmi: all'improvviso il buio diventava più fitto negli angoli della stanza e lei riusciva quasi a vedere forme a cui prima non aveva fatto caso.

La donna era carina, con lineamenti delicati, pelle diafana e minuscole lentiggini su naso e guance, che sembravano una spruzzata di cannella. Un mantello di lana verde scuro le scendeva dalle spalle e il cappuccio copriva i lucidi capelli ramati.

«Già», disse Amy. Doveva aver perso la capacità di chiudere la bocca.

Guardò l'ingresso a nord, che distava circa tre metri. Quella donna si era intrufolata da lì senza farsi notare?

«Sono una deliziosa... frotta», disse Amy.

Zach era arrivato in cima alla torre e aveva cominciato a cantare. «*Oh, say can you see, by the dawn's early light...*».

«Cosa sta cantando?», chiese la donna. «Mi piace questa canzone...».

Inclinava il capo da un lato all'altro al ritmo incerto delle urla di Zach.

«Ehm... È l'inno americano...», rispose Amy.

«Oh. L'inno americano. Me lo devo ricordare».

Amy sorrise educatamente. Chi era quella donna? Sembrava indossare un costume storico sotto il mantello, una lunga gonna di lana verde e una sottoveste bianca che spuntava appena da sotto l'orlo.

«Bello il tuo costume», disse Amy. «Sei una guida turistica?»

«Una guida turistica?». La donna rise. «Immagino che si potrebbe dire così. Mi chiamo Sìneag. E voi?»

«Amy».

Zach continuava a cantare a squarciagola. «*And the rocket's red glare, the bombs bursting in air...*».

Fece un passo indietro perdendo l'equilibrio e il gruppetto dei suoi compagni, Jenny inclusa, urlò.

«Scendi da lì, Zach! Subito!», gridò Jenny. «O niente telefono fino alla fine del viaggio».

Ma Zach aveva occhi solo per Deanna, che cantava con lui.

«Aw, sembra innamorato», disse Sìneag.

Amy ridacchiò. «Dubito sia *amore*. Desidera attenzioni, come tutti i ragazzi della sua età, solo questo».

«Oh, *aye*? Voi conoscete l'amore?».

Amy incrociò le braccia. Sìneag era una del posto, senza dubbio, e forse era normale da queste parti saltare le frasi di circostanza e andare dritti al punto.

«Se conosco l'amore? Sono stata innamorata. Chi non lo è stato?»

«Ma non avete ancora incontrato il vostro uomo...», disse Sìneag lentamente, accarezzandosi il mento.

«Il mio *uomo*?», rise Amy.

«*Aye*, l'uomo che amerete davvero. Quello per cui cambierete. Quello con il quale vorrete condividere anche il giorno della vostra morte. Quello per cui sarete disposta ad attraversare nazioni, oceani, montagne... e persino il fiume del tempo».

Amy sospirò sorridendo. «Non avrò mai un uomo del genere. Il tipo di relazione che descrivi non esiste».

Sìneag inclinò la testa. «Come fate ad esserne così sicura, Amy?»

«Perché sono stata sposata. Pensavo fosse la mia anima gemella, ma adesso sono divorziata».

Sìneag la osservò pensierosa. «Sapete come fu costruito questo castello?»

«L'ho letto nel cartellone informativo: costruito dal potente clan Comyn nel tredicesimo secolo».

«*Aye*, ma sapevate che è stato costruito su una roccaforte dei Pitti?».

Amy sollevò le sopracciglia. «Non lo sapevo».

«Oh, *aye*. E loro, i Pitti, sapevano fare magie potenti. Sapevano aprire il fiume del tempo e costruirvi sotto un tunnel segreto per aiutare le persone ad attraversarlo».

Amy sorrise. Adorabile. Le piacevano le favole.

«Intendi viaggiare nel tempo?»

«*Aye*».

«Non ho mai sentito favole sui viaggi nel tempo. Racconta!».

«Dunque, il castello fu costruito sopra una pietra che consente di aprire uno di questi tunnel. Solo una persona che abbia uno scopo per affrontare il viaggio lo può riaprire».

Il sorriso di Sìneag divenne malizioso e Amy sollevò le sopracciglia.

«Una volta qui viveva un highlander», disse Sìneag, «un certo Craig Cambel. Un valoroso guerriero e un uomo d'onore. Conoscete Re Roberto I di Scozia?».

Amy si chiese perché Sìneag non avesse risposto alla sua domanda in modo diretto, ma forse stava introducendo la storia del viaggio nel tempo.

«La Guerra di indipendenza scozzese, giusto?», disse. «Prese il castello di Inverlochy ai Comyn, c'è scritto nel cartellone informativo».

«*Aye*. I Cambel — si chiamano Campbell in questa epoca — erano suoi alleati. Re Roberto chiese a Craig di difendere il castello dai suoi nemici».

Amy ridacchiò. «Deve essere stato un uomo importante, questo Craig».

«*Aye*, era un uomo capace di grandi imprese, ma con una profonda tristezza nel cuore. Il Clan dei MacDougall aveva tradito lui e la sua famiglia e questo lo segnò per tutta la vita. Giurò di non fidarsi mai più così facilmente».

«Grazie a Dio non ci incontreremo mai, io sono una MacDougall».

Gli occhi di Sìneag brillarono. «Lo siete davvero?»

«Ebbene sì. I miei nonni emigrarono dalla Scozia agli Stati Uniti, quindi io sono americana. Ma il mio cognome è MacDougall».

«*Aye! Aye!* Bene». La voce di Sìneag tremava dall'eccitazione.

Amy si accigliò, qualcosa in quelle parole la mise in guardia.

«In ogni caso», disse. «Che ne è stato di quel Craig? Ha viaggiato nel tempo o qualcosa del genere?»

«*Nae*, non lo fece. Sposò una brava ragazza per assicurare un'alleanza tra clan, ma non fu mai felice. Visse la sua vita come un brav'uomo. Un brav'uomo sempre solo».

Amy strinse le labbra per contrastare la strana ondata di emozioni suscitata dalle parole di Sìneag: tristezza e solitudine.

La disperazione della solitudine e dell'abbandono le era fin troppo familiare.

«Già», disse. «Alcune persone non riescono mai a guarire dalle ferite troppo profonde».

Gli occhi di Sìneag brillarono di comprensione ed empatia. «*Aye*. E se la persona capace di curarle vivesse oltre il fiume del tempo?»

«Allora dovrebbero usare quel tunnel dei Pitti, suppongo».

«*Aye*, Amy! È proprio vero». Sìneag batté le mani come una bambina. «Lo avete detto voi stessa».

Un movimento attirò l'attenzione di Amy. Zach stava scendendo di corsa dalla torre diroccata verso Deanna.

«Stai attento!», gli gridò Jenny.

Appena Zach fu sceso, Deanna fuggì strillando. Lui la inseguì, con un urlo a metà tra un grido di battaglia e il verso di uno scimpanzè in calore.

Non sarebbe finita bene. Dimenticando Sìneag, Amy non distolse lo sguardo da Deanna, che correva in cerchio nel cortile per sfuggire agli abbracci maldestri di Zach. Poi la ragazza si lanciò verso di lei, più veloce che mai. Amy era già pronta ad afferrarla, ma, all'ultimo momento, lei deviò verso la torre orientale.

Amy fece istintivamente un passo avanti.

Deanna spostò di lato la grata di sicurezza e si infilò dentro, verso l'ingresso buio. Avanzò di un passo, urlò e cadde.

Il cuore di Amy si fermò.

«Diavolo!», imprecò e corse verso la torre. «Non ti azzardare!», urlò a Zach, che si era fermato davanti alla grata, pallido e preoccupato.

Prese la torcia dallo zaino. L'erba ai suoi piedi brillò mentre correva fino alla grata e si insinuava all'interno. Si fermò all'ingresso della torre. La luce della torcia si posò sulle scale pericolanti che scendevano giù e sulla profonda oscurità che le circondava.

«Maledetti adolescenti», imprecò sottovoce e scese le scale in rovina più veloce che poteva senza rompersi l'osso del collo.

Le rocce si sgretolavano e franavano sotto i suoi piedi. Alcuni scalini mancavano, altri erano rotti, appiattiti e scivolosi. C'era odore di terra bagnata e pietre umide, di foglie marce e di qualcosa di putrefatto a cui non voleva neppure pensare. Per miracolo riuscì ad arrivare fino in fondo. La luce esterna non riusciva a penetrare fino a lì. Le restava solo la torcia, come se non esistesse nient'altro che quel sotterraneo. Rabbrividì: i ricordi battevano contro la porta nella sua mente che aveva chiuso molto tempo prima.

Aveva imparato a sopportare l'oscurità e gli spazi angusti, rammentò a sé stessa. Doveva essere forte per Deanna.

«Deanna!», chiamò, mentre illuminava con la torcia le pietre ruvide che la circondavano. «Deanna!».

Le sue parole risuonarono nel silenzio, come se fosse sola. Come se Deanna fosse scomparsa nel nulla.

Amy alzò lo sguardo, ma vide solo il soffitto di pietra e il varco attraverso il quale era passata. Aveva freddo alle braccia e alle gambe, e le tremavano le mani.

Svelta. Trova Deanna, aiutala e esci da qui più in fretta che puoi.

«Deanna!», si guardò intorno, facendosi luce con la torcia. Illuminò l'ingresso di un'altra stanza. Rabbrividendo, con le gambe pesanti, si diresse in quella direzione. Non poteva lasciare qualcuno da solo al buio.

Doveva far sapere alle persone che stava soccorrendo che non erano state abbandonate.

Che qualcuno sarebbe sempre venuto a cercarle.

Che lei lo stava facendo.

«Deanna», chiamò mentre entrava nella stanza e la sua voce riecheggiava contro le pareti di pietra.

Era una ambiente piccolo, non proprio una stanza, piuttosto una grotta. Amy illuminò il pavimento: nessuno.

Altre porte o uscite?

No.

«Dove sei?», gridò. Non sapeva se lo stesse chiedendo a Deanna o a sé stessa.

«Qui dentro», rispose una voce.

Spostò la luce ed eccola lì. Deanna era in piedi, con le braccia strette al petto, gli occhi spalancati, i folti capelli arruffati. Amy si sentì sollevata e la tensione che provava nel petto si allentò.

«Oh, grazie a Dio!», disse. «Ti sei fatta male?»

«Ho solo sbattuto un po' la testa».

«Okay, torniamo indietro adesso. Ti darò un'occhiata quando saremo di sopra. Tieni, prendi questa. Ne ho un'altra».

Passò la torcia a Deanna e ne prese un'altra dallo zaino. La ragazza fece luce intorno a sé e illuminò qualcosa. Amy aggrottò la fronte.

Una pietra, grande e piatta. Con sopra una larga incisione: un ampio nastro con tre linee ondulate. Qualcosa come un fiume di forma circolare. Attraversato da una linea spessa, che sembrava una strada.

«Sto congelando», disse Deanna, tornando verso l'entrata.

«Aspettami», rispose Amy, ma poi si bloccò, lo sguardo incollato alla pietra.

Aveva le allucinazioni, o l'incisione emanava un flebile bagliore... il fiume blu, la strada marrone? Accanto all'incisione c'era l'impronta di una mano scavata nella roccia.

La torcia di Deanna si stava già muovendo nella prima stanza. Sarebbe stata bene. Amy si avvicinò alla pietra, incuriosita.

Il bagliore divenne più intenso e l'incisione sembrò quasi muoversi: come se le onde del fiume scorressero e una piccola nuvola di polvere si alzasse sulla strada. Era così bello.

E quella era l'impronta di una mano dei Pitti?

Una mano sola... Un uomo solo...

Era di Craig Cambel?

Avrebbe toccato le sue dita, se avesse posato le proprie sull'impronta? Trattenendo il respiro, ne seguì i contorni dolcemente. Era fredda e umida. Era stata fredda e umida anche quando Craig viveva lì?

Appoggiò tutte e cinque le dita sull'impronta. Si sentì attraversare da una vibrazione, come l'ondata di eccitazione che precede un viaggio, un'avventura. Le batteva forte il cuore, sentiva il sangue pulsare nelle tempie, nelle vene del collo, nei polsi e tra le dita.

La paura si impossessò di nuovo di lei, le afferrò la gola e le spalle, le serrò le vie aeree fino a farle mancare il respiro.

Cercò di ritrarre la mano ma non poteva. La pietra la attirava come un magnete. La superficie fredda sembrava bagnata, come se ne sgorgasse dell'acqua.

Il palmo aderì completamente alla pietra e iniziò ad affondare nella roccia come se fosse un fiume. Il resto del braccio lo seguì, poi la spalla.

«Ahhhh!», Amy sentì il suo stesso grido.

Si afferrò alla pietra con l'altra mano, puntò i piedi contro il pavimento, ma non poté fare altro che cadere.

E poi fu risucchiata completamente nella pietra... e il mondo divenne buio.

CAPITOLO 2

La catapulta lanciò un masso con un fragoroso rumore di legna e Craig trattenne il respiro mentre lo guardava volare. Non aveva importanza quante volte avesse visto quella scena negli ultimi tre giorni, era sempre uno spettacolo maestoso.

Il masso colpì le mura del castello. Gli arcieri scattarono di lato. Le pietre si incrinarono e la parte superiore delle mura crollò in una pioggia di sabbia e detriti.

L'esercito di re Roberto I di Scozia, Robert Bruce, in attesa oltre l'ampio fossato del castello, scoppiò in un grido di giubilo che risuonò nel petto di Craig. O forse era la speranza... la speranza di cambiare finalmente le sorti della guerra in favore del vero re degli scozzesi.

La Guerra d'indipendenza. La guerra tra un piccolo numero di clan delle Highlands e un gigante, l'Inghilterra.

Una guerra senza promesse di vittoria, ma che erano determinati a combattere a qualunque costo.

«È stato un bel colpo», disse suo padre e Craig annuì.

«*Aye*, Dougal», disse Robert Bruce. «Fors'anche troppo buono. Non intendiamo distruggere il castello. È troppo importante dal punto di vista strategico».

I tre erano a cavallo, ai margini del villaggio di Inverlochy, al di là del fossato. Mentre il maestro di catapulta dava gli ordini per ricaricare il colpo, un movimento a destra del fossato attirò l'attenzione di Craig.

Una piccola figura emerse da dietro un albero e delle rocce, e attraversò il campo di battaglia veloce come una formica.

«Lo vedete?», chiese Craig.

Cercò di mettere a fuoco lo sguardo. Una persona stava fuggendo dal castello. Era troppo piccola per essere un guerriero o persino una donna.

«Cosa c'è?», chiese Bruce.

«Vicino alla torre nordorientale, ma da questa parte del fossato, vedete quell'albero enorme e quelle grandi rocce?»

«*Aye*», disse il padre di Craig.

«Qualcuno sta scappando», disse Bruce.

«Oh. *Aye*», confermò Dougal. «Un bambino?»

«Forse», rispose Craig. «Un attimo fa è comparso lì, come se sbucasse da sotto terra».

Bruce aggrottò la fronte. «Ne siete certo?»

«L'ho visto con i miei stessi occhi. Ci potrebbe essere un passaggio segreto che conduce nel castello?».

Bruce annuì. «*Aye*, potrebbe darsi. I Comyn sono abbastanza scaltri da pensare a una cosa del genere».

«Ma perché rischiare di rivelarlo adesso?», chiese Craig. «Sono sotto assedio solo da tre giorni. Di certo hanno ancora cibo e provviste».

«Un messaggero», ribatté Bruce.

Craig scambiò uno sguardo e un cenno d'intesa con suo padre. Se si fosse trattato di un messaggero, avrebbero dovuto intervenire subito. Non potevano permettere che i Comyn ricevessero aiuti. L'esercito di Bruce era piuttosto debole, si era appena rimesso in piedi da una grave sconfitta per mano dei MacDougall, all'inizio dell'anno. Il re doveva rimanere a dirigere l'assedio. Spettava a Craig e a suo padre catturare il messaggero.

La catapulta lanciò un altro masso contro le mura e un boato squarciò l'aria. Un altro colpo di avvertimento, giusto per ricordare ai Comyn che Bruce poteva fare molti più danni.

«*Hya*!», Craig spronò il cavallo e suo padre lo seguì; si lanciarono entrambi al galoppo per le strade del villaggio di Inverlochy.

Gli abitanti si fecero da parte per evitare i cavalli. A differenza della maggioranza degli assedianti, Bruce aveva ordinato di non uccidere i Comyn a meno che fosse indispensabile e di non saccheggiare il villaggio e le fattorie. Era il loro nuovo re e voleva che lo sostenessero, sebbene il loro signore avesse scelto di essere suo nemico.

Giunsero alla fine del villaggio e galopparono attraverso i campi. Craig aveva visto la figura scomparire dietro una collina. L'erba lampeggiava sotto gli zoccoli dei cavalli e il fiume era sempre più vicino.

La piccola figura sbucò da dietro la collina e corse via, in effetti un ragazzino di dodici anni o giù di lì. Craig e Dougal corsero verso di lui.

«Fermati, furfante!», gridò Craig.

Il ragazzo si guardò alle spalle con gli occhi spalancati. Accelerò.

Craig lo affiancò, si chinò e lo afferrò per il colletto del soprabito. Con uno sforzo, lo issò sul cavallo. Fece girare la bestia e tornò al galoppo verso la collina, per non essere visibili dal castello.

Quando giunse ai piedi della collina, saltò giù da cavallo, trascinando il ragazzo con sé. Anche suo padre smontò.

Craig mise a terra il ragazzo, che lo fissò con gli occhi spalancati e la bocca serrata.

«Come siete uscito dal castello?», gli chiese.

«Non capisco cosa dite. Sono venuto dal fiume».

«Dal fiume?». Dougal ridacchiò. «Non sapevo che i fiumi fossero così in secca in questo periodo».

Il ragazzo strinse le labbra, furioso.

«*Aye*, avete detto abbastanza», disse Craig. «Posso scoprirlo da solo. Ho visto da dove siete arrivato. Ma quale è il vostro scopo?»

«Non sono un traditore», gli rispose lui. «Non dirò una parola».

«Lo rispetto, ragazzo», disse Dougal. «Vi perquisiremo e se portate una lettera o un messaggio con voi, la troveremo».

«Provateci!», lo sfidò il ragazzo.

Fece un balzo e cercò di darsi alla fuga, ma Dougal lo afferrò e gli bloccò le braccia dietro la schiena. Craig lo perquisì velocemente, ma non trovò niente che sembrasse un messaggio. Nessuna pergamena ripiegata, niente del genere.

«Ecco cosa faremo», disse suo padre. «Adesso sappiamo che questo è verosimilmente l'ingresso al castello. Porteremo il ragazzo da Bruce. Anche se fosse un messaggero, lo abbiamo preso, quindi non recapiterà il messaggio. Lasciamo che sia il re a decidere cosa fare di lui».

«*Aye*», rispose Craig «Portatelo voi. Io vado a dare un'occhiata laggiù, per vedere cosa c'è, e torno subito. Poi decideremo come procedere».

«*Aye*, figlio. Fate attenzione».

Dougal issò il ragazzo, che scalciava e si divincolava, sul cavallo come se fosse un sacco e tornò al galoppo all'accampamento. Nonostante l'età, suo padre riusciva a tenerlo fermo senza fatica. Il petto di Craig si gonfiò di orgoglio. Faceva davvero parte di un clan di valorosi guerrieri.

Tenne d'occhio il castello mentre correva verso l'albero e le rocce da cui aveva visto spuntare il ragazzo. Non fu raggiunto da nessuna freccia. Gli arcieri probabilmente erano troppo occupati con l'assedio.

Raggiunse l'albero e le rocce. Dov'era l'entrata? Osservò con attenzione il tronco massiccio, le rocce ai suoi piedi. Alcune gli arrivavano alle spalle. Non c'era niente di sospetto.

Si chinò a esaminare l'erba.

Ecco. Impronte sul terreno. Iniziavano vicino a una pietra bassa e piatta, larga quasi quanto uno scudo. Craig ispezionò lo spazio tra la pietra e il terreno. Spinse le dita nell'intercapedine e tirò la pietra, che si aprì come la porta di una botola. Delle scale strette conducevano a un tunnel buio.

Gli balzò il cuore nel petto. Aveva ragione. Era un ingresso segreto al castello. Era buio e non aveva una torcia con sé, ma doveva vedere dove portasse. Lanciò un'occhiata al castello. Distava all'incirca una decina di metri e il tunnel doveva essere profondo... abbastanza profondo da passare sotto il fossato.

I Comyn, che astuti bastardi. Nessuno avrebbe sospettato che avessero costruito un tunnel sotto il fossato. Non sarebbe crollato sotto il peso dell'acqua?

Craig si fece il segno della croce e scese nell'oscurità.

IL PAVIMENTO, FREDDO E DURO, TREMÒ. FRAMMENTI DI roccia e sabbia caddero dalle pareti addosso a Amy.

Si alzò a sedere di scatto. Si guardò intorno, ma era immersa nell'oscurità.

Dove si trovava? Non nel fienile, non un'altra volta

I polmoni si contrassero, il diaframma si bloccò. Tossì e tastò intorno a sé con le mani. Era seduta su qualcosa, una roccia o un pavimento di pietra liscia. Qualcosa di metallico e rotondo si mosse sotto la sua mano.

Aveva una torcia, ricordò.

Non c'erano torce nel fienile, quindi doveva essere da qualche altra parte. Si sentì un po' sollevata.

Poi i ricordi le si affollarono nella mente: Deanna, la stanza sotterranea, la pietra che brillava, la sensazione di cadere... di essere risucchiata...

Accese la torcia e osservò l'ambiente intorno a sé. Là, contro una parete, c'era la pietra con l'incisione: scura e immobile, non brillava più. Lungo la parete ruvida erano accatastate legna da ardere e assi. Lungo le altre c'erano barili e sacchi ricolmi. Non le era sembrato che ci fosse niente prima; per quello che ricordava, era solo un'enorme grotta vuota.

Era chiaro che adesso si trovava in un magazzino, non nelle rovine fatiscenti in cui era entrata.

Rimase ferma, le girava la testa, aveva la nausea. Sentiva dolore dappertutto, come dopo una brutta caduta. Ci fu un boato, le mura e il pavimento tremarono, e le piovvero di nuovo addosso sabbia e detriti.

Cosa stava succedendo? Un terremoto? Non aveva mai sentito parlare di terremoti in Scozia. Se si trattava davvero di un terremoto, doveva uscire subito.

Diresse il fascio di luce della torcia sulle pareti. Dove prima c'era l'entrata dell'altra stanza, adesso c'era una porta solida e pesante, con grossi cardini.

Tutto sempre più assurdo.

Bene, qualsiasi cosa fosse, Amy ne doveva uscire. Si diresse, malferma sulle gambe, verso la porta e la aprì. Era buio, ma una luce dorata proveniente dall'alto illuminava la scala dalla quale era scesa prima... che però adesso sembrava nuova. Altre casse e barili erano allineati lungo le pareti. L'odore di terra bagnata e umidità era sparito per lasciare il posto a un sentore appena percettibile di grano e qualcos'altro... come carne secca.

La stanza era in rovina quando Amy aveva seguito Deanna, giusto pochi minuti prima. Aveva le allucinazioni o stava sognando? Con la testa pesante si diresse verso la scala. La percorse con lo sguardo e vide la luce di un fuoco danzare sulle pareti. Grida e voci preoccupate arrivavano da qualche parte là fuori. Probabilmente Jenny e la classe la stavano cercando.

Amy appoggiò la mano sulla parte fredda e ruvida, che sembrava proprio reale, e salì la scala cercando di fare meno rumore possibile. Anche il piano terra non era più in rovina. Era una specie di magazzino, pieno di spade, lance e asce, e di barili, casse e ceste come al piano sottostante. Il fuoco delle torce appese alle pareti illuminava la stanza. C'era una porta che probabilmente conduceva fuori e un'altra aperta su di una scala, che portava al piano superiore.

Amy scosse la testa. Questa sembrava proprio la torre nella quale lei e Deanna erano entrate, ma era come se fosse tornata all'epoca in cui era stata appena costruita.

Cosa stava succedendo? Forse la pietra e il fiume luminoso e tutto il resto erano come una specie di fungo o di alga con effetti allucinogeni? Oppure aveva sbattuto la testa? Come si poteva spiegare tutto questo, altrimenti?

Sìneag aveva parlato di un fiume e di viaggi nel tempo. Doveva essere per questo che Amy aveva immaginato di ritrovarsi in questo mondo medievale.

O forse era diventata pazza, la paura del buio le aveva fatto oltrepassare il limite.

Un altro boato e l'edificio tremò. Una grossa pietra cadde dalla parete su un barile, spaccandolo a metà e facendo uscire un liquido scuro che odorava di lievito: birra? Amy avrebbe fatto bene a sbrigarsi se non voleva finire come quel barile.

Raggiunse la porta, la socchiuse e sbirciò attraverso la fessura.

Le si chiuse lo stomaco.

La corte spoglia, ricoperta di erba e circondata dalle quattro torri crollate e dalle mura in rovina non c'era più.

C'era invece un vero castello, con quattro alte torri, integre e con i tetti di legno a forma di cono. Nella corte interna si trovavano alcuni piccoli edifici in legno e uno più grande in pietra. Amy sentì odore di sterco di cavallo, di legno bruciato e di cibo cotto. Gli arcieri scoccavano frecce dalle mura e degli uomini attraversavano di corsa la corte con indosso pesanti tuniche trapuntate, elmi di metallo e cotte di maglia. Quasi tutti avevano una spada alla cintura, come pure uno scudo, e molti altri avevano lance o asce.

Sbatté le palpebre una, due volte. Il cuore le si fermò per un momento. Come era possibile tutto ciò? Forse era una specie di ologramma, che rappresentava come appariva il castello quando era ancora in uso. Quale altra spiegazione era possibile? A meno che non fosse diventata pazza...

Poi un uomo venne dritto verso la torre e lei chiuse la porta. Con il cuore che le batteva all'impazzata, cercò un posto in cui nascondersi.

Le scale.

Si precipitò di sopra. C'era una porta stretta sul pianerottolo e altre scale ancora. Sentì qualcuno aprire la porta al pianterreno ed entrare. Lei aprì con uno strattone quella di fronte a sé e sbirciò dentro: era una specie di dormitorio con molti letti e non c'era nessuno. Entrò senza fare rumore, si richiuse la porta alle spalle e rimase ad ascoltare se qualcuno la avesse seguita.

C'erano otto letti e qualcosa di simile a dei sacchi a pelo sul pavimento. Tre finestre a feritoia, con ampi davanzali che formavano delle nicchie in cui potersi sedere, lasciavano entrare la luce.

Amy si diresse verso una delle finestre e rimase a bocca aperta. Il castello era circondato dall'acqua, da un fossato che non esisteva quando era stata lì con Jenny e i ragazzi. Oltre il quale c'era un piccolo villaggio di casette con il tetto di paglia...

E un'armata, un vero esercito medievale con una catapulta, arcieri, tende, cavalli, carri e fuochi da campo intorno al villaggio.

Non poteva essere vero. Quando erano arrivati lì con l'autobus, c'erano poche case sparse qua e là e, al posto del fossato, prati, colline, alberi, e massi.

Con indosso i jeans, le scarpe da trekking e il giacchetto trapuntato, lei si sentiva stranamente fuori posto. Era come trovarsi in un'altra epoca... Ma non era possibile, ricordò a sé stessa con decisione.

Sentì dei passi veloci al piano di sopra e si bloccò. Si precipitò verso il letto più vicino per nascondersi, ma non fece in tempo. La porta si aprì e lei si voltò di scatto, brandendo la torcia come un'arma. Un guerriero imponente, con spada, ascia e tutto il resto, entrò nella stanza.

Un'espressione stupita gli attraversò il bel viso.

Poi divenne minacciosa.

CAPITOLO 3

Aveva aperto la porta perché qualcuno stava salendo dal piano inferiore e doveva nascondersi.

Dopo aver attraversato il tunnel, quella mattina, aveva controllato con attenzione la torre e la corte interna. Poi era tornato da Bruce e insieme avevano escogitato un piano.

Un piano che avrebbe consegnato il castello di Inverlochy al re e messo in ginocchio i Comyn.

Un piano nel quale non era previsto che una donna nemica lo vedesse e avvertisse l'intero castello della sua presenza.

Lei teneva tra le mani un piccolo oggetto rotondo, simile a una bottiglia, come per difendersi. Era graziosa, con i capelli color del rame al sole, gli occhi azzurri come il mare. Vestiva da uomo, con calzoni scuri che le fasciavano spudoratamente le lunghe gambe tornite e una specie di corta giacca imbottita.

Oltremodo strano, ma chi poteva sapere come i Comyn permettevano alle loro donne di vestirsi?

Una cosa era chiara.

Doveva farla tacere prima che urlasse... cosa che, considerando gli occhi rotondi come lune e la bocca spalancata, stava per fare.

Craig la raggiunse. Lei indietreggiò, ma riuscì ad afferrarla, a tapparle la bocca con una mano e a bloccarle i polsi dietro la schiena con l'altra. Lo strano oggetto cadde sul pavimento e rotolò via. Lui fu colpito dal suo profumo, di fiori e vento fresco, di foresta lussureggiante in estate. La pelle e le labbra erano morbide sotto le dita e, con somma sorpresa, fu scosso da un brivido.

Lei lottava, cercando di liberarsi, e lui le sussurrò in un orecchio: «Non fate rumore, ragazza. Non vi farò del male. Ma devo impedirvi di urlare a squarciagola e dare l'allarme all'intero castello. *Aye?*».

Per tutta risposta, lei sollevò un piede e gli pestò la scarpa con una forza che non avrebbe mai immaginato avesse.

Lui non fiatò, anche se il dolore che si propagava lungo la gamba gli fece quasi mollare la presa.

«Sgualdrina», sussurrò. «Ho detto che non vi farò del male».

Doveva legarla perché non scappasse ad avvertire i Comyn. Le tolse un attimo la mano dalla bocca e lei gridò. Craig infilò la mano libera nel baule più vicino, trovò un panno pulito e la imbavagliò. Afferrò una cintura e le legò le mani dietro la schiena, poi ne usò un'altra per assicurarla al letto. Le legò anche le gambe, compito non facile, perché scalciava e si dimenava. Gli dispiacque doverlo fare, il pensiero di fare una cosa del genere a una donna contro la sua volontà gli faceva orrore, gli ricordava cosa era accaduto a Marjorie.

Ma andava fatto.

Quando ebbe finito, lei era seduta sul pavimento, con le mani legate a una gamba del letto. Aveva il viso arrossato, senza dubbio era arrabbiata, si sentiva impotente. Ansimava e si lamentava attraverso il bavaglio.

«Mi spiace, ragazza», disse. «Ma se riesco nell'impresa, finirà tutto presto e potrete lasciare il castello con la vostra famiglia. Re Robert Bruce non permetterà che le donne siano toccate e neanche io».

Lei aggrottò la fronte, lo guardò sbattendo le palpebre,

sembrava confusa. Le lanciò un'ultima occhiata, per essere sicuro che non soffocasse e non riuscisse a scappare, poi lasciò la stanza. L'uomo al piano di sotto doveva essersene andato. Craig si doveva sbrigare.

Si fermò sulle scale per assicurarsi che nessuno stesse arrivando dal piano superiore o inferiore. Tutto sembrava tranquillo, così si affrettò a scendere.

In precedenza, nel villaggio, aveva fatto in modo di eliminare qualsiasi segno che lo identificasse come un nemico. Aveva lasciato lo scudo con lo stemma araldico dei Cambel e l'elmo, e aveva persino scambiato la sua spada con una più semplice.

Uscì nella corte interna con molta cautela. La torre nordorientale, che aveva appena lasciato, era utilizzata come deposito di provviste e luogo di riposo per i guerrieri. Le due piccole torri a sud avevano probabilmente la stessa funzione. La torre dei Comyn, la più grande, a nord-ovest, era il mastio, il torrione. In aggiunta a ulteriori depositi di armi e di provviste, ospitava le stanze del signore del castello: la sua camera da letto e una sala privata in cui si riuniva la famiglia. Era stata una buona trovata far partire il tunnel segreto da una torre che attirava meno l'attenzione.

Quante persone ne erano a conoscenza? Probabilmente non molte o lo scopo del tunnel sarebbe venuto meno.

Edward Comyn, il signore di Inverlochy, stava su una delle cortine murarie, circondato dagli arcieri. La corte interna era in fermento: i servi portavano ceste e legna da ardere, i guerrieri scendevano per le scale e andavano a mangiare o a riposarsi. Avevano il volto cupo, di certo erano tesi a causa dell'assedio.

«Ci attaccano!», gridò qualcuno dall'alto. «Le mura settentrionali!».

Gli uomini corsero verso le mura e salirono le scale. Molti giunsero di corsa dalla sala grande portando con sé frecce e archi.

Bene. Questa era la prima parte del piano. I MacNeil sui loro *birlinns*, le imbarcazioni delle Highlands occidentali, avrebbero attaccato dal fiume. Sarebbero sbarcati e avrebbero iniziato ad arrampicarsi sulle mura.

Altri soldati sarebbero stati richiamati sul lato orientale e occidentale. Lì, lo sapeva, l'esercito di Bruce stava ammassando tronchi e massi da gettare nel fossato, in modo che le torri e le scale d'assedio lo potessero attraversare.

La maggior parte dei guerrieri si spostò dal lato settentrionale ai lati orientale e occidentale delle mura. Anche Edward Comyn si diresse sul lato ovest. Ma le guardie rimasero a presidiare la porta del castello.

Sarebbero scappate presto.

Craig si affrettò nella sala grande. Era vuota, fatta eccezione per le sguattere che stavano pulendo i tavoli ai quali i guerrieri avevano consumato il loro pasto. Prestarono poca attenzione a Craig, che prese una torcia da uno dei supporti sul muro. Poi afferrò la cesta con le sterpaglie usate per accendere il fuoco, che si trovava accanto al camino.

Corse fuori. Il caos e la tensione nel castello erano palpabili: grida di dolore dalle mura; urla dall'esterno; frecce che volavano dappertutto, colpivano le persone, rimbalzavano sulle rocce, si piantavano nel fango della corte interna.

Corse dietro la sala grande, nello spazio tra l'edificio e le mura, dove nessuno lo avrebbe visto. Poi cominciò ad appiccare il fuoco a delle manciate di sterpaglie e a lanciarle sul tetto di paglia.

Un fumo nero si levò dal tetto della sala grande, il segnale per Bruce, che si sarebbe mosso verso la porta del castello. Gli restava poco tempo: diede fuoco a tutta la cesta e la lanciò sul tetto della cucina insieme alla torcia.

«Al fuoco! Al fuoco!», gridarono gli uomini, e attraversarono di corsa la corte interna verso la sala grande. Craig doveva cercare di mimetizzarsi tra i guerrieri in preda al panico e raggiungere la porta del castello.

«Fermatelo!», gridò qualcuno dalle mura. «Traditore! Prendetelo!».

Craig alzò gli occhi: uno dei guerrieri stava indicando proprio lui. Poi si precipitò giù per le scale, seguito da molti altri. Gli arcieri si sporsero dal parapetto e puntarono gli archi verso di lui.

Che gli uomini di Bruce avessero avuto tempo di prepararsi o meno, Craig non avrebbe più avuto un'occasione migliore per aprire la porta.

Corse più che poteva, attraverso la corte interna fino alla porta, che era stata lasciata incustodita. Le frecce si piantavano nel terreno intorno a lui. Qualcosa lo colpì a una caviglia – una freccia lo aveva scalfito, si rese conto – inciampò, ma continuò a correre. Giunto alla porta, tirò il perno enorme del pesante chiavistello di ferro, che cedette, ma lentamente, troppo lentamente per i suoi gusti. I guerrieri Comyn si stavano avvicinando; erano già a metà della corte.

Una volta aperto il chiavistello, doveva rimuovere la pesante sbarra. La sollevò nel mezzo con tutte le sue forze: di norma ci volevano almeno due persone per spostarla.

I nemici erano ormai a pochi passi di distanza.

Iniziò a tirare i battenti massicci, che lentamente iniziarono ad aprirsi.

Sentiva gli uomini correre dall'altro lato e gridare *«Cruachan!»*. Stavano arrivando. Tirò i battenti ancora più forte, poi si voltò, appena in tempo per evitare una *claymore*.

Mentre combatteva con un guerriero, i nemici cercarono di richiudere la porta.

Troppo tardi.

Grazie all'impeto di decine di uomini, l'esercito di Bruce penetrò nelle mura.

Il castello era loro.

Dopo un breve combattimento, fu chiaro a tutti che Bruce e la sua armata avevano vinto. Edward Comyn era gravemente ferito e stava morendo, nonostante il suo guaritore stesse facendo del suo meglio per salvarlo.

«Niente razzie!», gridò Bruce, guardando i suoi uomini che tenevano a bada i prigionieri con le loro *claymore*. «Ognuno di voi potrà prendere tre oggetti dal castello, come ricompensa per il vostro duro lavoro. Ma il castello di Inverlochy sarà, da ora in poi, una residenza del re di Scozia».

Bruce si voltò e si diresse verso Craig, con gli occhi fissi su di lui. Il giovane aggrottò la fronte.

«E il comandante provvisorio sarà Craig Cambel».

I Cambel esplosero in grida di giubilo. Craig sollevò le sopracciglia. Bruce si avvicinò e lo guardò negli occhi, lo sguardo pieno di approvazione e amicizia.

«Ne siete certo, Vostra Grazia?», disse Craig. «Non avete strateghi più esperti, mio padre o mio zio Neil, *nae?*».

Bruce gli strinse una spalla. «L'uomo che ha rischiato la vita per prendere il castello merita una ricompensa. Se non fosse stato per voi, Dio solo sa quanto saremmo rimasti a congelare sotto le mura. Vi sono molto grato, Craig Cambel. Questa è la vostra ricompensa, ma è anche un duro compito. Da ora in poi dovrete difendere il castello, quando ciò che resta dei Comyn, i MacDougall o gli Inglesi cercheranno di riprenderselo. Perché ci proveranno».

Bruce lo osservò con attenzione. «Cosa ne dite, Craig? Ve la sentite di accettare questo incarico?».

Craig sobbalzò. Era una buona domanda. Avrebbe dovuto fare molta attenzione a fidarsi delle persone. Gestire un castello e difenderlo da un assedio avrebbero richiesto ancora più accortezza, ancora maggiore cautela.

Era all'altezza del compito, di mantenere al sicuro la prima vittoria del re di Scozia, la vittoria che avrebbe potuto portarlo a vincere l'intera guerra?

«*Aye*», disse. «Non vi deluderò».

CAPITOLO 4

AMY LE PROVÒ TUTTE. Scalciare, spingere il letto, urlare, che nella pratica era poco più di un lamento, e quindi, inutile. Tutto invano. Il pesante letto di legno non si spostò di un millimetro. Alla fine, decise di risparmiare le forze.

Solo che fare qualcosa la distraeva dalla terribile, soffocante oppressione sul petto e dalla tensione nello stomaco.

Sensazioni che conosceva fin troppo bene.

Deglutì, la bocca asciutta come carta. Almeno non era in un fienile abbandonato, si disse. Era in un castello, dopo tutto. C'erano persone in giro e, prima o poi, qualcuno sarebbe arrivato. Inoltre, c'erano le finestre. C'erano aria fresca e luce.

Fece dei respiri profondi, cercando di calmarsi.

Ogni singolo giorno, camminando nella foresta e sulle montagne in Vermont, fuggiva dalla sensazione di essere in trappola. Per questo faceva quello che faceva: ritrovava le persone. Perché odiava l'idea che qualcuno si sentisse solo e abbandonato.

Voleva infondere speranza. Fargli sentire che non erano sole.

Perché una volta, molto tempo prima, aveva avuto bisogno di una persona del genere.

Ma non era arrivato nessuno.

Mentre il tempo passava, Amy sudava e respirava e si ripeteva che sarebbe passato tutto.

Da fuori, le giunsero i rumori di una battaglia. Schiocchi di legno contro la pietra: frecce? Urla di dolore, di rabbia, sferragliare di metallo contro metallo. Poi odore di fumo. E i rumori della battaglia crebbero, sembravano proprio dietro la porta.

Le batteva forte il cuore e il petto le si stringeva di più a ogni grido, a ogni scontro. Se fosse entrato un altro uomo con la spada... Non avrebbe potuto fare niente. Era completamente inerme. Oh, come odiava quel barbaro che l'aveva legata al letto.

Questa allucinazione o ologramma sembrava fin troppo reale. I rumori, gli odori, le gambe e le braccia legate... non potevano essere frutto di un'allucinazione. Forse si trattava di un'esperienza olografica high-tech, super-avanzata. Ma un ologramma non l'avrebbe potuta toccare come aveva fatto quell'uomo.

Poi un pensiero la colpì. Sul momento non se ne era accorta, per lo shock e la paura, e perché aveva dovuto lottare per salvarsi la vita, ma, quando quell'uomo le aveva parlato, non l'aveva fatto in inglese.

Aveva usato qualche altra lingua. Le venne in mente il nonno MacDougall. Lui e la nonna erano immigrati negli Stati Uniti dalle Highlands quando erano giovani. Il nonno aveva portato con sé l'antico dipinto dell'albero genealogico di famiglia, che risaliva al Medioevo. Una spada dei MacDougall era appesa nella sala da pranzo. E da quando Amy poteva ricordare, le aveva insegnato il gaelico, raccontandole le antiche fiabe delle Highlands e le storie dei suoi antenati, sia in gaelico che in inglese.

Sì, quel guerriero le aveva parlato in gaelico.

E lei lo aveva capito.

Come? Non lo aveva mai imparato molto bene. Non ricordava più di cinque o sei parole.

La porta si aprì.

Parli del diavolo e... il carceriere di Amy apparve sulla porta.

Aveva i capelli scuri arruffati e tagli e lividi sul volto. La pelle e il giaccone coperti di sporco e schizzi di sangue rappreso. Ferite profonde e sanguinanti sulla spalla e sulla caviglia. Il pesante giaccone imbottito che indossava era strappato in più punti. La guardò a lungo, con occhi cupi e freddi.

Arroganti.

Già. Idiota presuntuoso. Trattarla come se potesse farle tutto ciò che voleva.

Lo vedremo.

Ah be', probabilmente si meritava tutto quello che gli era successo. Se si fosse trattato di qualsiasi altro uomo, avrebbe dato un'occhiata alle sue ferite per vedere cosa si poteva fare con il kit di primo soccorso.

«Sono tornato appena ho potuto, ragazza». La raggiunse e si inginocchiò accanto a lei. «È finita. Abbiamo vinto. Adesso vi libero e vi tolgo il bavaglio. Va bene?».

Lei si limitò a lanciargli un'occhiataccia. Non voleva credere che fosse un valoroso guerriero. Le doveva anche delle spiegazioni su cosa diavolo stava succedendo.

Le tolse delicatamente il bavaglio e Amy aprì e chiuse la bocca per alleviare un po' il dolore.

«State bene?», le chiese. «Temevo che qualcun altro vi avesse trovata».

«Vai all'inferno», ribatté lei.

Poi aggrottò la fronte. Anche lei aveva parlato in gaelico. Come era possibile? Non era più in grado di parlare in inglese?

«Vai all'inferno», ripeté in inglese. Funzionò.

Lui rise. «Non imprecate. Vi avevo già capita la prima volta», le disse in inglese, con quella erre scozzese vibrante che Amy riconosceva grazie a suo nonno. «Adesso vi libero le mani, *aye*? Ma bisogna che lo sappiate, il castello è stato preso, provare a resistere non vi aiuterà. Tutto quello che voglio è riportarvi dalla vostra famiglia. Bruce probabilmente vi lascerà andare tutti. Non vuole spargere più sangue del necessario. Ma il castello adesso è suo. *Aye*?».

Cominciò a scioglierle i nodi attorno ai polsi. Amy scosse la testa incredula.

«Pensi che questo abbia un qualche senso per me? Non ho idea di cosa stia succedendo, voglio soltanto tornare da mia sorella e dalla sua classe».

Appena ebbe le mani libere, iniziò a massaggiarsele, godendo del semplice piacere di poterle muovere, del sangue che tornava a circolare nei muscoli indolenziti.

«Vostra sorella? Dovrebbe essere con gli altri Comyn nella corte interna».

Cominciò a scioglierle la cintura attorno alle caviglie.

«Non sono una Comyn», disse Amy. «Mi chiamo Amy MacDougall. Mia sorella...».

Lui si bloccò e la fissò, gli occhi verdi si incupirono, gli zigomi alti avvamparono. Amy fu messa a tacere dall'intensità − no, dall'odio − del suo sguardo.

«MacDougall?», sibilò lui.

Amy deglutì.

«Avete detto MacDougall?», la incalzò, portando una mano alla spada.

Amy sentì un brivido lungo la schiena. «Calmati, amico. Non ho fatto niente di male. Mi stai probabilmente confondendo con qualcun'altra».

Lui la guardò dalla testa ai piedi, guardingo, quasi lei fosse un animale feroce. «Non posso credere di avere una MacDougall in mio possesso».

«In tuo *possesso*?». Amy sussultò, poi tirò su le ginocchia per togliersi la cintura da sola.

L'uomo mise le mani sulle sue.

«Lasciami subito», gli disse lei. «Non ho fatto niente a te o a chiunque altro in questo castello. Sei stato tu ad aggredirmi, legarmi e lasciarmi da sola. Me ne vado a casa. Anzi, meglio. Chiamo la polizia e ti faccio arrestare. Ti denuncio, vedrai».

Le spostò le mani e tolse la cintura.

«State cercando di raggirarmi, Amy MacDougall, con le vostre strane parole? Non riuscirete a confondermi».

La afferrò per un braccio e la fece alzare piedi.

«Adesso vi porterò dal re di Scozia e sarà lui a decidere cosa fare di un membro del clan che lo ha pugnalato alle spalle all'inizio dell'anno. Sembra l'unica cosa in cui voi MacDougall siete bravi. Tradire e colpire alle spalle».

Amy lo ascoltò a bocca aperta. Lui la condusse giù per le scale fino al pianterreno. «Non ho fatto niente. Sono solo in gita scolastica nelle Highlands. È ridicolo. Questo assurdo gioco di ruolo...».

Attraversarono il magazzino, uscirono nel cortile e Amy smise di parlare. C'erano molte persone − uomini, guerrieri − intente a trasportare cose da una parte all'altra. Molti stavano a guardia di un centinaio di uomini seduti nel fango, a capo chino.

E poi, poi c'erano i cadaveri... cadaveri veri. Con gli abiti intrisi di sangue, ferite orribili, profonde fino alle ossa, ventri, gambe e braccia squarciati. Alcuni avevano il cranio sfondato. Altri erano stati trafitti dalle frecce. L'odore − di fumo, sangue ed escrementi. − la colpì con violenza.

Le venne la nausea. Era tutto fin troppo reale.

Era davvero troppo. Fu scossa da un tremito, non si reggeva sulle gambe, ma il gigante medievale la trascinò attraverso il cortile fino alla torre più grande.

«Cosa sta succedendo?», bisbigliò. «Dove sono?».

Lui le lanciò un'occhiata. Un'ombra di compassione gli attraversò il viso, ma lasciò subito il posto alla dura, fredda risolutezza. «Non penserete che creda alle vostre bugie, che cada nelle vostre trappole. Mai più. Mai più con un MacDougall».

Entrarono nella torre, la porta era aperta.

C'erano due uomini, stavano parlando. «...e poi quando ci saremo riposati, dovremo andare a Urquhart sul Loch Ness. È il prossimo castello da prendere. Poi Inverness».

Il carceriere di Amy tossì ed entrambi gli uomini si girarono verso di lui. Quello che stava parlando era alto, con i capelli scuri striati di grigio. L'altro era più maturo, sulla cinquantina, ma ancora possente. Aveva gli stessi occhi verdi dell'uomo che la teneva prigioniera.

«Craig». L'uomo annuì e si accigliò, guardando Amy.

Quindi si chiamava Craig...

«Vi ho portato una MacDougall, Vostra Grazia», disse. «Sono spiacente ma vi abbiamo sentito entrambi mentre discutevate i vostri piani».

L'uomo che Craig aveva chiamato "Vostra Grazia" la osservò contrariato. Vostra Grazia... era il re? «Non può lasciare il castello, se ha sentito ciò che ho detto».

Oh, ma quanto era folle tutto questo? Giocavano a fare i re, i cavalieri e le guerre... e...

Ma nel profondo, l'istinto le diceva che non si trattava di un gioco. Quelle persone là fuori erano morte e ferite davvero. Ne aveva viste abbastanza da sapere bene che aspetto avessero. E l'attacco al castello era stato reale: le pietre si erano sbriciolate ed erano crollate, c'era chi aveva vinto e chi era stato fatto prigioniero.

La spiegazione più logica era anche la più folle.

Perché, stando a quanto le aveva detto Sìneag, il castello era stato costruito su una pietra che permetteva di viaggiare nel tempo. Aveva parlato di un fiume del tempo...e della possibilità di attraversarlo... e sulla pietra c'era l'incisione di un fiume e di una strada che lo attraversava.

E poi Amy era *caduta* nella pietra.

E quando si era svegliata, il castello era integro e c'erano Robert Bruce e Craig Cambel e uomini armati di spade e una catapulta...

Quindi la spiegazione folle era che avesse viaggiato nel tempo e fosse piombata nel Medioevo.

Rabbrividì. Le mancò la terra sotto i piedi. Sudava freddo. Per quanto potesse sembrare folle, non riusciva a trovare un'altra spiegazione.

E se era finita nel Medioevo, doveva trovare il modo di tornare nella sua epoca.

«*Aye*», disse Craig, «A questo punto deve restare qui».

Amy inspirò. Se aveva viaggiato nel tempo grazie a quella pietra, doveva farlo di nuovo. Quindi restare nel castello in realtà giocava a suo vantaggio. Doveva solo riuscire ad accedere alla grotta sotterranea.

«Come si chiama?», chiese l'altro uomo.

«Amy. Amy MacDougall».

«Io sono Dougal Cambel», disse l'uomo. «Di sicuro conoscete questo nome, ragazza?».

Amy scosse la testa.

«Non c'è bisogno di fingere, Amy...». Si strofinò il mento, coperto da una corta barba bianca. «Non siete la figlia di John? Quella che dovrebbe sposare il conte di Ross il prossimo anno in primavera?».

L'altro uomo, re Robert Bruce, annuì. «*Aye*, l'ho sentito anche io. Un' alleanza davvero infausta per noi. Renderà entrambe le parti troppo forti. Speravo di poter negoziare con il conte di Ross alla pari, ma se si unirà ai MacDougall, sarà impossibile farlo».

Amy non riusciva a credere alle proprie orecchie. Avrebbe dovuto dire qualcosa? Non era la loro nemica. Non era chi pensavano fosse. Quella Amy di cui stavano parlando probabilmente era a casa sua, al sicuro. La temuta alleanza tra i MacDougall e il conte di Ross sarebbe stata stretta comunque.

Ma se avesse rivelato di non esser la Amy che pensavano loro, cos'altro avrebbe potuto dire? Che pensava di aver viaggiato nel tempo? Che veniva dal futuro?

Non le avrebbero mai creduto. Avrebbero pensato che fosse pazza. O peggio, sarebbero diventati violenti e l'avrebbero chiusa da qualche parte, al buio, dove nessuno sarebbe venuto a salvarla. Fu scossa dai brividi.

«Bene, adesso è nelle nostre mani», disse Craig. «La terrò qui, non temete, Vostra Grazia. Ci sarà utile. Potremo negoziare con i MacDougall e con il conte di Ross affinché cessino i loro attacchi».

Il Re la guardò a lungo e annuì, pensieroso, osservandola.

«*Aye*. Rifletterò sul da farsi. Ma è una buona cosa che lei sia qui. Per adesso chiudila da qualche parte. Abbiamo una vittoria da festeggiare stanotte e un banchetto a cui fare onore».

CAPITOLO 5

«*SLÀINTE MHATH*», disse Craig.

«Alla salute», gli fece eco il fratellastro Owen.

Craig colpì con la sua coppa di *uisge* quella di Owen, poi quella del fratellastro Domhnall.

Dall'altra parte del tavolo sedevano Hamish MacKinnon e Lachlan Cambel. Hamish, un uomo alto e forte con i capelli neri e ferite di guerra sul volto, si era unito all'esercito di Bruce solo di recente, con il clan MacKinnon. Lachlan era un lontano cugino dei Cambel. Aveva i loro capelli scuri, ma, a differenza della maggioranza dei Cambel, gli occhi castani.

Nella sala grande c'era ancora odore di fumo e legno bruciato. La pioggia cadeva attraverso i buchi nel tetto, dove il legno e la paglia avevano preso fuoco; la stessa pioggia che aveva impedito all'incendio di propagarsi all'intero edificio. L'atmosfera era allegra. Qualcuno, dall'altra parte della stanza, suonava la lira e cantava, anche se non proprio come un bardo. Ma in tempo di guerra andava bene comunque. Il banchetto consisteva in tutto il cibo che i cuochi di Bruce avevano trovato nelle cucine, che era sempre molto più di quello che avevano avuto mentre marciavano attraverso le Highlands gelide.

«Ditemi che darete banchetti migliori, fratello», disse Owen guardando un cucchiaio di stufato di verdure. I suoi occhi brilla-vano di ironia. Erano verdi, come quelli di quasi tutti, in famiglia; ma aveva i capelli biondi di sua madre. «Un banchetto reale non dovrebbe offrire cinghiali arrostiti, conigli, e magari un gallo cedrone?».

Craig scosse la testa, nascondendo un sorriso. Owen diceva e faceva sempre quello che voleva.

«Non fate lo sciocco, Owen», borbottò il fratello maggiore, Domhnall. Craig fece una smorfia: Domhnall era sempre pronto a rimproverare Owen. «Siamo in guerra».

«*Aye*, è così, fratello», rispose Owen. «Ma se Bruce non avesse lasciato andare tutti i servi e le sguattere, avremmo avuto carne arrosto, pane fresco e frutta. Non siete stanchi di mangiare focacce di avena dure come pietre e carne secca? Di addormen-tarvi da soli la notte?»

«Dormirete da solo a lungo, fratello». Craig ridacchiò mentre mangiava un boccone di stufato.

«È più facile che le sue scorregge profumino di rosa, piuttosto che dorma da solo», rise Lachlan e l'intera tavolata gli fece eco.

Lachlan era alto quanto Craig e gli assomigliava così tanto che le persone a volte, vedendoli da lontano, li confondevano. Probabilmente era il sangue del loro antenato comune, il bisnonno di Craig, Gilleasbaig di Menstrie, il primo Cambel.

«Non assumerò nessuna serva fino a che ci sarà Owen nel castello», disse Craig.

Gli uomini a tavola sghignazzarono. Domhnall diede una pacca sulla spalla al fratello. «Vedete, Owen. Neppure Craig vi aiuterà».

Lui ingoiò il suo *uisge*. «*Aye, aye*, ridete pure, tutti quanti. Ma non tornate da me strisciando in ginocchio tra un mese o due a chiedermi di presentarvi una bella ragazza del villaggio».

«Portatemi con voi, Owen», disse Hamish.

Il guerriero era facile da individuare, superava chiunque altro di almeno tutta la testa. C'era qualcosa in lui che rendeva Craig felice di averlo dalla propria parte in battaglia. Forse lo sguardo profondo degli occhi scuri, lo sguardo di un uomo che aveva già attraversato l'inferno.

«Tenetevi l'uccello nei pantaloni», disse Craig. «Abbiamo lasciato andare tutti i servi per evitare tradimenti. Gli abitanti del posto potrebbero riferire informazioni ai loro precedenti signori o ad altri nemici».

Owen scosse la testa. «Dopotutto potrei andare a nord con Bruce. Ci sono un sacco di donne lassù».

«Non andate, fratello» disse Craig. «Ho bisogno di uno di voi qui, con me». *Qualcuno di cui mi possa fidare*, pensò. «E guardate quanto buon *uisge* dei Comyn abbiamo».

«*Aye*, dovreste restare, Owen», convenne Domhnall. «Vado io a nord con nostro padre e Bruce».

Owen sostenne lo sguardo di Domhnall, poi abbassò gli occhi e annuì. Craig vi colse un lampo di amarezza, ma solo per un attimo.

«Certo», rispose Owen. «Il vostro posto è sempre accanto a nostro padre. Resterò io».

«È una sua decisione, *nae* mia». Domhnall inghiottì l'ultimo sorso di *uisge* e si alzò da tavola. «Non fate il bambino. Godetevi il resto dello stufato di verdure. Io mi ritiro per la notte».

Appena se ne fu andato, Craig si voltò verso Owen e gli mise una mano sulla spalla. «Non abbiate fretta, Owen», disse a bassa voce. «Arriverà il vostro tempo per brillare. Non conosco un guerriero più forte o migliore di voi. Nostro padre lo sa. E anche Domhnall. Siete ancora giovane. Il tempo di comandare le truppe e portarle alla vittoria arriverà anche per voi».

Owen ridacchiò e Craig vide che il suo sguardo si era rasserenato. «Non sono poi tanto giovane. La maggior parte degli uomini di ventisei anni è sposata da molto».

«*Aye*, be', non sono sposato neppure io».

Owen squadrò Craig da capo a piedi con un sorriso dubbioso. «Mi chiedo come sia possibile, fratello. Non vi funziona l'uccello?».

Craig scosse la testa. «Chiudete quella fogna. Funziona tutto alla perfezione, non che la cosa vi riguardi. La mia fidanzata è morta, se ben ricordate, prima che potessimo sposarci. Nostro padre non ha ancora trovato un altro buon accordo. Ma non ho fretta. Ho bisogno di sapere che posso fidarmi della mia donna e della sua famiglia».

Owen sospirò. «*Aye*. La fiducia è importante per voi».

«Fidarsi della persona sbagliata può farci perdere coloro che amiamo», disse Craig. «Guardate cosa è successo a nonno Colin. Guardate quello che i MacDougall hanno fatto a Marjorie».

Il ricordo di ciò che era accaduto nel castello di Dunollie, dieci anni prima, lo trafisse come una pugnalata e gli fece torcere lo stomaco. L'immagine di Marjorie, delle sue ferite.

«Avrei voluto esserci», disse Owen.

«Eravate solo un ragazzo», rispose Craig.

«Domhnall ha solo due anni più di me. Se ci fossi stato, forse il nonno...».

«*Nae*, non osate darvi la colpa. Avrei dovuto stare più attento. Avremmo dovuto esserlo tutti».

Marjorie aveva avuto un figlio da Alasdair e lo aveva chiamato Colin, come il nonno morto per salvarla. Il clan aveva tenuto nascosta la sua esistenza, soprattutto ai MacDougall, temendo che John andasse a prendersi l'unico figlio di Alasdair.

Nonostante Marjorie avesse avuto un figlio bastardo, Dougal avrebbe potuto trovarle comunque un bravo marito, che l'avrebbe accettata. Ma lei non si sarebbe mai sposata e non avrebbe mai potuto amare nessun uomo, aveva confidato a Craig. Per fortuna, il padre aveva compreso il suo trauma e non aveva insistito.

Craig e Owen rimasero in silenzio, chini sulle loro coppe. Marjorie era sempre stata allegra e dolce, ma dal suo ritorno da Dunollie era diventata l'ombra di sé stessa. Dopo qualche tempo aveva chiesto a Craig di insegnarle a difendersi e lui lo aveva fatto di buon grado. Anche Owen e Domhnall l'avevano aiutata. Aveva recuperato le forze e la fiducia in sé stessa, ma non sarebbe più stata quella che era prima di Dunollie.

«La MacDougall», disse Owen. «Qualcuno le ha portato da mangiare?»

«Non credo», rispose Craig. «La porto qui. Non riuscirà a fuggire con un centinaio di uomini nella sala a tenerla d'occhio. E potremmo ottenere una risposta o due».

Si alzò e si diresse a grandi passi verso l'uscita, quando vide suo padre e Bruce alzarsi da tavola e andare verso di lui. «Craig, una parola», disse il re.

Si spostarono in un angolo, dove non li avrebbe sentiti nessuno.

«Riguarda la MacDougall», disse suo padre. «Per favore, ascoltate con mente aperta. Io ho già dato il mio consenso».

Craig aggrottò la fronte. Aveva un brutto presentimento.

«Ditemi», rispose.

«La notizia che i Cambel la tengono prigioniera qui ci porterà i MacDougall davanti alla porta in men che non si dica, per riprendersi la figlia. Forse persino il conte di Ross».

Craig strinse i denti. «*Aye*. Ma posso resistere a un assedio. Finché nessuno sarà a conoscenza dell'entrata segreta...».

«Ne sono tutti all'oscuro, eccetto Edward, che è morto in battaglia, e il ragazzo che hai catturato. Me lo ha confessato quando l'ho minacciato di spellargli le terga a frustate. Lo porterò a nord con me, sarà il mio coppiere. Ha scelto di stare dalla parte giusta in questa guerra. È uno scozzese, sa cosa è meglio per la nostra nazione: l'indipendenza».

«Questa è una buona notizia», disse Craig. «Lasciamo che i MacDougall vengano».

«Non è così semplice. Rischiare il castello per una ragazza è una follia».

Craig fece un passo indietro. «Non starete suggerendo di ucciderla?»

«Figlio, chiudete la bocca e ascoltate il vostro re», lo redarguì Dougal.

Craig strinse i denti. «Perdonatemi, sire. Parlate, vi prego».

Le labbra di Bruce si schiusero in un sorriso astuto. C'era

qualcosa nella sua espressione che non piacque per niente a Craig.

«Quanto vi piacerebbe vendicarvi dei MacDougall e al tempo stesso indebolire sia loro che il Conte di Ross?».

Craig alzò la testa. «*Aye*, mi piacerebbe moltissimo».

«Allora sposate quella ragazza».

A Craig si chiuse lo stomaco. «Cosa?»

«Figlio», disse Dougal Cambel, «è un buon piano. Toglierete ai MacDougall il loro principale alleato. Vi vendicherete senza usare violenza, portandogli via il futuro. Sosterrete la causa del re di Scozia».

Ma sposare una nemica? La sorella dell'uomo che aveva aggredito e violentato Marjorie? La cui famiglia aveva ucciso suo nonno, suo cugino Ian e molti altri Cambel?

Una donna che aveva il tradimento nel sangue.

Craig aveva giurato che nessun MacDougall lo avrebbe più tradito. E se avesse sposato Amy...

Fu scosso da un brivido di desiderio al pensiero di tenerla nuda tra le braccia. La pelle morbida, le labbra sulle sue, quei capelli rossi sparsi sul suo petto...

Cosa stava facendo? Se avesse sposato una MacDougall, le avrebbe offerto l'occasione di tradirlo su un piatto d'argento. Anche se l'avessero costretta a giurare di essergli fedele, i voti matrimoniali non avrebbero avuto alcun significato per lei. Sarebbe stata troppo vicina. Avrebbe saputo troppo.

Era intollerabile.

«*Nae*, Vostra Grazia. Perdonatemi. Non posso sopportare il pensiero di dover legare la mia vita a una MacDougall. Mi dispiace, Vostra Grazia. Dobbiamo escogitare qualcosa di diverso».

Bruce fissò Craig a lungo, con sguardo severo. «A volte è necessario che un individuo si sacrifichi per il bene di molti».

«*Aye*, sire, ma temo che non sarebbe un sacrificio. Sarebbe cadere in trappola».

Dougal posò una mano sulla spalla di Craig. «Pensateci, figlio. Siete un uomo forte e ligio al dovere. Farete ciò che è giusto».

Craig annuì con rispetto, ma la furia gli faceva ribollire il sangue nelle vene: rabbia verso Bruce e verso suo padre, per aver anche solo preso in considerazione la possibilità di accogliere una MacDougall in famiglia.

Si voltò e se ne andò, a cercare Amy MacDougall per chiederle tutto quello che aveva bisogno di sapere e poi chiuderla da qualche parte, dove non l'avrebbe dovuta vedere mai più.

CAPITOLO 6

Amy cercò di liberare il braccio dalla stretta di acciaio del maledetto highlander. La stava trascinando attraverso la corte buia, illuminata solo dalla luce delle torce. Cadeva una pioggia gelida e le sue scarpe da trekking affondavano nel fango.

Una cosa era essere confinati in una stanza, un'altra essere bloccati in questa stramba realtà medievale. Nonostante il giacchetto caldo, era come se l'aria le premesse sul corpo da tutte le parti.

«Non saprei dove scappare», gli disse. «Toglimi quelle manacce di dosso».

«Ha! Non mi farò raggirare di nuovo da una MacDougall. Muovetevi».

Amy sbuffò. Oh, le prudevano le mani dalla voglia di tirargli addosso qualcosa di pesante. Entrarono nella sala grande, piena di gente con indosso abiti medievali. Si rese conto all'improvviso di quanto i suoi jeans moderni e il suo giacchetto fossero fuori luogo. L'aria era soffocante, odorava di lana bagnata, fumo e stufato. Il pavimento di legno era sporco di fango. La stanza era illuminata dalle torce e dal camino.

Iniziò a brontolarle lo stomaco e si accorse di essere davvero affamata. Non aveva più mangiato niente dopo la colazione, dieci o dodici ore prima, a giudicare da quanto era buio fuori.

Molte teste si voltarono verso di lei. Vide il re e il padre di Craig che bevevano e mangiavano con altri uomini anziani all'estremità opposta della sala.

Craig la guidò attraverso il corridoio tra i tavoli, ai quali sedevano uomini e poi ancora uomini. Amy si guardò intorno.

«Perché ci sono solo uomini qui?», chiese.

«Questo è un esercito. E ho mandato via tutti i servi dei Comyn, incluse le donne».

«Perché?»

«Perché sono nemici e potenziali traditori, proprio come voi».

«Be', beati loro. Provo invidia per quelli che hanno perso il lavoro. Se ne possono andare il più possibile lontano da te».

Craig si fermò davanti a un tavolo vicino al camino, a cui sedevano altri guerrieri. Stavano ridendo, ma smisero appena videro Amy.

«Seduta», le disse, indicando la panca.

Amy cercò di liberare il braccio con uno strattone e lui la lasciò andare. «Non sono un cane», sibilò.

«*Nae*, non lo siete. I cani sono fedeli».

Che idiota. Non mi conosce neppure e fa delle illazioni basandosi solo sul mio cognome.

E comunque, cosa ne sapeva lui dei MacDougall? Lei era fiera di essere una di loro. Le storie che le aveva raccontato il nonno, di guerrieri audaci e di capi valorosi, dell'origine del clan da un grande guerriero, Somerled, di come i suoi antenati avessero sconfitto i Vichinghi, di quanto fossero forti e fieri.

«Fate come volete», disse Craig sedendosi. «Godetevi pure il vostro pasto in piedi».

Le porse una scodella e un cucchiaio. Aha. L'oggetto pesante che stava aspettando. Sarebbe stato bello vedergli colare lo stufato verde-brunastro sul viso. Amy strinse la scodella tra le dita, ma poi si impedì di farlo. Glielo avrebbe tirato addosso molto volentieri, ma stava morendo di fame.

Inspirò ed espirò, lento e profondo.

Scavalcò la panca e si mise a sedere. Il loro tavolo era silenzioso, mentre il resto della sala risuonava di voci e di tanto in tanto scoppiavano delle risate. Qualcuno stava suonando musica medievale con la lira e cantava. Male.

Amy si portò il cucchiaio alla bocca, ma sentiva gli occhi degli uomini su di sé. Alzò lo sguardo. Loro lo distolsero. Doveva solo ignorarli.

Cominciò a mangiare. Non era un pasto particolarmente saporito. Era sciocco e poco condito, ma era cibo. E se non avesse mangiato adesso, chissà quando avrebbe potuto farlo.

Un uomo alto, seduto dall'altra parte del tavolo, spinse una coppa d'argento verso di lei. La osservava da sotto le sopracciglia, con uno sguardo cupo e indagatore, che voleva significare più di quanto lei potesse capire. Sembrava sulla trentina, un guerriero alto, snello, con la pelle segnata dalle intemperie.

«Qualcosa per mandarlo giù, ragazza», disse. «Sembra che ne abbiate bisogno».

Amy guardò nella coppa, poi annusò. Whiskey. No. Non proprio. Forse il whiskey non esisteva ancora. Se ben ricordava, il cartellone informativo diceva che il castello di Inverlochy era stato preso da Bruce nel 1307, quindi dovevano essere nel quattordicesimo secolo.

«Grazie», disse e prese un sorso.

Chiuse gli occhi, godendosi il fuoco che le scendeva lentamente lungo la gola e si depositava nello stomaco, riscaldandola.

«Il mio nome è Hamish MacKinnon», disse lui.

«Hamish», lo interruppe Craig, «non è un'ospite, *nae*. Non avete il dovere di essere cortese con lei».

«*Aye*, lo so, ma non ha neanche commesso un crimine. Lasciamola un po' in pace».

Craig la guardò torvo. «Suppongo di no».

Amy sorrise a Hamish.

«Grazie», disse e gli restituì la coppa.

Lui scosse la testa. «Bevetelo, ragazza. Io ne ho avuto abbastanza. Mi pare che a voi serva di più».

«Quindi ci sono persone gentili nell'esercito di Bruce, dopo tutto», disse lei e quasi sentì stridere i denti di Craig.

«Avete uno strano accento», disse un uomo biondo seduto alla sua destra.

Somigliava a Craig e Dougal, con quegli occhi verdi.

«I MacDougall hanno questo accento?», chiese poi a Craig.

«*Nae*, Owen», gli rispose lui. «Il suo è particolare».

«Siete cresciuta da qualche altra parte?», le chiese Hamish.

Amy stava masticando lo stufato. Si prese un attimo di tempo. Poteva dire la verità almeno su questo.

«Sì. Volevo dire, *aye*».

«Dove?» chiese Hamish. «In Irlanda? Sembra simile all'irlandese».

Oddio, odiava mentire. «Sì».

«Perché?» la incalzò Craig.

Oh, accidenti. Avrebbe dovuto stare più attenta quando suo nonno le raccontava la storia dei MacDougall.

«Che ve ne importa?», gli chiese lei. La miglior difesa è l'attacco, no?

«Devo sapere chi siete e cosa ci fate qui», le disse. «E voi dovete rispondere. A ogni domanda».

Le sue parole la stringevano, le scavavano dentro, la facevano soffocare, ma lei non glielo avrebbe permesso. «O cosa?».

«O ve ne pentirete», le rispose con le labbra tirate.

Hamish aprì la bocca, senza dubbio per cercare di allentare la tensione, ma Craig alzò una mano e lui tacque.

«Me ne frego», gli rispose Amy. «Hai detto che non avresti mai fatto del male a una donna. O erano solo parole?»

«*Aye*, l'ho detto. Non sono mai venuto meno alla mia parola», disse Craig, la voce un basso ruggito ammonitore. «E non minaccio mai invano».

Posò lo sguardo cupo su di lei, lasciandola senza fiato. Amy fu percorsa da un brivido, ma non era paura. Sembrava quasi calore. I loro occhi si incontrarono e le si seccò la bocca. Per un'eternità si sciolse, divenne tenera e dimenticò tutto quello che la circondava. Poi, troppo presto, lui distolse lo sguardo e si mise a fissare la propria coppa.

«Ascoltate, ragazza. Rimarrete qui a lungo. Non sperate che vostro padre venga presto a salvarvi. E anche se lo facesse, non vi lascerei andare e lui non riuscirebbe a prendere il castello. Non vi auguro di provare quello che ha sofferto mia sorella».

Hamish e Owen abbassarono lo sguardo sulle le loro scodelle, quando sentirono nominare la sorella di Craig. Cosa le era successo? Era stata imprigionata da qualche parte? Presa contro il suo volere?

«Cosa le è successo?», chiese lei con voce roca.

Craig strinse le labbra. «Sapete di cosa parlo. Non mancherò di rispetto a Marjorie raccontandovi i giorni peggiori della sua vita».

Amy espirò, piano. Le vennero le lacrime agli occhi. Il ricordo dei giorni peggiori della *sua* vita le inondò la mente. No. Non era il momento di annegare in quelle emozioni cupe. Craig si guardò intorno. «Owen, Hamish, Lachlan, potete lasciarmi solo con la nostra ospite?»

«*Aye*, fratello», disse Owen e Hamish annuì, anche se controvoglia, pensò Amy. I tre uomini si alzarono dalle panche e si unirono a un altro tavolo, dove furono accolti allegramente, tra scoppi di risa.

Craig versò un altro po' di quella roba forte dalla bottiglia nelle loro coppe.

«Come si chiama?», chiese lei. «Non è whiskey, giusto?»

«È *uisge-beatha*».

L'acqua della vita, o la luce della luna, comprese Amy. «Certo», disse lei. «È quello che intendevo».

Dubbioso, Craig la osservò per qualche secondo, poi alzò la coppa. «*Slàinte mhath*», disse. "Alla salute" in gaelico, ricordò Amy da quello che aveva letto nella brochure dell'hotel sui tour del whiskey. Avrebbe dovuto portarsene una dietro.

Oddio, la povera Jenny probabilmente la stava cercando, terrorizzata. Amy doveva agire, trovare il modo di arrivare alla pietra.

Craig prese un lungo sorso e gemette, soddisfatto. Amy seguì il suo esempio, godendo del calore della luce della luna. Si riteneva che fosse l'antenata del whiskey ed era grandiosa.

«Ragazza», disse Craig. «Non sono un carceriere. Il mio compito è tenere il castello al sicuro e voi al suo interno. Vi chiedo solo di rispondere alle mie domande. Ho bisogno di sapere per quale scopo siete qui. Perché eravate con i Comyn?».

Era meglio mentire? Doveva avere accesso al magazzino sotterraneo. Forse doveva fare la brava, dopo tutto. Cosa sarebbe successo se la sua ostinazione avesse portato Craig a stringere ancora di più la presa?

«Risponderò alle tue domande», disse, con una voce che sembrava innaturale perfino alle sue orecchie, e diventando sempre più tesa. Odiava mentire. Ma se fosse servito a portarla più vicina a casa, lo avrebbe dovuto fare, a costo di provare orrore per sé stessa. «Ero un'ospite, ero stata invitata».

«Un'ospite? Di chi?»

«Sono amica di...». Oh, diavolo, i Comyn avevano una figlia? O un figlio? Dei bambini? «Lady Comyn». Era abbastanza vago.

«*Lady* Comyn». Sembrava disgustato. «Parlate come i normanni, proprio come i Comyn. Non siete scozzese, *nae?*»

«Certo che lo sono». Oddio, stava facendo più danni che altro con le sue bugie. «Come l'avrei dovuta chiamare?».

Craig scosse la testa. «Credo abbiate ragione. Lo stesso Bruce ha sangue normanno. Quindi vostro padre ha acconsentito di mandarvi a fare visita a Lady Comyn. Quanto pensavate di rimanere?».

Nel ventunesimo secolo sarebbe stato per un paio di giorni, forse. Ma qui, senza possibilità di comunicare e con lunghi tempi di viaggio, soprattutto durante l'inverno, che stava arrivando, le visite erano probabilmente più lunghe. «Giusto un paio di mesi».

«Non spetta a me giudicare la moda femminile del momento, ma perché siete vestita come un uomo?».

Oh, per l'amor di Dio. Il Medioevo e le sue regole su come le donne si dovevano vestire e si dovevano comportare. Amy probabilmente le stava infrangendo una a una senza neppure volerlo.

«Per la caccia».

Craig tossicchiò e la guardò da capo a piedi. Il suo sguardo ardente le attraversò i vestiti e le fece infuocare le guance.

Oh, datti una calmata. Non sei una scolaretta!

«E vostro padre si aspetta messaggi da voi?», continuò lui, in apparenza ignaro della sua reazione. «Da qualcuno dei Comyn?»

«No. Confida che sarò al sicuro qui. Il castello era ritenuto impenetrabile. Piuttosto, come sei riuscito a entrare?».

Lui fece una risatina. «Non sono affari vostri, ragazza. Quando sarà il vostro matrimonio?»

«Il mio matrimonio?»

«*Aye*, non fate la sciocca. So del vostro matrimonio con il conte di Ross».

Oh no. E se fosse stato un test? Se lui avesse saputo la data precisa?

«Mio padre non ha ancora fissato la data a causa della guerra», gli rispose.

«Quindi non vi aspetta a breve? O sta andando a Dunollie?».

Cosa diavolo era un *dunollie*?

«No».

Craig la fissò con gli occhi verde scuro e fu come se le guardasse attraverso, le entrasse sotto la pelle, scavando alla ricerca della verità. Le mancò il fiato, si irrigidì, in trappola nel suo stesso corpo.

Non sarebbe mai riuscita a tornare a casa.

«State mentendo», le disse Craig. «Non so su cosa. Non so perché. Ma so che state mentendo. A ulteriore conferma del fatto che non avrei dovuto credere che mi avreste raccontato la verità».

Le afferrò il braccio con la sua stretta d'acciaio e la tirò in piedi. Amy provò a liberarsi, ma lui la strinse ancora più forte.

«Resterete chiusa qui fino a quando non parlerete».

CAPITOLO 7

AMY CAMMINAVA AVANTI e indietro nel dormitorio. Adesso si trovava nella torre sudorientale, non quella nella quale era arrivata.

Non quella nella quale doveva andare se voleva tornare a casa.

Craig l'aveva chiusa lì il giorno precedente. Erano ormai trascorsi una notte e un giorno, e non era ancora tornato.

Hamish le aveva portato da mangiare il giorno prima e aveva preso il vaso da notte. Amy sapeva che c'erano delle guardie dall'altro lato della porta.

Aveva fatto un casino. Un gran casino. Sapeva di essere una pessima bugiarda, e Craig... Oh, astuto Craig!... glielo aveva letto in faccia.

Accidenti. Doveva capire meglio come funzionavano le cose da quelle parti. Era l'unico modo per poter essere convincente.

Più passava il tempo, più le si informicolivano le gambe e sentiva il bisogno di muoverle. Camminare per la stanza la aiutava ad alleviare il fastidio, ma continuava a sentire un tremito dentro e aveva lo stomaco sottosopra.

Qual era la cosa peggiore le poteva capitare? Craig l'avrebbe tenuta lì per sempre?

Almeno c'erano le finestre, i letti. Era asciutto e relativamente pulito. Amy si sedette nella profonda nicchia sotto la fine-stra a feritoia e guardò fuori. La vista era spettacolare. Riusciva a vedere il villaggio e l'esercito, che era ancora lì.

Nonostante in serata avessero iniziato a strigliare i cavalli, riempire le bisacce da sella, caricare botti e casse sui carri e, in generale, ad affaccendarsi qua e là. Probabilmente l'esercito sarebbe partito presto. Meglio così. Meno occhi puntati su di lei e maggiori possibilità di arrivare al magazzino sotterraneo.

Amy contemplò il paesaggio. Boschetti di alberi spogli, i campi vuoti simili a toppe marroni, colline e montagne a perdita d'oc-chio. Sì, non era come nel fienile, le ricordava in qualche modo il Vermont e questo le dava conforto. Inspirò a fondo l'aria fresca e frizzante, quasi dolciastra per l'odore di terra fertile e foglie marce.

La natura e gli spazi aperti la facevano sempre sentire meglio. Erano i luoghi piccoli, angusti a farle paura. Almeno Craig non l'aveva chiusa in uno scantinato.

Era più furbo di così. O più gentile. Perché per tenerla lì aveva privato alcuni guerrieri di un tetto e di un giaciglio. Si sentì in colpa.

Controllò il contenuto dello zaino. Il telefono, che aveva già provato ad accendere il giorno prima ed era, ovviamente, inutile. Il kit di primo soccorso. Poteva fare comodo, ma doveva tenere nascosti i presidi moderni, che avrebbero potuto sollevare domande. La torcia era finita sotto uno dei letti della torre orien-tale e aveva dimenticato di recuperarla. Bene, doveva ritrovarla o avrebbe dovuto usare delle candele quando fosse tornata nel magazzino.

Che cosa avrebbero pensato quegli uomini del medioevo se l'avessero trovata?

Scosse la testa e allontanò il pensiero.

Aveva gli assorbenti, il portafoglio, il passaporto. Tutto qui.

Non molto di cui disporre. Era pentita di non aver infilato nello zaino un sacco di cose inutili, così, per ogni evenienza, come faceva Jenny.

No. Amy preferiva uno stile di vita minimalista. Non aveva bisogno di molto, viveva in una casa piccola ed era sempre in giro sulle montagne o al centro con la sua squadra, in attesa delle richieste di soccorso. Le dava un senso di libertà, la sensazione di avere uno scopo.

La mancanza di un bagno e di acqua corrente, di comodità, non la turbava più di tanto. Poteva mangiare più o meno qualsiasi cosa e farsela andar bene.

La cosa peggiore era essere intrappolata nel Medioevo. Senza nessuno che venisse a *salvarla*.

Supponeva che sarebbe stato più facile se si fosse sentita accolta. Ma Craig e il resto degli uomini l'avevano subito etichettata: era una nemica.

L'unico disposto a guardare oltre era Hamish.

Amy trascorse il resto della giornata contando i minuti, che scorrevano lenti, fino a quando finalmente si abbandonò a un sonno popolato di sogni cupi.

Il mattino seguente non ne poteva più di stare chiusa lì dentro. Batté sulla porta. «Fatemi uscire! Adesso! Portatemi da Craig Cambel. Vi ordino di portarmi da Craig! Lo voglio vedere...».

La porta si aprì, Hamish entrò e andò a sbatterle addosso. Uno spruzzo di porridge caldo cadde dalla ciotola di argilla sul pavimento. Amy balzò indietro.

«State bene, ragazza?», le chiese Hamish.

«Sì, sto bene».

La porta si chiuse dietro di lui.

Il suo volto si aprì in un sorriso allegro. La squadrò da capo a piedi con gli occhi scuri, premurosi. «Affamata?»

«Sempre». Ricambiò il sorriso. Lui le porse la ciotola di porridge con un cucchiaio di miele al centro. Amy si avvicinò a uno dei letti e si sedette con la scodella sulle ginocchia. Lui si mise a sedere sul letto di fronte.

«Vi ci ho messo un po' di miele e un po' di burro».

«Non avresti dovuto». Sorrise. «Non mi dispiace il porridge semplice. Posso mangiare qualsiasi cosa. Non ho molte pretese».

Mescolò il porridge caldo con il burro fuso e il miele e ne prese un cucchiaio. Hamish socchiuse gli occhi. «No? È strano per la figlia del capo di un clan. Non siete abituata al miele e ai frutti di bosco freschi, al meglio in ogni momento?».

Oh, diavolo. «Immagino di essere diversa dalle altre figlie di capi, sapete».

Lui rise. «*Aye*, lo vedo». La osservò. «Suppongo non siate molto felice di essere lontana da casa».

Gli sorrise. «Non molto, è vero». Eppure si sentiva molto più allegra con il porridge caldo tra le mani e in compagnia di Hamish di quanto non fosse stata da quando era arrivata.

Lui annuì. «Quando avete avuto notizie da vostro padre l'ultima volta?».

Tutte quelle maledette domande... Prese un altro cucchiaio di porridge. Sentiva gli occhi di Hamish su di sé. «Quando ho lasciato casa...».

La porta si aprì e Craig era lì, alto, con le spalle larghe e così bello da toglierle il fiato.

～

HAMISH SALTÒ SU E, PER UNA FRAZIONE DI SECONDO, POSÒ LA mano sulla *claymore*. Ma poi si rilassò e si sforzò di sorridere.

«Craig...».

«Spero di non avere interrotto niente», disse lui fissando Amy e Hamish.

Non gli piaceva neanche un po' quello che aveva visto. Per la prima vola lei aveva il volto sereno e le labbra piegate in un piccolo sorriso. Era dovuto al fatto che Hamish le sedeva così vicino, con le ginocchia che quasi sfioravano le sue?

Di certo gli si era chiuso lo stomaco solo perché non gli andava che i suoi uomini fossero troppo gentili con i nemici.

Non perché odiasse l'idea che fosse stato Hamish a farla sorridere.

E non lui.

«Non avete interrotto niente», disse Hamish. «Ho portato il pranzo a Amy, tutto qui».

Craig lo osservò per capire se stesse mentendo. Hamish era un MacKinnon e il suo clan era fedele a Bruce. Lo avevano nascosto quando gli Inglesi e i clan nemici gli davano la caccia. Avevano salvato la vita al re e l'avevano aiutato ad arrivare dov'era.

«*Aye*», disse Craig. «Grazie. Mentre parliamo, Bruce e l'esercito stanno partendo verso nord e anche il vostro clan. Di certo non vorrete che vi lascino indietro».

Hamish guardò la finestra.

«Il mio clan e io abbiamo deciso che è meglio che resti al castello ad aiutarvi», rispose. «Se siete d'accordo, certo».

Craig guardò Amy, che stava mangiando un altro cucchiaio di porridge.

«Non sapevo che voleste restare. Posso chiedervi perché?»

«Per aiutarvi a difendere il castello, è chiaro. Bruce avrà dei nuovi sostenitori, quando i clan neutrali verranno a sapere di Inverlochy. Ma voi avrete bisogno di bravi guerrieri».

Ma non era questa la ragione. Voleva qualcosa che era lì: nessuno si sarebbe fatto lasciare indietro dal proprio clan senza un valido motivo.

«Ma cosa ci guadagnate?», gli chiese.

Hamish ridacchiò, nervoso. «Signore, le vostre domande hanno la capacità stupefacente di farci cagare sotto. Se siete in cerca di cattive intenzioni, le state cercando nel posto sbagliato. Non ho avuto una casa per anni, sono stato sempre in marcia. È bello per un guerriero poter riposare sotto un tetto e tra quattro mura. Tutto quello che volevo fare era tenere un po' di compagnia a Amy. La ragazza non ha fatto niente. Non è responsabile delle azioni del padre e del fratello. Non punitela per quello, non lo merita».

Craig osservò Amy. Sedeva ai piedi del letto, la scodella in grembo, il cucchiaio in mano. Lo stava fissando con quegli occhi azzurri così belli, grandi e luminosi.

Aye, Hamish aveva ragione, la ragazza non aveva colpa per le malefatte della sua famiglia. Ma con quella schiena dritta e quegli occhi che gli dicevano che non si sarebbe mai piegata, era in tutto e per tutto una MacDougall. E questo significava che non era poi così innocente.

«Potete restare, Hamish», disse. «Dite la verità. Ho bisogno di un guerriero forte come voi. Ma non dovreste fare amicizia con i clan nemici. Non potete sapere quali informazione potrebbe estorcervi».

«*Aye*, ma lei...».

«Hamish», lo interruppe. «Vi prego, lasciateci».

Lui guardò Amy, come per assicurarsi che sarebbe stata bene da sola con Craig, poi fece un cenno cortese con il capo e se ne andò.

Quando la porta si chiuse alle sue spalle, Craig si voltò verso Amy e allargò le braccia. «Avete chiesto di vedermi. Eccomi qui».

Lei appoggiò la ciotola sul letto, si alzò e incrociò le braccia. Stava lì con i piedi ben piantati a terra, le gambe tornite divaricate, a farsi ammirare da lui. I lunghi capelli rossi e ondulati le ricadevano sulle spalle. Le labbra carnose erano tirate, gli occhi ardevano di rabbia.

«Voglio uscire da questa stanza», gli disse. «Avevi detto che mi avresti fatto delle domande e poi mi avresti lasciata andare. Quindi. Fammi uscire da questa stanza. Vorrei camminare per il castello. Ho bisogno di aria fresca».

Oh, era proprio divertente. La figlia di un capo che avanzava delle richieste anche se non aveva alcun titolo per farlo.

«Voi volete, voi volete...». Andò verso di lei e si fermò ad ammirare la sua bella bocca. «Ma siete stata la prima a non rispettare il nostro accordo. Avete mentito. Voi nascondete qualcosa».

Lei strinse le labbra, che si imbronciarono un po'... così

graziose. Sentì l'impulso improvviso di accarezzarle il labbro inferiore con il pollice. Lei deglutì e lui sollevò lo sguardo; i loro occhi tornarono a incontrarsi. Craig sarebbe potuto annegare in quegli occhi, azzurri come laghi profondi, con ciglia lunghe del colore delle montagne in autunno.

«Voglio solo un po' di libertà. Ti farò diventare matto se mi farai restare qui dentro un giorno di più. Batterò sulla porta di continuo, romperò ogni cosa, porterò le tue guardie a odiare il loro lavoro».

Le si era posata una ciglia sulla guancia. Lui sollevò una mano e la toccò con delicatezza. La allontanò con la punta del dito, così sottile e lunga, bellissima.

Le guance arrossate, lei lo guardò con un'espressione che rispecchiava il suo cocente bisogno di toccarla. Di baciarla. Di accarezzarle i capelli morbidi, la pelle di seta.

Soffiò dolcemente e la ciglia scomparve dalla punta del suo dito.

«*Aye*, comprendo il vostro desiderio, ragazza», disse.

Le si illuminarono gli occhi e le labbra iniziarono a dischiudersi in un sorriso. «Davvero?»

«*Aye*, certo che sì».

«Bene. Grazie. Perché vorrei tanto lasciare questa stanza e muovermi liberamente per il castello...».

«Siete quindi pronta a parlare? A rispondere alle mie domande?».

La vide chiudere le labbra e muovere la gola come se deglutisse. Era nervosa.

«Sì», disse con voce tremante. «Ero già pronta la volta scorsa».

La lasciò andare e lei lo guardò, accigliata.

«Se intendete la volta in cui mi avete risposto con le vostre bugie, quella non conta».

Gli lanciò un'occhiataccia, arrabbiata, spaventata, con il viso arrossato e gli occhi ardenti.

«Quindi non mi lascerete uscire da qui?»

«*Nae*, potrete uscire. Non sono un mostro. Ma avrete una guardia con voi per tutto il tempo».

Era davvero graziosa in quel momento. E prima di dimenticare la propria rabbia e assaporare quelle labbra seducenti, se ne andò.

CAPITOLO 8

Una settimana più tardi...

Dalle mura settentrionali, Craig contemplava il fiume Lochy, Loch Linnhe e le terre al di là di questi. Inspirò a fondo l'aria gelida e lasciò uscire una nuvoletta di vapore.

«Qualcosa vi preoccupa?», chiese Owen, in piedi al suo fianco.

Craig inclinò la testa. «Sono *nei guai*, vecchio mio».

«Oh, l'onnipotente Craig Cambel è nei guai?», ridacchiò Owen.

Craig gli lanciò un'occhiata di traverso. «*Aye*. Sono nei guai. Non ho mai gestito una casa, figurarsi un castello. Ed è evidente».

Owen inarcò un sopracciglio. «Se vi riferite ai fuochi nella corte interna e agli uomini che si arrostiscono da soli la selvaggina, *aye*, direi che non è proprio usuale per un castello. Ma non ho sentito nessuno lamentarsi».

«Non si saranno lamentati, ma comunque non hanno fatto niente per migliorare la situazione. Il problema ha radici più profonde, Owen. Quando è partito, l'esercito di Bruce ha portato via buona parte delle provviste, cosa più che comprensibile. Ma quello che è rimasto non basterà per tutto l'inverno. Ho un centinaio di uomini. Sono tutti guerrieri, non c'è neanche un servo. Non abbiamo un cuoco, nessun ragazzo che vada a prendere l'acqua al pozzo, nessuno che prepari il pane, tagli le verdure, faccia il formaggio».

«*Aye*, be', sapete che non sono abituati ad avere un cuoco. Sono contenti di andare fuori ogni giorno a cacciare e a pescare».

«Ma poi ognuno deve cucinare per sé. Questo sottrae tempo all'addestramento e la corte interna è disseminata di fuochi da campo. È decisamente imprudente. Soprattutto se dovessero arrivare dei nemici all'improvviso».

Owen alzò le spalle. «Immagino che abbiate ragione. Siete comunque un bravo comandante».

«Per quanto riguarda organizzare le pattuglie e guidare gli uomini, addestrarli e pianificare la difesa in caso di assedio, *aye*, forse. Ma la gestione delle attività domestiche stenta. Nessuno pulisce, lava o rammenda gli abiti. Inoltre avremmo bisogno di carpentieri, capomastri e semplice manodopera per riparare i danni della catapulta di Bruce».

«Ma voi non volete un capomastro del posto».

«No. Sapete come la penso sulla gente di qui».

Owen alzò le spalle come per dire *Allora cosa vi aspettate?*

Be', *aye*. A questo punto era meglio non accennare nemmeno alla questione delle scuderie. C'era bisogno di un fabbro per ferrare i cavalli e riparare le armi, e di maniscalchi e stallieri che si prendessero cura dei cavalli e pulissero le stalle.

«Forse far andare via tutti i servi non è stata proprio un'ottima idea», disse Owen.

«Ho bisogno di persone di cui potermi fidare. Ho mandato un messaggero a casa ad assoldare qualcuno dalle terre dei Cambel».

«Gli ci vorranno settimane per trovare le persone e portarle qui. Forse addirittura mesi, con l'inverno in arrivo».

«*Aye*. E io ho bisogno di qualcuno adesso. Di qualcuno che organizzi gli uomini, li assegni alle cucine e alle pulizie e sovraintenda il loro lavoro, mentre io sono impegnato ad addestrare i guerrieri. E di qualcuno che coordini i turni di guardia e la manutenzione delle armi».

Guardò a sinistra e vide Amy MacDougall salire sulle mura. C'era Hamish con lei, la sua guardia per quel giorno. La ragazza fece un cenno con il capo a Craig e si fermò vicino alla torre ad ammirare la vista.

Indossava abiti femminili, probabilmente si era stancata di quelli da caccia. Vederla così, con i capelli che ricadevano sul mantello di lana grigia, le guance e il naso arrossati dal freddo, lasciava senza fiato.

L'aveva spostata nell'unica camera da letto singola, quella del signore del castello, nella torre dei Comyn. Lui dormiva al piano inferiore, nella sala privata, insieme a Owen e agli altri Cambel. Era abituato alla vita semplice dei guerrieri, a dormire sul pavimento mentre era in marcia con il padre e gli zii. A casa divideva la camera con i fratelli. Ma poteva immaginare che Amy, l'unica donna nel castello, avesse bisogno di un po' di privacy.

Nelle ultime settimane si era sorpreso a fissarla, a guardare in giro nella speranza di vederla passare o che avesse bisogno di chiedergli qualcosa. Addirittura che pretendesse qualcosa o protestasse per le guardie. Ma lei gli parlava a stento, se non interpellata. Craig detestava vederle Hamish accanto, che le portava una mela o una focaccia d'avena.

No, non era geloso. Non c'era niente di cui essere geloso.

«Volete qualcuno che gestisca i lavori domestici», disse Owen. «Eccola qui».

Craig si irrigidì.

«Potreste sposarla», disse Owen. «È quello che vi ha chiesto Bruce, no?».

Sposarla, di nuovo: il pensiero aveva tormentato Craig.

«Romperebbe l'alleanza tra MacDougall e Ross», insisté Owen, «e indebolirebbe i nemici di Bruce, ma sarebbe anche una vendetta di noi Cambel contro i MacDougall».

Aye, certo, entrambe le ragioni erano piuttosto convincenti.

«Non potrei mai sposare una MacDougall», ringhiò Craig. «Sarebbe il modo migliore per farsi tradire».

«E non pensate che, una volta diventata vostra moglie, potrebbe aiutarvi nella gestione del castello?».

Craig osservò il profilo di Amy da lontano. *Aye*, probabilmente era stata cresciuta per dirigere la casa di un nobile, quindi le avrebbe potuto affidare alcuni compiti. L'aveva già vista con i cavalli – pulirli, parlare con loro, dar loro da mangiare. Sembrava sapere quello che faceva. Aveva anche cucinato una semplice zuppa una volta. Ma avrebbe saputo organizzare una cucina funzionante e le attività di pulizia anche se le avesse dato dei guerrieri da comandare e non dei servi. Le avrebbe assegnato i suoi uomini e lei li avrebbe organizzati.

C'era un'altra cosa che gli piaceva di quell'idea.

Come suo marito, avrebbe avuto il diritto di baciarla e portarsela a letto, di tenere tra le braccia quel corpo dalle gambe lunghe, respirare il suo profumo. Quello sarebbe stato il vantaggio maggiore... Non l'avrebbe mai forzata, certo. Ma se lei gli si fosse offerta, non le avrebbe detto di no. Non solo.

La desiderava.

«Ma è una MacDougall», disse, di nuovo. «Una MacDougall infida, spregevole. Non posso neppure immaginare di legare per sempre la mia vita a una di loro».

«Non dovete legarvi a lei per sempre», disse Owen. «Solo quanto basta a mantenere il castello e mandare a monte il suo matrimonio con il conte di Ross. Poi la lascerete andare».

Craig addrizzò la schiena e osservò Owen, cercando di capire se il fratello fosse un genio incompreso. «Intendete *l'handfasting*?», gli chiese.

L'antica tradizione Celtica del matrimonio di prova per un anno e un giorno.

«*Aye, l'handfasting*», disse Owen.

«Più ci penso e più l'idea mi piace», borbottò Craig. «Immagino la faccia di John MacDougall quando scoprirà che sua figlia è andata in sposa a un Cambel».

Aye, sperava che si sarebbe chiesto cosa Craig stesse facendo alla sua Amy. Se era al sicuro. Se stesse bene.

Se la trattenessero contro la sua volontà, se soffrisse.

Era quello che lui, suo padre, i suoi fratelli e tutti gli uomini del clan si erano chiesti e avevano temuto per Marjorie. Solo che, nel suo caso, le paure peggiori erano diventate realtà.

Craig diede una pacca sulla spalla del fratello, annuì e si diresse verso Amy. Lei alzò gli occhi e l'espressione serena divenne tesa e fredda, come una maschera. Addrizzò la schiena e lo accolse a testa alta.

AMY OSSERVÒ IL BEL VISO DI CRAIG. IN QUELLA LUCE I SUOI occhi erano come le foglie a settembre, ancora verdi ma già sfiorate dal bruno dell'autunno. Erano leggermente inclinati, notò, e incorniciati da folte ciglia nere.

E c'era qualcosa nel suo sguardo, qualcosa che non le piaceva neanche un po'. Una risolutezza malevola. Qualunque cosa lui avesse deciso, non gli avrebbe permesso di privarla ancora della libertà.

«Buongiorno a voi, signora», le disse.

«Buongiorno», gli rispose.

Lui ridacchiò. «Avete voglia di fare una passeggiata con me?»

«Dove?»

«Qui, sulle mura».

«Oh». Lei scosse la testa. «Certo, sulle mura. Dio non voglia che tu mi faccia uscire dal castello».

«Forse un giorno lo farò».

Lei alzò le spalle. «Va bene, andiamo».

Craig lanciò un'occhiata al guerriero in piedi dietro di lei. «Hamish, siete libero di andare».

Lui annuì e rientrò nella torre. Anche Owen, che fino ad allora era rimasto accanto al fratello, se ne andò. Erano soli.

Craig le offrì il braccio e lei gli posò la mano sull'incavo del gomito. Quel semplice tocco fu elettrizzante, anche attraverso lo spesso mantello.

«Vi trovate bene al castello?», le chiese.

«È una domanda a trabocchetto?»

«*Nae*. Volevo soltanto sapere se trovate la gestione domestica di vostro gradimento».

Lei tossì. Sembrava che ognuno cucinasse solo per sé, era sporco ovunque, nessuno si prendeva cura dei cavalli e in pratica tutti potevano fare quello che volevano senza la minima conseguenza. In sostanza, era come un enorme appartamento da scapolo, medievale.

«Ehm, credo che sappiamo entrambi che questo posto è un disastro».

«*Aye*. Lo penso anch'io».

«Allora perché me lo avete chiesto?»

«Perché desidero il vostro aiuto».

«Il mio aiuto?», lo schernì. «Perché mai dovrei aiutare l'uomo che mi tiene prigioniera?».

Lui si fermò, facendola fermare a sua volta. La fece voltare, in modo da poterla guardare in faccia. Erano così vicini che la parte inferiore del corpo di Amy si sciolse come gelatina. Lui la guardò dritta negli occhi, travolgendola con la promessa di passione che ardeva nei suoi. Poi le posò le mani sulle spalle.

«Sposatemi».

Amy restò a bocca aperta. «Che cosa?»

«Sposatemi. Occupatevi del castello in qualità di mia sposa. E io vi lascerò libera di andare ovunque».

Amy scosse il capo. «Sposarti? Non hai continuato a ripetere per tutto questo tempo che siamo nemici?»

«*Aye*. Be', non noi personalmente. Voi appartenete al clan nemico. Ma non mi avete fatto niente... non ancora. Questa è un'altra ragione per sposarvi. Tenervi meglio d'occhio».

Amy si voltò e si mise a ridere. «Mi sembra una follia. Ma ti ascolti quando parli?».

L'allegria di Craig svanì. «Non sto scherzando, Amy».

Erano tempi folli. Certo, nel Medioevo le persone si sposavano per qualunque motivo eccetto l'amore, e adesso era personalmente testimone di questa pazzia.

«Quindi vuoi sposare la tua prigioniera per tenerla d'occhio e farle fare le pulizie...».

Si interruppe. All'improvviso comprese tutto. Se la Amy MacDougall del tempo era fidanzata con un conte o roba del genere, questa cosa avrebbe causato la rottura del fidanzamento. Era probabile che suo padre si sarebbe arrabbiato parecchio.

«Vuoi mettere fine al mio fidanzamento».

Craig sorrise. «Siamo nemici, ragazza. È stato Bruce a suggerire che ci sposassimo per impedire l'alleanza dei MacDougall con il conte di Ross».

Quindi era una mossa politica.

«Non acconsentirò mai».

«Pensateci. Sarà un *handfasting*, solo per un anno e un giorno. Godrete dei privilegi della signora del castello. Potrete andare ovunque all'interno delle mura, ma non fuori, *nae*. E quando l'anno sarà finito, sarete libera di ritornare da vostro padre».

Amy inspirò a fondo. Queste usanze medievali erano così strane. Ci si sposava per politica, per soldi e per qualsiasi altra ragione. Non per amore.

Ah, l'amore. Lei si era sposata per amore. E guarda come era finita.

Con un divorzio.

Perciò quell'anno e un giorno non sembrava proprio una pessima idea, in effetti.

Non che pensasse di restare tanto a lungo. E in ogni caso non sarebbe stato un matrimonio vero.

«E per quanto riguarda il sesso?», gli chiese.

«Perdonatemi, in che senso?»

«Dormire insieme. Te lo puoi scordare».

«Non vi farò mai pressioni, Amy. Spero sappiate che vi ho sempre trattata con rispetto, e così intendo continuare. Non vi toccherò a meno che non siate voi a volerlo».

«E potrò andare ovunque nel castello?».

Poi il pensiero la colpì. Se avesse avuto bisogno di accedere alle scorte di cibo, avrebbe avuto una scusa per esplorare il magazzino sotterraneo.

Una volta sposati, Craig si sarebbe fidato di più di lei. Forse avrebbe addirittura potuto usare l'organizzazione del castello come pretesto per visitare il magazzino. Anche se fosse stata con lui, non importava. Aveva solo bisogno di capire come far illuminare la pietra, poi avrebbe appoggiato la mano sull'iscrizione. E poi, se tutto fosse andato come doveva, sarebbe tornata nel 2020.

«Quindi mi lascerai libera di andare dove voglio».

«*Aye*...».

«E non dovrò dormire con te?».

Le sue narici fremettero. «No, se non lo desiderate».

«E vuoi che io mi occupi dell'organizzazione dei pasti e delle pulizie?»

«*Aye*. Oltremodo». La sua erre scozzese divenne più marcata. Doveva dare molta importanza ai pasti e alle pulizie.

Amy incrociò le braccia. Che uomo esasperante!

«Quindi in pratica vuoi una governante?», gli chiese.

«*Nae*. Non soltanto».

Perfetto.

Sarebbe stata *sposata* con questo bel pezzo d'uomo... Le si seccò la bocca al pensiero, le immagini che le passarono davanti agli occhi le provocarono uno spasmo nel ventre: lui, nudo, che le esplorava il corpo con le mani. Detestava il modo in cui la faceva sentire. Quell'uomo, che la teneva prigioniera!

Era di una bellezza abbagliante, come il sole. Era un uomo d'onore. Apprezzava davvero che le avesse assegnato l'unica camera da letto del castello e che si fosse assicurato che nessuno dei suoi uomini la molestasse. Ma si sentiva in una gabbia dorata e le guardie la seguivano di continuo.

Doveva solo smettere di pensare a quanto fosse bello e a quanto sapesse essere gentile, e accettare le sue condizioni.

Perché doveva fare tutto il possibile per tornare nella propria epoca. Di certo Jenny era sempre più preoccupata per la sua scomparsa. Inoltre, non si poteva prendere cura da sola del loro padre a lungo.

Perciò, a quanto pareva, arrendersi a quell'idea folle sarebbe stata la strada più veloce per accedere al magazzino. Che alternative aveva? Con una guardia sempre al seguito, non avrebbe avuto nessuna possibilità di andare dove doveva.

Avrebbe continuato a fingere. A fare finta di essere un'altra persona, sperando di non farsi uccidere nel frattempo.

Va bene allora, avrebbe preso parte a questo matrimonio farsa. Poi, una volta attivata la pietra, se lo sarebbe lasciato alle spalle, sarebbe tornata a casa, alla sua vita, e questa strana avventura sarebbe stata solo un ricordo. Magari ci avrebbe scritto un libro o qualcosa del genere.

Craig se lo meritava, per averla tenuta lì contro la sua volontà. Dopo tutto, lei era una MacDougall. Quindi sì, tecnicamente, erano nemici. Suo nonno le aveva detto qual era il motto del loro clan: *Conquista o morte*. C'era orgoglio in quelle parole, e forza. Adesso ne avrebbe avuto bisogno.

«Accetto», disse, stringendo i pugni perché non le tremassero le mani.

Lui annuì, serio e solenne, e la condusse più avanti lungo le mura, in silenzio.

Ma solo quando sentì il suo braccio diventare teso sotto la propria mano, Amy comprese cosa aveva fatto.

Era caduta di sua spontanea volontà nella trappola del matrimonio. La trappola che l'aveva soffocata, spaventata e resa infelice.

Ma non sarebbe stato un matrimonio vero, ricordò a sé stessa. Non sarebbe stato come l'altro.

E mentre contemplava il bel profilo di Craig, l'idea di essere sposata con lui le piacque sempre di più. Guardò le sue labbra. L'avrebbe baciata durante la cerimonia? La sua bocca sarebbe stata morbida? All'improvviso, l'aria dell'intera Scozia non era abbastanza, le mancava il fiato. Immagini di lui che posava le labbra sulle sue, le cingeva la vita con le braccia e la portava a letto le invasero la mente. Ad un tratto era accaldata e una goccia di sudore le scese lungo la schiena.

Oh no. Un conto era essere sua prigioniera, odiarlo e voler solo fuggire via.

Un altro essere attratta da lui e iniziare a provare dei sentimenti.

In quel caso sì che sarebbe stata davvero in trappola.

Perché se si fosse innamorata di quell'highlander, non sarebbe riuscita a fuggire con il cuore intatto neanche in un milione di anni.

CAPITOLO 9

Tre giorni dopo, Amy passeggiava nella camera da letto enorme. La mattina era trascorsa in un batter d'occhio. Non avrebbe dovuto essere così nervosa.

E non lo era, si disse. Era solo la paura di sentirsi in trappola.

Non il pensiero di passare del tempo con quell'affascinante highlander.

«È solo un passo avanti per arrivare alla pietra», ricordò a sé stessa. «Calmati».

Fece un respiro profondo ed espirò lentamente. La tensione si alleviò. La tensione di dover mentire ogni giorno, di camminare sul filo del rasoio, con la paura di dire la cosa sbagliata e rivelare quanto quel mondo le fosse estraneo. La tensione perché non era la Amy MacDougall che pensavano. Perché era certa che il loro piano per impedire l'alleanza tra i MacDougall e il conte di Ross sarebbe fallito senza dubbio.

E poi Craig. Si trovava a cercarlo, a fissarlo ogni volta che le era vicino. C'era qualcosa in lui che la faceva respirare più in fretta, le faceva sentire il cuore in gola.

Era un'idiota. Sì, quel ragazzo le piaceva, ma non poteva permettere che la distraesse dal suo obiettivo. Non poteva esserci assolutamente niente tra loro, per tutte le ragioni del mondo. In fondo lui era un brav'uomo e lei una bugiarda. Questa non era la sua epoca, si trovava lì solo di passaggio. Era una MacDougall, anche se nata centinaia di anni più tardi, e Craig non sarebbe mai stato con una MacDougall. La odiava per il nome che portava.

E l'avrebbe odiata ancora di più quando avrebbe scoperto il suo inganno. Cosa le avrebbe fatto?

Non l'avrebbe uccisa, vero?

Amy guardò il vestito rosso che indossava. Era l'abito più bello che aveva trovato nei bauli, probabilmente era appartenuto a Lady Comyn. Non le stava a pennello: le maniche e la gonna erano troppo corte e le spalle un po' troppo larghe. Inoltre era evidente che Lady Comyn aveva più seno di lei, perché restava molto spazio vuoto nel corpetto. Be', non era difficile. La maggior parte delle donne aveva più seno di lei.

Ripensò al suo abito da sposa. Lei e Nick si erano sposati dopo un anno di fidanzamento e sei mesi di convivenza. Era un semplice vestito bianco, poco costoso, che aveva ordinato online, uno dei pochi che le avrebbero spedito da un giorno all'altro. Le arrivava al ginocchio e si rivelò essere "da spiaggia", cosa ridicola per la primavera in Vermont. Ma a lei non era importato. Non era fissata con la moda, la maggior parte dei suoi indumenti erano pratici e adatti alla vita all'aria aperta. Quindi, se l'abito le stava, ed era così, era felice. Non aveva prenotato una truccatrice, non era andata dal parrucchiere.

La mattina aveva indossato il vestito per farlo vedere a Nick e lui aveva ululato come un lupo.

«*Yowza*!». L'aveva presa in braccio, in modo che le sue gambe gli cingessero la vita. «Che sposina sexy», aveva detto con il suo accento texano. «La mia».

Poi l'aveva baciata, facendole girare la testa e bruciare la pelle. Due ore più tardi erano sposati.

Amy era stordita per la felicità. Per la gioia pura di essere con la sua anima gemella. L'alto, robusto e gentile Nick, che aveva salvato da una caduta in montagna.

E anche con la sua anima gemella, non aveva funzionato.

Lui non era uno stronzo. Non l'aveva mai tradita. Non era stato violento. Era stato meraviglioso con lei.

Perciò, se non ce l'aveva fatta con Nick, non ce la poteva fare con nessun altro.

Le vennero le lacrime agli occhi e si affrettò ad asciugarle.

Meglio farla finita con questo *handfasting* e passare alla fase successiva del piano.

Qualcuno bussò. «Avanti», rispose, asciugandosi in fretta le guance.

Hamish entrò, con in mano un piccolo bouquet di foglie autunnali ed equiseto. «State bene, ragazza?».

Amy annuì e si sforzò di sorridere. «Sì, grazie».

«Craig mi ha mandato a prendervi. Sono pronti».

«Okay».

«E voi siete pronta?»

«Sì. Certo». Addrizzò la schiena e lo raggiunse. Guardò il bouquet.

«Oh, *aye*, questo è per voi». Glielo porse. «Non sono riuscito a trovare dei fiori in questa stagione. È quasi inverno».

«I fiori non sono necessari. Così va più che bene. E non ci sono donne a cui lanciarli, in ogni caso».

Hamish aggrottò la fronte. «Lanciate fiori alle donne? Perché?».

Oh accidenti. «È una tradizione che ho visto in Irlanda. La sposa lancia il bouquet alle donne non ancora sposate e chi lo prende sarà la prossima a sposarsi».

Hamish sorrise e aprì la porta per farla passare. «Sono buffi gli Irlandesi. Mai sentita una tradizione come questa».

Cominciarono a scendere le scale. «Sei sposato, Hamish?», gli chiese.

«Io?» Rise. «*Nae*, ragazza».

«Nessuno di speciale nella tua vita?».

Lui le lanciò un'occhiata da sopra la spalla. «*Aye*, c'è qualcuno a cui tengo nelle Borderlands».

«È una bella cosa. Perché non potete stare insieme?»

«Una lunga storia, ragazza. Non vado bene per lei».

«Non è vero. Sono certa che un giorno ti sistemerai».

«*Aye*, questo è il mio obiettivo, anche se non desidero sposarmi. Ne ho abbastanza di gente che mi dà ordini, che mi dice dove andare e cosa fare. Vorrei una tenuta, un po' di terra e vivere la vita come voglio».

Scesero al pianterreno della torre, dove erano riposte le armi e le provviste. Hamish si voltò verso Amy, con uno sguardo triste.

«Non è facile trovare una brava donna che non sia già promessa. Craig Cambel è un uomo fortunato».

Lei aprì la bocca, incerta su cosa dire, ma Hamish si era già voltato e le aveva aperto la porta.

Fuori cadeva una pioggia fine, mista a neve. La corte interna si era trasformata in un pantano. Amy sollevò la gonna e seguì Hamish fino alla sala grande, che si trovava tra la torre dei Comyn e quella orientale, a ridosso delle mura settentrionali.

Quando entrò, nella sala cadde il silenzio. Le parti bruciate del tetto erano state rattoppate alla meglio e l'acqua gocciolava in un barile. C'era odore di paglia umida e di candele di cera, che illuminavano la sala di una luce dorata, come un milione di lucine di Natale. I tavoli e le panche erano stati sposatati da parte, e i guerrieri – ce ne doveva essere almeno una cinquantina – erano disposti a formare un grande ovale e la guardavano in silenzio.

Al vertice dell'ovale c'era Craig, con Owen accanto. Indossava una tunica blu e una cintura dalla quale pendeva la spada. Si era pettinato i capelli e rifinito la corta barba. Wow, sembrava che si fosse impegnato per lei. Era in piedi, con le gambe divaricate e la schiena dritta, solenne, come se stesse per partecipare a un sacramento.

Teneva gli occhi fissi su di lei, scuri e penetranti, come se la volesse catturare e trattenere con lo sguardo. Ma, cosa sorprendente, non era ostile. Era...

Ammirato.

Gentile.

Rispettoso.

Mentre gli uomini si facevano da parte per lasciarla passare, avanzò verso di lui attraverso il centro della sala, sfiorando con delicatezza il pavimento di legno con le scarpe medievali senza tacco. Più si avvicinava a Craig, più il suo corpo si scaldava. E quando lo raggiunse, aveva le guance in fiamme e le faceva male la gola per la tensione.

Sciocca.

Cosa le stava prendendo? Sudava per l'ansia e il cuore le rimbombava nel petto come un tamburo.

Craig le sorrise.

Le sorrise.

Per la prima volta da quando lo aveva incontrato, le sorrise. Dolce. Accogliente. Gentile.

Non riuscì a impedirselo, rispose al sorriso e qualcosa li unì, come un filo invisibile.

«Possiamo iniziare?», chiese Owen.

«*Aye*», rispose Craig e le prese la mano nella sua.

AMY SEMBRAVA PROPRIO UNA FATA, I CAPELLI ROSSI, LUNGHI E ricci, risplendevano alla luce delle candele, i luminosi occhi azzurri ardevano sotto le lunghe ciglia. L'abito rosso accentuava l'impressione che fosse nata dalle fiamme.

Mentre gli si avvicinava e si fermava al suo fianco, aveva le guance infuocate e Craig sperò, in segreto, che potesse essere eccitata o quantomeno compiaciuta di sposarlo.

L'aspettativa di qualcosa di meraviglioso, mai provata prima, gli strinse il cuore. Perché una nemica che stava solo usando per vendicarsi lo faceva sentire così?

Aveva provato qualcosa di simile la sua prima volta con una donna, quando era un ragazzo di sedici anni. Nella vita si era infatuato di servette graziose e di figlie di contadini, ma non aveva mai amato nessuno. La differenza tra desiderio e amore gli era sempre stata chiara.

Così come aveva sempre saputo che un giorno si sarebbe sposato per sancire un'alleanza tra clan. Per continuare la discendenza. Perché era quello che gli uomini erano chiamati a fare.

Ma era anche consapevole che avrebbe potuto non amare sua moglie. Avrebbe potuto non fidarsi di lei quanto si fidava di suo padre, dei fratelli e dei cugini.

L'eccitazione gli infiammò il corpo. Prese la mano di Amy. Era così gelida che gli bruciò la pelle. Qualcosa passò tra le loro mani. Un nodo invisibile legò i loro polsi. Cos'era? Craig si sentì più forte, potente e vivo di quanto non fosse mai stato prima di allora.

«Qui oggi», cominciò Owen, «stiamo per unire in matrimonio Craig Cambel e Amy MacDougall».

Sembrava nervoso. Di solito era il capo o la più alta autorità del clan a celebrare l'*handfasting*. Nel castello avrebbe dovuto essere Craig. Che però era impegnato a sposarsi e aveva chiesto a Owen, il suo parente più stretto, di farlo. Ma il fratello era ben lungi dall'idea di sposarsi, preferiva rincorrere sottane e avventure. Era quindi comprensibile che si sentisse un po' a disagio.

«Chi sostiene l'unione delle loro mani e delle loro vite, dica *aye*», esortò Owen.

«*Aye*», gli fecero eco gli uomini in cerchio.

Craig fu scosso da un brivido. Capiva perché questa parte della cerimonia fosse così importante: il sostegno degli uomini del clan e dei suoi antenati accresceva la sicurezza di aver preso la decisione giusta.

«Avete preparato le vostre promesse?», chiese Owen.

Craig non ci aveva pensato, ma doveva dire qualcosa. Fece voltare Amy e le prese anche l'altra mano. Gli occhi della ragazza erano enormi, spalancati, vulnerabili. Desiderò rassicurarla che sarebbe andato tutto bene. Che era al sicuro.

«Prometto di esservi fedele fintanto che sarete mia moglie. Prometto di proteggervi come se foste sangue del mio sangue, carne della mia carne. Prometto di prendermi cura di voi come un uomo deve prendersi cura della sua sposa. E prometto di essere sempre al vostro fianco, quando avrete bisogno di me».

Le luccicavano gli occhi... di lacrime?

«Amy?», la esortò Owen.

«Io...», rispose. «Io prometto di essere tua moglie meglio che posso. Di aiutarti come posso. E di... di... di...esserti fedele».

Pronunciò la parola «fedele» con un po' di indecisione e Craig si accigliò. C'era da aspettarselo, si disse. Dopo tutto, era la figlia del suo nemico.

«Vi prego, porgetemi le mani», disse Owen.

Craig e Amy si voltarono e sollevarono verso di lui le mani giunte. Owen le avvolse con un semplice nastro.

«Queste mani», disse Owen, «saranno unite e lavoreranno insieme; mani di amici, non di nemici; mani di marito e moglie. Con queste mani vi terrete stretti quando vi sentirete persi e vi sosterrete quando avrete bisogno di riposare. Con queste mani vi prenderete cura l'uno dell'altra e vi saluterete prima dell'ultimo viaggio nella valle della morte».

Mentre pronunciava queste parole, Owen avvolse loro il nastro intorno ai polsi e alle mani giunte, e lo legò con un nodo. A Craig piaceva la sensazione della pelle morbida di Amy, che si era riscaldata a contatto con la sua. Era screpolata sul dorso della mano e le dita non erano quelle di una nobildonna, aveva piccoli calli sui polpastrelli. Quella era la mano di una donna forte, indipendente, che non si aspettava che fossero gli altri a fare le cose per lei.

E questo gli piaceva.

«Con questo nastro, vi dichiaro marito e moglie», disse Owen.

I guerrieri batterono i piedi a terra e gridarono.

«Bevete insieme dal *cuach*». Owen prese la coppa a due manici e vi versò del *uisge*. «Come simbolo delle molte cose che condividerete».

Portò il *cuach* alla bocca di Craig, che prese un sorso e poi guardò Amy sorseggiare il liquore appoggiando le labbra rosse e morbide alla coppa.

«E suggellate questa unione con un bacio», disse Owen.

Craig represse un "finalmente" che stava per sfuggirgli di bocca. Guardò Amy negli occhi, poi le osservò le labbra, un po' inturgidite dall'alcool. Oh, quanto le desiderava. Ma non avrebbe fatto niente contro la sua volontà.

La guardò di nuovo negli occhi, per chiederle il permesso, per farle capire che non l'avrebbe baciata se non avesse voluto.

Lei aveva il respiro affannato, il petto ansante. C'era paura nei suoi occhi, ma anche desiderio. Poi lo sguardo si addolcì e le sue labbra lo chiamarono.

Senza riuscire a trattenere un gemito, Craig la trasse a sé con il braccio libero e posò le labbra sulle sue.

CAPITOLO 10

Craig aveva labbra di velluto, calde e morbide, ma il petto duro come una roccia e caldo come una fornace. Il cuore batteva forte e veloce sotto la mano di Amy.

Profumava di pulito e di muschio, come le montagne e le foreste in autunno dopo la pioggia.

E il bacio...

Oh, quel bacio...

Una valanga di brividi e un dolce incendio si propagarono dalle sue labbra. Lui aumentò la pressione e le aprì la bocca con la lingua. Poi la fece scorrere dolcemente sulla sua una, due volte. Forse Amy si sentì gemere. O forse era stato lui, ma le girava la testa e aveva il corpo in fiamme. Le si svuotò la mente, per poi riempirsi solo di sospiri e gemiti e pensieri molto, molto peccaminosi.

Nella sala si sentirono fischi e urla.

«*Aye*, monta la MacDougall, da non farla stare in piedi domani!», gridò qualcuno.

«Se ha qualcosa con cui montarla», disse un altro.

Scoppiò una risata fragorosa.

Amy si allontanò di scatto da Craig, rossa in volto. «Abbiamo finito?», chiese a Owen. «Per favore, togli il nastro».

«*Aye*», rispose lui e lanciò un'occhiata al fratello.

Amy ignorò lo sguardo di Craig, pesante come piombo. Era proprio un'idiota. Sentirsi attratta da lui, permettergli di baciarla in quel modo... Come se fosse normale, come se provare dei sentimenti per lui non complicasse le cose e non rendesse la sua partenza ancora più difficile.

Owen sciolse il nodo e Amy allontanò la mano. Il calore della pelle di Craig era sparito, restava soltanto il gelo che la circondava. Erano sposati adesso. Era legata a lui. Ancora più in trappola nelle Highlands, nel Medioevo, perché ora era unita a un essere umano. E sebbene non ci fosse un anello a legarla, il ricordo del nastro intorno al polso era come una manetta.

Craig sostenne il suo sguardo per un momento, poi fece un brusco cenno col capo. Si rivolse ai suoi uomini. «Non può esserci un matrimonio senza un banchetto», disse. «Rimettiamo i tavoli e le panche al loro posto. I cacciatori sono già tornati con la selvaggina e la stanno arrostendo. Ho comprato pane, burro e torte al villaggio. E non mancheranno vino, birra e *uisge*. Potete svuotare le botti per quanto mi riguarda. Oggi un Cambel ha sposato una MacDougall».

Guardò Amy, che questa volta gli vide negli occhi qualcosa che assomigliava al rimpianto. Fu come un pugno nello stomaco.

«Meglio berci sopra», disse lui.

C RAIG ERA UNO SCIOCCO. A VEVA CREDUTO CHE SAREBBE STATO facile provare indifferenza verso Amy. La cosa sarebbe andata avanti solo un anno, il tempo di indebolire la posizione dei loro nemici.

Ma quel bacio... l'*handfasting*... guardarla negli occhi e scoprire la sua vulnerabilità. La vera Amy.

Craig si era sempre vantato di essere bravo a giudicare le persone. E sentiva che gli stava mentendo su qualcosa. Cosa che detestava, ma allo stesso tempo capiva, considerato che lei viveva circondata dai propri nemici. Probabilmente avrebbe fatto la stessa cosa: tutto, pur di difendere il suo clan.

Ma al di là di questo, vedeva una persona buona. I suoi occhi erano puri, onesti. Non mentivano. Gli avevano mostrato il suo dolore e, nel profondo, la paura. Un costante senso di panico.

Voleva liberarla da quella sensazione.

Era lui la fonte di tanto dolore, di tanta paura? Se era così, odiava l'idea di causarle angoscia.

Ma non avrebbe dovuto importargli.

Craig ringhiò mente rimetteva a posto l'enorme tavolo con l'aiuto di diversi uomini. La sala non era addobbata per un matrimonio tradizionale. Non c'erano fiori, non era stata pulita e il cibo non era ancora pronto. La mancanza della mano di una donna nell'organizzazione era evidente.

«Vado a vedere a che punto è il cibo», disse Amy.

Era rimasta in piedi in un angolo, con aria indifesa e smarrita, a guardare gli uomini fare il lavoro pesante.

«*Aye*», le rispose Craig. «Grazie».

Lei annuì senza guardarlo negli occhi e uscì dalla sala. Cosa era cambiato? Il bacio le era piaciuto, ci avrebbe giurato, e lo aveva voluto lei. Ma poi...

Smettila di preoccuparti dei suoi sentimenti, si ripeté.

Ma suo malgrado, voleva compiacerla. Forse, pavimento e tavoli puliti le avrebbero risollevato l'umore.

«Owen, Lachlan, prendete altri due uomini e pulite i tavoli», disse Craig.

Lo fissarono entrambi.

«Di certo scherzate, cugino», disse Lachlan. «È un lavoro da donne».

«L'unica donna qui è mia moglie. Quindi, se non volete cenare nella sporcizia, come maiali, muovete il culo e pulite».

Lo guardarono torvo e bestemmiarono a bassa voce, poi si voltarono e uscirono.

Almeno erano Cambel, parenti stretti. Guardò gli altri

uomini, fermi in piedi lì vicino. Erano tutti tesi, sentivano che avrebbero ricevuto ordini simili.

«Non mi guardate così, ragazzi», disse Craig. «Voi tre, venite con me. Prendiamo le scope e spazziamo».

Si trascinarono dietro di lui con poco entusiasmo.

Dopo un po' il pavimento era spazzato, le chiazze di birra, le briciole e gli avanzi di cibo erano stati rimossi dai tavoli e dalle panche, il fuoco ardeva nel camino e anche la pioggia aveva smesso di cadere.

Craig, Owen, Lachlan e i loro aiutanti portarono cibo e bevande dalla cucina: pane, burro, formaggio, lepri e pollame arrosto. Poi dai magazzini arrivarono casse di birra, vino e *uisge*.

Quando fu tutto pronto e la stanza fu piena di uomini seduti ai tavoli, che parlavano e bevevano, e del profumo familiare di carne alla griglia, pane fresco e fumo, la sposa di Craig finalmente tornò. Prese posto accanto a lui al tavolo in fondo alla sala, vicino al camino, dove era usanza sedessero il signore e la signora del castello circondati dalla loro famiglia.

La famiglia che Craig non avrebbe mai avuto con Amy MacDougall.

«Avete pulito?». Inarcò un sopracciglio mentre si guardava intorno.

«*Aye*», rispose Craig e vide un sorriso affiorarle sulle labbra.

«Oh. Fantastico! Grazie, Craig».

Spinse verso di lei una coppa di birra e, mentre lei la prendeva, le loro dita si sfiorarono per un attimo. Fu attraversato da un'ondata di calore. Si sarebbe potuto godere il matrimonio, se fosse riuscito a non litigare con lei, a darle quello che voleva quando poteva.

Si alzò dalla sedia e sollevò il calice. «Possa la mia sposa avere una vita lunga e felice!».

I guerrieri gli fecero eco. Owen si alzò, «E a Craig Cambel, avrei giurato che non l'avrei mai visto sposare una MacDougall. Che Dio gli conceda la forza di sopravvivere a questo anno!».

Gli uomini risero. Anche Amy sorrise scuotendo la testa, poi bevve.

Craig si sedette e la guardò. «Amate il conte di Ross?», le chiese.

Lei tossì nella coppa. «Come?»

«No so. Magari siete già innamorata di lui».

«Perdonami, ma non sono affari tuoi. Ti piacerebbe se ti facessi la stessa domanda, se ami una donna che non sono io?».

Craig si appoggiò allo schienale e la osservò con attenzione. Era piena di spine, ma, a giudicare dalla vulnerabilità che aveva scorto nei suoi occhi, era solo apparenza.

«Non ho problemi a rispondere alla vostra domanda, Amy», disse. «Non ho mai amato una donna. *Nae,* non ancora».

Lei si rilassò. «Perché no? Nessuna donna è abbastanza per il valoroso Craig Cambel? Tutte lo potrebbero tradire e pugnalare alle spalle?».

Lui alzò una spalla. «*Aye*. Potrebbero. Non ne ho mai incontrata una alla quale avrei potuto affidare la mia vita e la mia anima».

Lei annuì, sovrappensiero, come se stesse ricordando qualcosa. «E potresti non incontrarla mai. Sì, se non ti apri di più e non ti fidi delle persone, potrebbe non accadere mai».

Lui ridacchiò. «Sembra quasi una profezia. Siete una veggente?»

«No. Ma so molte cose».

«Come siete misteriosa. Ditemi, in cosa siete brava? Cosa vi piace fare? Cucinare? Ricamare? Cucire?».

Lei scoppiò a ridere, un suono dolce, bellissimo. «Io? Ricamare? No, mio caro. Non mi interessano quelle cose. Sono brava a cercare e salvare le persone. Sono esperta di primo soccorso e disostruzione delle vie aeree, so mettere punti e bende, steccare braccia e gambe rotte... questo genere di cose. Non hai sposato un angelo del focolare, mi dispiace».

Lui spalancò la bocca, poi la richiuse. Lei bevve un sorso, sorridendo nella coppa. Craig non aveva mai sentito parlare di donne capaci di ritrovare le persone scomparse. Ma a parte questo, Amy sembrava proprio una guaritrice. E questa era una buona notizia, dato che non ne aveva una al castello.

Ma ritrovare le persone?

«Quindi siete una strega? Come ritrovate le persone scomparse?»

«No, niente del genere. Seguo solo le loro tracce. Uso la logica. Il buonsenso. Poi so arrampicare e nuotare e cose del genere. Ma ho anche bisogno di un equipaggiamento idoneo...».

Lui spalancò gli occhi, quando la sentì pronunciare la penultima parola.

«Intendo, di alcuni strumenti. Strumenti rari. Non credo che li abbiate qui».

«Equipaggiamento?» Era una parola strana, sembrava una lingua straniera.

Rispettava Amy sempre di più per le sue abilità. Di certo non era soltanto la figlia di un capo. Era di più. Molto di più.

«Come avete imparato tutto questo?», le chiese.

Amy aprì la bocca per rispondere, ma un ragazzo entrò di corsa nella sala con in mano qualcosa e andò dritto verso Craig. Era Killian, uno dei più giovani dell'esercito, che era rimasto al castello. Era bravo con l'arco, ricordò Craig. Quella notte era di guardia.

Teneva tra le mai un uccello, un piccione, con una freccia conficcata nel petto.

«Mio signore», disse. «Perdonatemi, ma ho bisogno di parlarvi».

Craig si alzò e lo seguì in un angolo, dove nessuno avrebbe potuto sentirli.

«Questo non è uno dei nostri piccioni», gli disse Killian. «Lo so perché ne abbiamo soltanto una dozzina e li conosco uno ad uno. Li nutro ogni giorno. Questo è nuovo. Ha delle macchie bianche sul petto, vedete? Nessuno dei nostri ne ha. È stato portato qui di recente. Qualcuno lo ha liberato dalla torre meridionale. Visto che non è uno dei nostri piccioni, vuol dire che è di qualcun altro, addestrato a volare verso un'altra casa. E non ne sono giunti dalla dimora dei Cambel o l'avrei saputo. *Aye?*»

«*Aye*». Craig prese la piccola borsa di pelle legata alla zampa dell'uccello. Conteneva un biglietto. Lo aprì. Era un messaggio scritto con lettere irregolari, come se fossero state tracciate da un bambino o da qualcuno non molto pratico con la scrittura.

«Passaggio segreto non trovato», diceva il messaggio. «Il signore, quindi, è vivo. Ha sposato Amy. Mandate altri piccioni. Serve ancora tempo».

Craig fu scosso da un brivido.

C'era un traditore nel castello e stava cercando il tunnel segreto.

Qualcuno voleva ucciderlo.

Per quanto ne sapeva, l'unica persona che poteva desiderare tutto ciò era la sua cara moglie.

CAPITOLO 11

AMY VIDE i muscoli della schiena di Craig tendersi mentre parlava con il ragazzo, nell'angolo. Poi si voltò verso di lei, lo sguardo torvo. Il suo ghigno infuriato le fece torcere lo stomaco. Si diresse verso di lei con un'espressione che avrebbe fatto sbiancare dalla paura persino il diavolo.

Le si gelarono i piedi. Il battito le andò alle stelle. I polmoni si contrassero. Le pareti iniziarono a chiudersi su di lei come avevano fatto quella notte, tanto tempo prima, quando suo padre le si era scagliato contro proprio come Craig, furioso e possente. Non c'era via di scampo.

E stava per succedere qualcosa di terribile.

Lui la afferrò per un braccio e la trascinò via, tra le urla e gli ululati degli uomini. La condusse fuori dalla sala grande, nella notte gelida, sotto una leggera nevicata. Il fango della corte interna era ghiacciato e duro sotto i piedi. La neve stava trasformando l'oscurità in un manto grigio.

Dalla sala grande filtrava il brusio delle voci, ma per il resto c'era silenzio.

Così tanto, che Amy riusciva a sentire il proprio respiro.

«Dove mi stai trascinando come una capra?», ringhiò.

«Devo scambiare qualche parola con voi, moglie adorata. Da soli. Nella nostra camera da letto».

Aprì la porta della torre dei Comyn. L'aria era riscaldata dalle torce appese alle pareti.

«La *nostra* camera da letto?», chiese Amy.

Lui cominciò a salire la scala tirandosela dietro.

«Ma certo, la *nostra* camera da letto. Siamo sposati, o lo avete già dimenticato?».

Superarono la porta della sala privata, al primo piano, e continuarono a salire.

«Credo che non lo potrò mai dimenticare».

«Bene». Aprì la porta del secondo piano. C'era un tepore piacevole nella camera: il camino scoppiettava e la stanza era accogliente. All'improvviso il letto sembrò occupare tutto lo spazio.

Chiuse la porta e si voltò verso di lei.

«Lieto che lo ricordiate, mia cara». Fece un passo verso di lei, con lo sguardo talmente carico di cupe promesse da farla indietreggiare. «Perché questo», le mise davanti un biglietto, «mi fa supporre che potreste averlo dimenticato».

«Che cos'è?», gli chiese.

«Oh. Non molto. Solo il messaggio che avete inviato a vostro padre in cui vi rammaricate di non avermi ancora ucciso».

Lei scosse la testa. «Scusami?».

Fece alcuni passi verso di lei, lentamente, e le si fermò così vicino che Amy riusciva a sentire il calore del suo corpo e il suo odore, così virile e appetitoso, e riusciva a vedere la vena del collo pulsare.

«Voi mi volete uccidere», disse lui. «Non è così, Amy? È l'occasione perfetta per il vostro clan. Mi siete vicina».

All'improvviso lei aveva la bocca secca. «Non voglio ucciderti, Craig», disse, cercando di evitare che la voce le tremasse quanto le mani.

«Hm».

Con un movimento rapido, lui sguainò il pugnale e glielo

porse, con l'elsa rivolta verso di lei. Le fiamme del camino si rifletterono sulla lunga lama affilata.

«Tanto vale provare, non credete?», le disse.

Se lo puntò al cuore. A Amy si strinse lo stomaco.

«Prendetelo», disse. «Uccidetemi. Adesso».

«Craig...», lo implorò con voce tremante.

«Così porterete a termine la vostra missione. Vostro padre ne gioirà. E voi potrete sposare il conte dei Ross».

Lei scosse la testa. Le si strinse ancora di più il petto, faceva fatica a respirare. «Smettila subito! Io non ti voglio uccidere».

Lui abbassò la mano e si rimise il pugnale alla cintura.

«Oh *nae*, aspettate. Non mi potete ancora uccidere. Avete ancora bisogno di una cosa, non è così? È per questo che sono ancora vivo, *aye*?»

«Io non voglio niente da te, a parte la libertà».

Craig rise. «Sapete fingere molto bene. *Aye*, è il sangue dei MacDougall, non c'è che dire».

Si allontanò di un passo e la squadrò da capo a piedi. «Quindi negate? Negate di averlo scritto voi?».

Le mostrò il biglietto, ma era troppo lontano perché potesse leggere quella calligrafia minuscola.

«Io non ho scritto niente ed è sicuro come la morte che non ho spedito questo biglietto. Non voglio uccidere né te né nessun altro».

«Perché volevate avere libero accesso al castello, Amy? C'è qualcosa di *specifico* che state cercando?».

Lei si irrigidì come un pezzo di legno, poi respirò a fondo per alleviare la tensione. Che cosa sapeva? Sospettava che stesse cercando la pietra? Era a conoscenza della sua esistenza? Se avesse pensato che era una strega o qualcosa di simile, di certo l'avrebbe uccisa. O l'avrebbe imprigionata da qualche parte per sempre... Fu scossa da un brivido e si avvicinò al camino per riscaldarsi.

Ricomponiti, si impose. *Non ti chiuderà di nuovo qui dentro. Non ancora.*

Si voltò versò di lui, a testa alta, con la schiena dritta.

«Non so da dove provenga questo messaggio, che cosa contenga o chi lo abbia scritto. Non ne ho la minima idea. Non ti voglio uccidere. Non sono un'assassina, salvo la vita delle persone, per l'amor del Cielo. So che non ti fidi di me, non hai motivo di farlo, e non so come convincerti della mia innocenza. Ma non ho niente a che fare con questo biglietto».

Craig teneva lo sguardo duro, penetrante, puntato su di lei. Era come se riuscisse a vederle sotto la pelle. Lei sostenne il suo sguardo, anche se le bruciavano gli occhi e aveva bisogno di sbattere le palpebre.

Poi lui sorrise e lei si sentì sollevata.

«È possibile che non siate stata voi a scriverlo. Sarebbe troppo semplice. Ma questo non significa che non siate coinvolta», continuò. «Quindi dovrò stare ancora più attento. Dormiremo nella stessa stanza, perché adesso siamo sposati. E perché devo sapere cosa fate e con chi. Vi terrò d'occhio, Amy, avete capito?».

Lei sospirò. «Cosa c'è da capire? Ma se anche dormi qui, non puoi dormire nel letto con me, capito?»

«Siamo marito e moglie. Ho tutto il diritto di prendervi. Siete mia».

Le mancò la terra sotto i piedi, si sentì avvampare.

«Non osare», lo minacciò. «Hai promesso che non mi avresti fatto niente contro la mia volontà. Non acconsento a fare sesso con te. Non ti voglio, mi hai sentita?».

Lui si adombrò. «*Aye*, Amy». Si allontanò da lei, poi si voltò un attimo. «Non vi angustiate, non vi toccherò. Né adesso. Né mai».

Uscì dalla stanza, lasciandola senza fiato...e, con sua sorpresa, delusa.

CAPITOLO 12

AMY NON RITORNÒ nella sala grande. Craig sentiva il posto vuoto accanto a sé. In effetti si sentiva vuoto. La sua mente non era lì, in quel momento, ma accanto a lei, lassù, nella torre. Era la loro prima notte di nozze. La notte in cui avrebbero dovuto consumare il matrimonio.

E la sua sposa non voleva avere niente a che fare con lui. Che era proprio quello che si doveva aspettare. E anche lui non avrebbe dovuto desiderare di avere a che fare con lei.

Allora perché il suo rifiuto lo feriva?

E perché in quel momento, con una coppa di *uisge* tra le mani, riusciva solo a pensare di tornare nella camera da letto, baciarla e farla sua? Fu attraversato da un fremito di desiderio mentre immaginava Amy nuda sotto di sé, la schiena inarcata, la testa inclinata, la bocca dolce aperta a pronunciare il suo nome gemendo.

Craig scosse la testa. Era proprio uno stupido. Farsi abbagliare e raggirare da una MacDougall. Desiderare la propria nemica, che lo voleva morto.

Molto probabilmente.

O qualcun altro, qualcuno dei suoi uomini, lo voleva morto. Il pensiero rese il suo umore ancora più cupo.

Mentre beveva, si guardò intorno nella sala e osservò gli uomini, uno alla volta.

Uno di loro poteva essere il traditore che cercava il tunnel segreto e desiderava ucciderlo.

Aveva pensato di potersi fidare dei propri uomini e di quelli dei suoi alleati.

Si era sbagliato, era evidente.

Davvero era Amy a tramare contro di lui?

Non lo poteva ancora escludere. Ne era stato certo, in un primo momento. Ma quando l'aveva affrontata, gli era sembrata sinceramente sorpresa e persino indignata dalle sue accuse, e per un momento le aveva creduto. Ma poteva essere solo uno stratagemma. Avere modo di avvicinarsi a lui di notte, mentre dormiva disarmato, poteva essere la ragione per cui aveva accettato di sposarlo. O progettava di mettergli del veleno nel cibo.

Come avrebbe potuto fare qualunque uomo nel castello, si disse.

Non era sicuro che fosse stata Amy a spedire il messaggio, non sapeva chi fosse il traditore.

Non Owen, né Lachlan, né nessun altro Cambel. Nessuno di loro aveva legami con i MacDougall o ragioni per tradirlo.

Non che lui sapesse, quantomeno.

A meno che non si trattasse di qualcuno a cui non avrebbe mai pensato, un Cambel che avesse dei legami con il clan nemico.

Vide Lachlan, seduto allo stesso tavolo di Owen e degli altri Cambel. Gli uomini risero, la loro tavola era rumorosa e vivace.

Lo conosceva da tutta la vita. Avevano la stessa età e per un periodo Lachlan era stato affidato alla famiglia di Craig mentre i loro padri combattevano a sud. Adesso amministrava le proprie terre ed era leale al clan come qualsiasi Cambel. Mai nella vita avrebbe sospettato che potesse avere l'animo del traditore, se non che...

Sua nonna era una MacDougall. Sì, da parte di madre, giusto?

Si alzò e si avvicinò al tavolo. Gli toccò una spalla con la mano. «Lachlan, una parola».

L'uomo si alzò. «*Aye*, cugino».

Tornarono al tavolo di Craig, al quale non sedeva nessuno.

«Cosa c'è?», chiese Lachlan. «Perché non siete con vostra moglie, a scaldarle il letto?».

Craig rimase in silenzio per un momento e osservò il suo volto. Gli occhi castani erano rossi e annebbiati, le palpebre pesanti, l'espressione spensierata.

Come poteva essere un traditore? Da quando Craig lo conosceva, era stato di un'onestà specchiata.

«Non importa. Ascoltate, eravate legato a vostra nonna?»

«Ero legato a entrambe».

«Intendo la MacDougall».

«*Aye*, nonna Coline. Morì che ero soltanto un bambino. Ricordo ancora le sue focacce d'avena al miele, però. Non la vedevo molto spesso poiché abitava lontano. Vi ha fatto visita dalla tomba o cosa?».

Craig non poteva rivelare a nessuno che era stato intercettato un piccione viaggiatore. Il traditore doveva restare all'oscuro della cosa, perché non si innervosisse. Così lui avrebbe potuto osservare. Aveva detto a Killian di mantenere il segreto sul messaggio per non mettere in pericolo l'intero castello. Il ragazzo aveva compreso. Craig gli aveva letto in volto la determinazione a sostenere il peso che gravava su di lui.

«Visto che adesso ho sposato una MacDougall», disse, a disagio perché stava mentendo a un membro del proprio clan, «ho pensato che magari voi conoscete qualcuno di loro. Siete mai stato ai loro raduni? A trovare i vostri parenti da parte di nonna?»

«Una o due volte, fino a che la nonna era viva. Andammo a trovare anche un paio di cugini, mi sembra».

«Siete ancora in contatto con loro?».

Il volto di Lachlan si fece serio. «*Nae*. Non so dove siano o cosa facciano. Non mi interessa neppure saperlo. Non dopo quello che Alasdair ha fatto a Marjorie. Desiderate qualcosa dai MacDougall, cugino? Dite una parola e troverò quelle merde».

Il senso di colpa lo trafisse. Lachlan sembrava del tutto innocente, onesto e ignaro dei suoi sospetti.

Possibile che una persona che conosceva da tutta la vita avesse ordito un simile tradimento?

Dopo aver perso il nonno e aver visto quello che avevano fatto a Marjorie, Craig si era giurato di non essere più tanto ingenuo e fiducioso, di non permettere a un altro MacDougall di tradire lui o la sua famiglia.

Non si poteva fidare del tutto di Lachlan.

In verità, non si poteva fidare di nessuno.

«*Nae*, per adesso no, cugino». Gli strinse la spalla. «Ve lo chiederò, se ne avrò bisogno. Mi basta saperlo per ora».

«*Aye*. Allora lasciate che vi faccia le mie personali congratulazioni per il vostro matrimonio e che vi auguri molti anni di salute e felicità». Prese due coppe dal tavolo, ne diede una a Craig e la colpì con la sua. «Brindiamo».

CAPITOLO 13

LA MATTINA dopo Amy si svegliò con la cefalea e il ma di pancia. Le erano venute le mestruazioni. Grazie al cielo aveva degli assorbenti nello zaino. Come facevano le donne nel Medioevo?

Non lo poteva chiedere a nessuno. Di certo non lo avrebbe chiesto a Craig.

Era venuto a dormire nella camera la notte precedente, ma non si era messo a letto con lei. Aveva dormito davanti al camino, coperto con pellicce e pelli di pecora. La mattina se n'era andato prima ancora che lei si svegliasse. Quindi aveva avuto un po' di privacy mentre si vestiva. In qualche modo, però, le era di conforto averlo in camere con sé. Era una straniera, proveniva non solo da un altro continente, ma da un'altra epoca...

Si sentiva sola.

Era abituata a stare per conto suo in Vermont, ma qui era diverso. Non poteva essere sé stessa. Doveva fingere ogni giorno. Doveva stare attenta a quello che diceva e a come si comportava.

Ma oggi era un giorno nuovo e tutto quello che doveva fare era avvicinarsi di un passo alla pietra nel magazzino sotterraneo. Fare un passo avanti per uscire di lì, cosa che sembrava ancora più importante adesso che Craig pensava che volesse ucciderlo!

Quindi c'era un assassino nel castello, qualcuno che faceva sul serio... Ed era opera del suo clan... bè, dei suoi antenati quantomeno. E questo significava che Craig era davvero in pericolo.

Lo avrebbe voluto aiutare, ma cosa poteva fare?

Non era la sua vita e non erano affari suoi. Lei doveva soltanto tornare nella propria epoca, aiutare Jenny, assicurarsi che la sua sorellina non pensasse che l'aveva lasciata sola a prendersi cura del loro padre. Doveva andare via da lì prima possibile.

Adesso era la moglie di Craig e la signora del castello o quello che era, quindi doveva dirigere la casa.

Aveva una scusa perfetta per entrare nel magazzino sotterraneo: controllare cosa avessero a disposizione per preparare i pasti.

Attraversò la corte interna fino alla torre orientale. Aprì la porta e si bloccò. C'erano due uomini a guardia della scala che portava nel sotterraneo.

Perché Craig li aveva messi lì? Cosa stavano sorvegliando? Di certo, non la pietra...

«Signora». Uno di loro le fece un cenno con il capo, guardandola con attenzione.

«Buongiorno, messére». Si morse le labbra. A giudicare dall'espressione confusa, non avevano idea di cosa significasse. Non importa, pensò. *Spalle dritte, testa alta, continua a fingere di sapere cosa stai facendo.* «Ho bisogno di vedere cosa c'è nel magazzino al piano di sotto, per pianificare i pasti».

Le guardie si scambiarono un'occhiata, aggrottando la fronte.

«Adesso», disse.

«Non possiamo lasciarvi entrare, signora», disse uno di loro. «Lord Cambel è stato perentorio su questo».

«Volete mangiare bene o preferite continuare ad arrostire scoiattoli e sbocconcellare focacce di avena stantie? Che ve ne pare di pane fresco, burro e stufato caldo? Sta arrivando l'inverno, ho sentito dire».

L'altra guardia ingoiò la saliva. «Possiamo farvi entrare solo insieme a Lord Cambel, signora».

Amy sbuffò per l'esasperazione, si voltò e tornò verso la cucina. «Lord Cambel questo, Lord Cambel quello», brontolò sottovoce. «Staremo a vedere».

Nonostante tutto, era stanca di mangiare avanzi. Voleva dare una mano e non vedeva l'ora di stabilire un qualche genere di ordine nella routine quotidiana.

In fin dei conti, gestiva una stazione di ricerca e soccorso nel Vermont e una squadra di otto persone. Non poteva essere più complicato. E sarebbe stato molto meno pericoloso: nessuna vita dipendeva dalle sue azioni. A meno che non avesse messo un fungo velenoso nello stufato per sbaglio... Ma aveva abbastanza fiducia in sé stessa da sapere che quello che avrebbe cucinato non avrebbe fatto stare male nessuno.

Entrò nella cucina vuota, ancora sporca dopo il banchetto del giorno precedente.

Aveva bisogno di una squadra di cuochi e di addetti alle pulizie. Dato che Craig aveva lasciato andare via i professionisti, avrebbe dovuto cercare i propri aiutanti tra gli uomini a disposizione nel castello. Supponeva che il metodo migliore fosse sceglierli in base all'esperienza. Era probabile che molti di loro sapessero cucinare almeno un po', ma dubitava che qualcuno avesse voglia di pulire.

Doveva programmare dei turni a rotazione, così tutti avrebbero condiviso il fardello. Altrimenti li avrebbe dovuti pagare o ricompensare in qualche modo.

La cucina era una stanza enorme, un edificio in legno a sé stante. A un'estremità c'era un camino imponente, con un calderone appeso a una catena. In mezzo alla stanza c'era un grande tavolo di legno, sul quale erano stati lasciati gli scarti delle verdure e della carne dalla sera precedente.

Gli uomini, pensò Amy.

Come ovvio non c'era acqua corrente, quindi avrebbe dovuto mandare qualcuno al pozzo nella corte interna a intervalli regolari. Ma, per fortuna, c'era un canale di scolo per l'acqua sporca, un semplice buco nel muro che conduceva alle fognature.

Fasci di erbe aromatiche erano appesi al soffitto. Quando vi era entrata per la prima volta, aveva visto dei pesci appesi a seccare vicino al camino e nella canna fumaria, ma adesso non c'erano più.

All'altra estremità della stanza c'era un forno di pietra. Amy aveva visto alcuni uomini usarlo per cuocere pane e torte. Purtroppo lei non li sapeva preparare. Ricordava che sua madre impastava il pane nella cucina della fattoria. Amy di solito la aiutava, ma era passato troppo tempo, ormai non aveva la minima idea di come fare. Inoltre non era un' granché come cuoca. Di solito preparava maccheroni al formaggio in scatola, metteva una pizza surgelata nel forno o riscaldava un piatto pronto al microonde. Doveva ricordare come si preparava del cibo vero.

Bene. Entrò nella dispensa sul retro della cucina. Si gelava lì dentro, anche perché faceva molto più freddo di quando era arrivata, e immaginava che questo aiutasse a far durare più a lungo cavoli, porri, aglio e piselli secchi. Non c'erano patate, pomodori o carote. Vide prugne, mele e pere, ma stavano già andando a male. Vide anche formaggio e barattoli di burro, molto salato, probabilmente perché si conservasse meglio. Lungo le pareti erano allineati dei sacchi di farina. Ricordando il profumo del grano che cresceva nella fattoria, sapeva che non si trattava di quello. Era probabile che contenessero avena, orzo o segale.

Al soffitto erano appesi carne e pesce affumicati. C'erano delle uova in un cesto. Aveva dato da mangiare alle galline, che erano in una stia all'interno delle stalle, probabilmente per tenerle al caldo.

Amy ricordava di essersi occupata di galline e oche alla fattoria. Avevano persino mucche e cavalli. Amava gli animali e avrebbe addirittura voluto fare la veterinaria. Ma dopo aver frequentato per un anno il corso di laurea, aveva capito che non faceva per lei. Le mancava il contatto con le persone.

C'erano anche piccoli barattoli di spezie – cannella, zenzero e pepe – senza dubbio importati e molto costosi. Il sale era in un sacchetto sulla mensola. Nell'angolo c'era un piccolo barile di aceto. Avrebbe potuto usarlo per pulire le superfici e magari anche per detergere le ferite, se ce ne fosse stato bisogno. C'era anche del lievito, di sicuro per il pane e la birra.

Tutto qui. Il suo piccolo regno.

Cosa poteva fare? Di certo non poteva cucinare da sola per l'intero castello. Craig aveva accennato a un centinaio di persone circa. Qualcuno avrebbe dovuto preparare il pane, perché lei non lo sapeva fare. Avrebbe dato il meglio di sé come cuoca con gli stufati e le zuppe. Le sarebbe bastato buttare la carne e le verdure in quel calderone enorme, forse anche un po' di avena per renderli più densi. Se in questo modo non fosse riuscita a sfamare un centinaio di persone al giorno, non avrebbe proprio saputo che altro fare.

Avrebbe potuto arrostire la carne cacciata dagli uomini e fare degli stufati con il pesce che pescavano. Le sarebbe servito un aiuto per sbucciare, tagliare e pulire le verdure, impastare il pane e le torte, e fare le pulizie.

Aveva bisogno di parlare con Craig, perché le assegnasse degli uomini.

Uscendo dalla cucina, andò a sbattere contro un corpo solido come una roccia e perse quasi l'equilibrio. L'uomo alto la sostenne, afferrandola per le braccia.

«Ehilà, ragazza», disse Hamish.

Lei si scostò in fretta. «Buongiorno», disse. «In cerca della colazione?»

«*Aye*, vorrei collezionare qualcosa nella pancia. Mi si spacca la testa dopo il banchetto di ieri. Mi ci vorrebbe qualcosa per placare la fame».

«Be', sto andando a cercare Craig per chiedergli di assegnarmi qualcuno che lavori in cucina. Ho bisogno di panettieri, di cuochi e di un macellaio...».

«Vi posso aiutare io», disse lui. «Ho un turno di guardia sulla torre meridionale dopo pranzo, ma adesso sono libero».

Ormai aveva imparato che il pranzo veniva consumato da metà mattina a mezzogiorno. E la cena nel tardo pomeriggio.

«Be', lo apprezzo davvero, Hamish. Sai fare il pane?»

«*Aye*. Sono cresciuto in una fattoria. So cucinare e usare il forno».

Sentì una specie di calore dentro. «Anche tu sei cresciuto in una...».

Oh accidenti.

Si interruppe. Si era quasi lasciata sfuggire la verità. Non era una grande bugiarda.

«Voglio dire, come molte altre persone. Sei cresciuto in una fattoria... è fantastico!».

Lui socchiuse gli occhi scuri e la osservò. Per qualche istante divennero freddi e sospettosi. Lei fece una risatina nervosa.

«Se potessi cominciare a preparare il pane, sarebbe perfetto. Sai dove è Craig?».

Annuì lentamente. «*Aye*. L'ho visto vicino alla torre orientale».

«Bene. Grazie, Hamish». Gli fece un cenno col capo, sorrise e se ne andò più in fretta che poteva. Ma continuò a sentire i suoi occhi sulla schiena.

CAPITOLO 14

Il giorno dopo...

«Fergus, potresti pelare meglio le pastinache, per favore?», chiese Amy. «Guarda, stai lasciando dei grossi pezzi di buccia».

Fergus, uno dei due guerrieri di mezza età che la stavano aiutando, smise di sbucciare la pastinaca e le lanciò un'occhiataccia da sotto le sopracciglia.

Amy aveva organizzato il lavoro come una catena di montaggio. Non aveva idea di come funzionasse una grande cucina, in realtà, ma il buonsenso le suggeriva che sarebbero stati più veloci e più efficienti se ognuno avesse avuto un solo compito, come aveva proposto Henry Ford. Uno lavava, l'altro pelava e Amy tagliava. Uno degli uomini più anziani aveva macellato la selvaggina che avevano portato i cacciatori di recente. E gli altri due, un adolescente e un uomo più grande, impastavano il pane e lo cuocevano.

«Intendete, così, signora?». Lanciò a Amy la pastinaca sbucciata a metà.

Invece di atterrare sopra il tagliere o vicino ad esso, l'ortaggio la colpì proprio in testa. L'uomo sbuffò e poi scoppiò a ridere. A Amy vennero le lacrime agli occhi, ma ignorò il dolore. Al diavolo, non avrebbe permesso a quei cretini di vederla piangere.

La pastinaca rotolò sul pavimento verso Fergus.

Mantenendo il sangue freddo, Amy si soffiò via una ciocca di capelli dal viso, poi la spostò di lato con il dorso della mano.

«Per favore raccoglila, Fergus, e finisci il lavoro», disse.

Lui sostenne il suo sguardo per un momento, poi si rivolse a Angus, in piedi al suo fianco, che stava lavando le verdure in un grande catino. «Conoscete la storia di Kenneth MacDougall, che scopò una capra perché pensava che fosse sua moglie?».

La rabbia di Amy divampò, un'ondata di calore le fece ardere le guance.

«*Nae*», rispose Angus.

«*Aye*, perché la capra aveva lo stesso odore».

Nella cucina esplose la risata dei cinque uomini. Amy mise le mani sui fianchi e li guardò con freddezza.

«Molto arguto e divertente, Fergus», disse quando la risata si spense. «Ora, finisci quella pastinaca o te la infilerò in una parte del corpo nella quale di sicuro non la vorresti».

Il sorriso di Fergus si spense. «Non minacciatemi, signora. Non siete voi a comandare. Che mi venga un accidente se prendo ordini da una MacDougall. Io obbedisco solo al mio signore».

Amy raddrizzò la schiena. «Be', il tuo signore ti ha detto di lavorare in cucina ai miei ordini».

«Ha detto di lavorare in cucina, quindi io lavoro in cucina. Non mi ha detto di leccare il culo della piccola MacDougall». Spinse via la pastinaca con lo stivale, facendola rotolare di nuovo verso Amy. «Ora finite di pelarvela da sola, se non vi piace il mio lavoro. O trovatevi un altro cuoco».

Pronunciò le ultime parole con astio e iniziò a pelare un'altra pastinaca.

Gli altri uomini le lanciarono delle occhiatacce e si rimisero al lavoro. Amy rimase ferma, ammutolita, furiosa.

Stava per raccogliere la pastinaca e riconoscere la sconfitta davanti alla sua squadra, quando un movimento sulla porta attirò la sua attenzione; si voltò e vide Craig.

Lui entrò, occupando tutto lo spazio con la sua presenza. Solo a vederlo, a Amy mancò l'aria nei polmoni, e si dimenticò tutta la rabbia e l'indignazione che le aveva suscitato Fergus. Aveva i capelli umidi appiccicati alla fronte... Aveva fatto un bagno? Il pensiero del suo corpo nudo, bagnato, alto e muscoloso...

Oh, ma cos'era, una scolaretta? Sciogliersi così alla vista di un bell'uomo.

Lui la guardò negli occhi, poi fece scendere lo sguardo sulle sue labbra. «Tutto bene, signora?».

Fino a quando l'avrebbe guardata in quel modo, sarebbe andato tutto bene. «Sì», gli rispose.

Fergus e gli altri non alzarono la testa e tennero le mani impegnate. Sembravano degli scolaretti discoli davanti al maestro.

Bè, Fergus in pratica aveva appena paragonato la *moglie* del loro signore a una capra. Se avesse voluto, Amy adesso avrebbe potuto fargli fare il culo.

Ma non lo avrebbe fatto. Non avrebbe fatto la spia, a prescindere da quanto si fossero comportati male.

Questo non significava che non potesse dare loro una lezione.

«Non lo so», disse fissando Fergus. «Va tutto bene, Fergus?».

All'uomo iniziò a ballare un occhio e si dilatarono le narici, ma continuò a pelare la pastinaca. «*Aye*, signora», biascicò «Perché non dovrebbe?»

«Mi sembrava che avessi promesso di finire di pelare la pastinaca che hai lasciato cadere. Non è così?».

Lui la guardò torvo, contraendo i muscoli della mascella.

«Oppure ho frainteso la tua battuta sulla capra dei MacDougal?», lo incalzò Amy.

«Quale battuta?», chiese Craig.

La bocca di Fergus si piegò in un ghigno rancoroso. Sembrava sul punto di sputarle. «*Nae*, avete capito bene, signora», disse infine e raccolse la pastinaca.

Amy annuì, soddisfatta. L'autorità militare era la stessa anche nel Medioevo. E gli uomini di sicuro rispettavano Craig.

«Bene», disse. «Sono contenta che ci siamo capiti».

Si rivolse a Craig. «Volevi qualcosa?»

«*Aye*». Craig si guardò intorno nella cucina, ancora perplesso. «Ho bisogno del vostro aiuto. Avete detto di avere abilità da guaritrice».

«Bè, non esattamente da guaritrice, solo primo soccorso...».

Accidenti, con tutta probabilità per lui "primo soccorso" non significava niente.

«Um», aggiunse. «Sì, ho un po' di esperienza come guaritrice. Qualcuno si è fatto male?»

«*Aye*. Primo soccorso o no, siete il meglio che abbiamo. È meglio che veniate con me».

Amy annuì, si tolse il grembiule e lo appoggiò sul grande tavolo. «Angus, per favore prendi il mio posto e taglia tu le verdure finché non torno».

«*Aye*, signora», le rispose l'uomo.

Craig lasciò uscire prima Amy. Il suo profumo caldo e maschile la raggiunse mentre gli passava accanto, facendole battere più forte il cuore. «Cos'era quella storia della battuta sulla capra?», le chiese quando furono nella corte interna.

L'aria fredda colpì le guance e il naso di Amy, ricordandole che l'inverno non era lontano. Nella corte interna si udiva un chiacchierio sommesso e un gruppetto di persone era riunito vicino alla porta del castello.

«Niente che ti riguardi», mentì Amy. «È tutto sotto controllo. Non sono entusiasti di tagliare le verdure, ma qualcuno deve pur farlo, no?»

«*Aye*».

«Chi si è fatto male?»

«Una bambina, ha qualcosa al braccio», rispose Craig. «Gli

abitanti del villaggio sono venuti a chiedere aiuto. Potete fare qualcosa?»

«Lo spero».

Amy aveva fatto un corso avanzato di primo soccorso e sapeva steccare un arto fratturato, medicare le ustioni, tamponare un'emorragia esterna in attesa dell'arrivo dell'ambulanza, ma di certo non era un medico.

Il gruppetto era formato da circa una decina di persone, uomini e donne di tutte le età. Le donne indossavano lunghi abiti di lana scura e copricapi di lino bianco, mentre gli uomini portavano pesanti giacconi imbottiti e pantaloni di lana. Guardarono con diffidenza Craig e Amy mentre si avvicinavano. Su un carro trainato da un pony era seduta una ragazzina di circa dieci anni. Un uomo anziano sedeva accanto a lei e le cingeva le spalle con un braccio. Lei teneva un braccio stretto a sé e aveva il viso distorto da una smorfia di dolore.

Amy corse da lei, mentre le persone la guardavano con circospezione.

«Ciao, tesoro», disse fermandosi accanto al carro. «Il mio nome è Amy, Amy Mac...».

«Amy Cambel». Craig sollevò il mento.

Amy *Cambel*...

Come poteva metterle addosso un giogo come quello, rivendicando in pubblico che era di sua proprietà? Le si chiusero il petto e lo stomaco e un dolore lancinante le straziò le viscere. Non molto tempo prima era stata Amy Johnson e guarda come era andata a finire. Non riuscì a respirare per un minuto, poi si sforzò di inspirare ed espirare.

«È mia moglie», spiegò Craig.

Dimentica Craig. Concentrati sulla ragazzina che ha bisogno di aiuto.

Si sarebbe occupata di Craig più tardi.

«Buongiorno, signora», disse l'uomo che abbracciava la bambina. «Siete voi la guaritrice?».

Amy sorrise, strofinandosi una mano sulla gamba perché

smettesse di tremare. «Be', non proprio. Ma so come trattare alcune ferite. Potrei essere in grado di aiutare tua...».

«Nipote», disse l'uomo. «Il mio nome è Erskine, veniamo dal villaggio lungo il fiume Lochy. Avevamo sentito dire che i Comyn non sono più qui e volevamo vedere con i nostri occhi a chi pagheremo la rendita. E Caoimhe» – pronunciò il nome della ragazza *Keeva* – «è caduta e si è fatta male a un braccio. Visto che il guaritore non c'era, siamo venuti a chiedere al nuovo signore se ne aveva uno».

Amy annuì. «Vedrò quello che posso fare. Caoimhe, perché non vieni dentro con me, così do un'occhiata al tuo braccio. Fa un po' freddo per farti spogliare qui fuori».

«Grazie, signora», disse la ragazzina.

Amy la aiutò a scendere dal carro. Invece di indossare un giacchetto, era avvolta in un paio di giacconi da adulto. Loro tre e Craig si diressero verso la sala grande, dove faceva caldo vicino al camino e ci sarebbe stata abbastanza luce per esaminare la ragazza.

«Non volevo danneggiare ancora di più il braccio facendog- lielo infilare in una manica», spiegò Erskine.

«Sì, hai fatto bene», gli disse Amy. «Caoimhe, tesoro, perché non mi spieghi cosa è successo?»

«I ragazzi mi stavano inseguendo», rispose. «Mi sono arrampi- cata su un albero e sono caduta...».

Quindi poteva essersi rotta il braccio. Le fratture erano subdole. Se l'osso fosse stato rotto e, Dio non volesse, in più punti, Amy avrebbe potuto fare ben poco per aiutare la ragaz- zina. Avrebbe potuto metterle una stecca e fare una specie di gesso, ma non avrebbe potuto garantire che sarebbe guarito bene.

«E dove ti fa male?».

«La spalla, signora. Non riesco a muovere il braccio».

Arrivarono e si sistemarono vicino al camino. Amy liberò Caoimhe dai giacconi. Anche attraverso il vestito semplice della ragazza, riuscì a vedere che la spalla aveva una forma strana. Non sanguinava, però, e questo era un buon segno. Tastò la spalla e il braccio per assicurarsi che non ci fossero fratture.

Tirò un sospiro di sollievo. «La buona notizia è che non è rotta. È lussata. La rimetterò a posto».

Caoimhe spalancò gli occhi per la paura.

«Farà male solo per un attimo, tesoro», disse Amy. «Poi il dolore acuto passerà, ma la spalla resterà indolenzito per un po', dovrai portare una fasciatura e non dovrai muovere il braccio per un paio di settimane. Di sicuro non potrai arrampicarti sugli alberi».

Caoimhe si irrigidì e si scostò un po' da lei. «Ascoltami, tesoro», riprese Amy. «Sei una ragazza coraggiosa, non è vero? Una ragazza delle Highlands che si arrampica sugli alberi... So che sei spaventata, lo sarei anch'io al tuo posto. Ma sei al sicuro. Tuo nonno è qui. E ci sono anch'io. E guarda il tuo nuovo signore, Craig Cambel. Hai mai visto un guerriero più forte di lui? Pensi che un uomo come lui lascerebbe che ti accadesse qualcosa di male?».

Caoimhe lanciò un'occhiata a Craig e Amy fece altrettanto. Era in piedi con la schiena dritta, teso, le guance soffuse da un rossore quasi impercettibile. Guardava Amy stupito e perplesso. I loro sguardi si incrociarono per un attimo e tra loro passò qualcosa: approvazione, rispetto e una sensazione che assomigliava a un bacio caldo in una fredda sera d'inverno.

«*Aye*, signora», disse Caoimhe. «Fallo. Sono pronta».

Amy annuì e le sorrise, anche se era nervosa. Di solito lasciava che fossero gli operatori dell'ambulanza a occuparsi delle lussazioni. Ma la dislocazione non doveva protrarsi troppo a lungo, altrimenti i muscoli e i vasi sanguigni avrebbero potuto iniziare ad atrofizzarsi, e a volte l'ambulanza non era subito disponibile. Amy era dovuta intervenire tre volte, due durante un temporale e la terza volta in un luogo dove non c'era segnale. Era andata sempre bene, ma avrebbe potuto tirare troppo forte o nel modo sbagliato e fare più danni che altro.

Doveva stare attenta. «Bene, tesoro, dovresti sdraiarti qui sul tavolo. Craig, potresti spostare la panca in modo che possa arrivare bene alla spalla?»

«*Aye*», rispose lui.

Spostò la panca e spinse il tavolo più vicino al fuoco.

«Grazie», disse Amy. «Caoimhe, Craig ti aiuterà a salire sul tavolo. Per favore sdraiati sulla schiena con la spalla rivolta verso di me».

Caoimhe fece come le era stato chiesto. Il calore avrebbe aiutato i muscoli, che si irrigidivano progressivamente al perdurare della lussazione, a rilassarsi un po'.

«Adesso ti prendo il braccio», disse Amy. Era importante che la persona che stava assistendo sapesse cosa le avrebbe fatto.

Amy prese il braccio della ragazza e lo stese. Lentamente, lo fece ruotare in modo da formare un angolo di quarantacinque gradi con il fianco. Senza cambiare l'angolazione, afferrò la mano di Caoimhe e la tirò con decisione. Una volta che il muscolo si fosse allungato abbastanza, la testa dell'omero sarebbe scivolata al proprio posto.

Sul viso di Caoimhe comparve una smorfia di dolore e la povera ragazza gridò.

«Lo so, tesoro, solo un altro pochino».

Il braccio si mosse da solo ed emise un *pop* appena percettibile.

«Ahhh!», gridò Caoimhe.

Amy lasciò la presa con delicatezza e le adagiò il braccio sul tavolo, lungo il fianco.

«Penso che sia a posto. Non muoverlo per ora, tesoro, va bene?».

Tastò la spalla della ragazza, sotto il vestito: le ossa erano tornate al loro posto. Aiutò Caoimhe a mettersi seduta.

«Potresti muovere un po' il braccio, per favore? Farà male, quindi fai piano. Dobbiamo solo vedere se riesci a muoverlo».

Caoimhe annuì e con un gemito mosse il braccio verso l'alto.

«Perfetto! Ora, per favore tienilo così, lungo il corpo, e sostienilo con la mano, in questo modo». Amy le mostrò come. «E non muoverlo. Ti vado a prendere una fasciatura, poi potrai tornare a casa».

«Lasciate che la prenda io, signora», disse Erskine. «Dove?»

«Oh, grazie, Erskine», gli rispose. «La porta qui accanto è quella della cucina. Ci dovrebbe essere della biancheria pulita in una delle casse».

«*Aye*».

«Dite che ve l'ho ordinato io», disse Craig.

«*Aye*, mio signore».

Erskine si allontanò. Amy guardò Craig. Lui non le staccava gli occhi, profondi e ardenti, di dosso. La stava osservando con aria stupita, come se fosse una cosa meravigliosa che aveva appena scoperto.

Amy aveva la bocca secca. «Che c'è?» chiese.

«Sul campo di battaglia cerchiamo di spingere l'osso al suo posto, ma si rompe spesso. Dove avete imparato a farlo in modo tanto delicato?».

Amy si guardò le mani. Le stava facendo un complimento? O era solo curioso? «Ah bè, sai. Si imparano cose in Irlanda...».

Lui aveva gli occhi del colore del muschio baciato dal sole, così verdi che Amy non riusciva a smettere di guardarli. Le mancava il fiato, sentiva le farfalle nello stomaco, proprio come quando ammirava la vastità delle montagne nel Vermont, proprio come la prima volta in cui aveva visto le Highlands. Nel profondo, da qualche parte, sapeva senza ombra di dubbio che questo era l'inizio di un disastro.

Eppure non riusciva a distogliere lo sguardo.

CAPITOLO 15

PIÙ TARDI, quella sera, Craig assaporò uno stufato caldo e sostanzioso, che gli fece provare la sensazione di essere a casa. La sua matrigna lo faceva preparare spesso e lui si godeva il piacere di saziarsi con quel cibo ricco e abbondante. La sala grande risuonava delle voci degli uomini, soddisfatti di mangiare il primo pasto decente dopo settimane. C'era un'atmosfera quasi gioiosa, come se ci fosse qualcosa da festeggiare.

In un certo senso c'era. Un ottimo stufato. Un ambiente pulito. Una cucina funzionante per la prima volta da quando avevano espugnato il castello.

Craig non riusciva a smettere di fissare la sua bella moglie, che gli sedeva accanto al tavolo d'onore. La sentiva, come se intorno a lei ci fosse un'aura calda e invisibile che lo toccava anche se i loro corpi non si sfioravano.

«Be', questo non è veleno, *nae*. Questo è il miglior pasto che io abbia mangiato da quando ho lasciato casa», disse.

Amy si voltò verso di lui e inarcò le sopracciglia con un mezzo sorriso.

«Davvero?» disse. «Non sono una gran cuoca. Sono stati i tuoi uomini a farlo. Io ho solo deciso chi faceva cosa».

«Finché metterete un piatto come questo ogni giorno sulla mia tavola, non mi interesserà chi lo ha cucinato».

«Ci sono solo un po' di sale e delle erbe aromatiche, quelle che ho trovato...».

«Sale?», la interruppe Craig. «Quanto sale avete messo qui dentro?»

«Quanto ne serviva... Non so, un paio di cucchiai...».

«Come avete potuto essere così prodiga?»

«Prodiga? Perché, il sale è così prezioso...».

Si interruppe e spalancò gli occhi, rendendosi conto di cosa aveva fatto.

«*Aye*, forse voi MacDougall nuotate nel sale, invece per noi è molto costoso».

Craig cercò un segno di arroganza, che gli dicesse che non le importava di aver sprecato le provviste, che non le poteva impedire di usare qualsiasi cosa volesse, per quanto costosa.

«Sono desolata», gli rispose lei, arrossendo, come se fosse in imbarazzo. «Non lo sapevo. Pensavo che ne avresti potuto acquistare dell'altro».

Aye, i MacDougall erano più ricchi e potenti dei Cambel, ma doveva aver visto che non era rimasto molto sale. Era come se non avesse idea che fosse uno spreco. Come se tutti al mondo potessero permettersi tutto il sale che volevano. Era certo che una ricca fanciulla MacDougall, anche se cresciuta all'estero, lo avrebbe saputo.

«Acquistarlo dove?», le chiese.

Lei deglutì a fatica, le si leggeva il panico negli occhi. «Non lo so, Craig! Non ci pensiamo più. Non userò più il sale, va bene? C'è qualche altra cosa di valore che non vuoi che usi?»

«Pensavo sareste stata voi a dirmi di usare con cautela cose come sapone, erbe medicinali, biancheria da letto e abiti».

Sbiancò. «Sì. Certo. Tutte queste cose».

C'era qualcosa di strano in lei, come se non sapesse le cose più elementari. Non gli sembrava stolta. Aveva preparato uno stufato delizioso e aveva sistemato il braccio di quella ragazzina.

Era proprio come se non *sapesse* certe cose. Il modo in cui parlava era così particolare, Craig non aveva mai sentito nessuno esprimersi così in tutta la vita. Gli abiti che indossava quando l'aveva conosciuta, lo strano oggetto metallico che teneva in mano...

«Perché siete così diversa da tutti quelli che conosco?», le chiese.

Lei si lasciò sfuggire un sospiro tremante. «Lo sono? In che senso?»

«Non intendo in senso negativo. Ma voi non sapete le cose che sanno tutti. Parlate in modo inconsueto. Quando vi ho incontrata, indossavate abiti che non avevo mai visto a nessuno prima».

Lei si guardò le mani, che teneva posate sul tavolo, e alzò una spalla. «Neppure tu sei il tipo d'uomo che incontro tutti i giorni».

«E cosa c'è di tanto diverso in me?».

Lei sospirò, poi lo guardò negli occhi. I suoi erano come pozze d'acqua scura. «Tutto».

Per un momento fissò gli occhi grandi e bellissimi di Amy. Gli si seccò la bocca. Sembrava che le piacesse quello che vedeva in lui. O lo stava solo immaginando? Confuso, incapace di pensare, con il sangue che gli ribolliva nelle vene, si sporse verso di lei.

«Voi siete un mistero», sussurrò. «Di solito sono bravo a risolvere i misteri. Perché non riesco a risolvere voi?».

Gli si avvicinò. «Perché non dovresti».

Con un gemito che non riuscì a reprimere, Craig posò la bocca sulla sua. La bocca di Amy era velluto, le labbra petali, la lingua fuoco. Aveva un sapore delizioso e lui ne voleva ancora. Fu travolto da un'ondata di desiderio, impetuosa e ardente. *Mia, mia, mia,* affermò il suo cuore.

La voleva. Era sua moglie. Era sua di diritto.

Fece ruotare la sedia di Amy e la attirò a sé. La vita di lei era delicata e forte sotto le sue mani, come la curva di un arco. Il suo sesso pulsava, il bisogno di lei era potente, intenso e impetuoso.

«Ragazza», le mormorò sulle labbra. «Se non mi volete, ditemelo adesso. Non mi posso trattenere un momento di più».

Lei si bloccò, la sentì sbattere le ciglia mentre apriva gli occhi. Si allontanò da lui, che la guardò contrariato.

«Sì, penso sia meglio fermarsi, Craig».

Lui sbuffò, imbronciato. Lei aveva aggrottato la fronte e socchiuso le labbra rosse e turgide per cercare di riprendere fiato.

«Perché?», le chiese. «Non vi piacciono i miei baci?»

«Io... non è per quello».

«Siete mia moglie. Io sono vostro marito. Ho il diritto di venire a letto con voi. O vi state ancora preservando per il conte di Ross?».

Al solo pensiero, la gelosia lo straziava come una coltellata nello stomaco.

«Che cosa? No».

«Allora perché?»

«Penso solo che complicherebbe le cose».

«Che cosa c'è da complicare? Renderebbe il nostro tempo insieme molto più piacevole di quanto non sia ora».

Lei si leccò le labbra.

«Vi mostrerò tutti i modi in cui un uomo può amare una donna. Piaceri che non credete possibili».

Lei sospirò, lentamente. Ansimava. La vena sul collo pulsava. *Aye*, lo desiderava. Le prese la mano, ma lei la allontanò bruscamente e balzò in piedi.

«Sono davvero stanca, Craig. Vado a dormire».

«Avete mangiato appena...».

Ma lei si voltò e andò via, lasciandolo accigliato, confuso e ferito dal suo rifiuto.

Craig andò a dormire nella stanza della torre dei Comyn sotto la loro camera da letto. Ma non riusciva a riposare. I suoi pensieri tornavano a Amy e gli bruciavano i muscoli per il bisogno insoddisfatto. *Aye*, voleva quella ragazza, anche se era sua nemica. Era un pazzo. Lei era molto bella, ma lui aveva iniziato a vedere qualcosa di più.

Un'anima premurosa e delle abilità. Forza e intelligenza.

Ma volerle bene avrebbe offuscato la sua capacità di giudizio, gli avrebbe fatto sottovalutare i pericoli. Non avrebbe capito chi lo stava pugnalando alle spalle.

Quindi non si poteva fidare di lei. Non la poteva desiderare. Non solo perché era una MacDougall, ma perché nascondeva qualcosa. Il modo in cui le tremavano le mani, il nervosismo al pensiero di essere diversa, le cose elementari che ignorava. Gli stava mentendo. Ma non sapeva dire se fosse perché voleva danneggiare lui e la causa di Bruce o perché aveva paura di qualcosa.

Un'ombra lo coprì. Fece scivolare una mano sotto il cuscino a cercare il pugnale.

«Sono io, Hamish», sussurrò l'uomo. «Vedo che anche voi non riuscite a dormire. Magari un po' di *uisge* potrebbe aiutare entrambi a trovare il sonno».

Craig aggrottò la fronte. Un po' di *uisge* che gli rallentasse i pensieri e lo aiutasse ad addormentarsi sembrava un'ottima idea.

«*Aye*». Si alzò dal sacco a pelo e si mise il giaccone. «È l'idea più sensata che sento da settimane».

Salirono le scale, uscirono sulle mura e si appoggiarono al parapetto. Il loro respiro si condensava in nuvolette di vapore nell'aria buia. Da lì il fiume e il lago apparivano neri contro le rive e le colline dal lato opposto, ingrigite da un sottile strato di neve.

Hamish passò la borraccia a Craig, che bevve con piacere alcuni sorsi. Il liquore gli bruciò la gola, facendolo gemere, poi guardò l'altro bere un sorso a sua volta.

«Vostra moglie non ha voluto farvi dormire con lei?», chiese Hamish.

Craig lo guardò con sospetto. L'uomo fissava il paesaggio buio, il volto calmo e indifferente.

«Non desidero parlare di mia moglie», rispose.

«*Aye*. Perdonatemi. È solo che parlare delle cose che mi preoccupano mi aiuta, quando non riesco a dormire».

Craig si schiarì la gola. Era geloso: Hamish era stato spesso vicino a Amy e adesso la sua prima domanda riguardava proprio lei... Perché gli interessava così tanto? Non l'avrebbe mai avuta fino a che fosse stata sua.

«Perché non riuscite a dormire?». Craig allungò la mano per prendere la borraccia.

Hamish fece una risatina. «Mi tiene sveglio il pensiero di una donna».

Craig digrignò i denti. Amy?

«Una donna?», chiese.

«Bè, non una donna, *nae*. Una ragazza. Da quando ero un ragazzino».

Craig inarcò le sopracciglia, poi prese un sorso. «*Aye?*»

«Sono cresciuto in una fattoria dopo la morte dei miei genitori. Anche lei. Era l'unica persona al mondo ad essere gentile con me. Eravamo pappa e ciccia. I nostri genitori adottivi erano brutali con entrambi, ma lei era più fragile, perché era una ragazza e più piccola di me. Si sentì male per le percosse e morì».

Craig spostò il peso da un piede all'altro e restituì la borraccia a Hamish, che bevve diversi lunghi sorsi. «Mi dispiace, Hamish», gli disse.

«Penso spesso a lei. Penso a cosa sarebbe successo se fossi riuscito a proteggerla. Sarebbe cresciuta bella e forte? L'avrei sposata? Quanto sarebbe stata diversa la mia vita se non fosse morta?».

Craig espirò. Lo *uisge* iniziava a bruciargli lo stomaco in un modo molto piacevole e a sciogliergli i pensieri. Finalmente.

Sospirò. Comprendeva quei pensieri, quel dolore. Non aveva perso Marjorie, ma aveva permesso che le facessero molto male. Come sarebbe stata la vita di sua sorella se non l'avessero rapita e violentata?

«Ho giurato allora che non avrei più permesso a nessuno di fare del male a una donna», disse Hamish e guardò Craig. «Suppongo che sia per questo che sono così protettivo verso vostra moglie».

Craig comprendeva anche questo. «Non vi preoccupate per

mia moglie. Proteggerla è una mia responsabilità e non permetterò che le accada niente di male».

«*Aye*. Lo so. Tuttavia. Non posso farne a meno. Se qualcuno alza la voce con una donna, qualcosa si sveglia dentro di me. Ve lo giuro, non penso a lei come a una donna, Craig. È vostra di diritto e io non guarderò mai la donna di un altro uomo. Spero che mi crediate».

Craig lo osservò. C'era un tono pressante nella sua voce e forse le sue parole erano un po' troppo insistenti, ma sotto la fronte aggrottata gli occhi scuri erano sinceri.

Non aveva motivo di diffidare di lui. In effetti, comprendeva molto bene l'istinto protettivo di Hamish.

Gli diede una pacca sulla spalla. «*Aye*, Hamish. Ti credo».

«Vi ringrazio».

«E se vedi qualcuno aggirarsi nei pressi della piccionaia o qualcosa di strano, vieni da me, va bene?».

Hamish addrizzò la schiena. «Perché? Cosa c'entra la piccionaia?».

Craig si fidava di lui, ma non così tanto. «Niente. Solo che, se cercasse di inviare un messaggio a suo padre, non glielo devi permettere. *Aye?*».

La guancia di Hamish si contrasse in modo quasi impercettibile, sotto l'occhio. Probabilmente il fatto che qualcuno pensasse male di Amy continuava a non entusiasmarlo.

«*Aye*», rispose infine e prese un sorso di *uisge*.

CAPITOLO 16

Amy si svegliò presto, dopo una notte passata a rigirarsi nel letto. Non riusciva a togliersi il bacio che si erano dati dalla testa... o dal corpo. Le loro labbra che si sfioravano, la sua dolce, dolcissima lingua che l'aveva accarezzata e le aveva fatto promesse audaci. Il calore del suo corpo mentre la stringeva a sé.

Quel bacio le aveva fatto dimenticare tutto. Si era persa in lui, sciolta nella promessa di un'estasi assoluta. I muscoli sodi che aveva sentito sotto le mani quando gliele aveva appoggiate sul petto. Il suo profumo, oh, il suo profumo. Voleva respirarlo per sempre, voleva respirare *lui*.

Oddio. Si era presa una cotta per un maledetto highlander del quattordicesimo secolo.

Lui non era più andato nella loro camera da letto e Amy non lo biasimava. In realtà negli ultimi giorni era stato lontano dal castello. Era andato a raccogliere le rendite e le tasse delle nuove terre con alcuni dei suoi uomini.

Lo aveva visto soltanto la sera precedente, quando era

tornato. Comunque era meglio così. Era riuscita a dominarsi quando l'aveva baciata, ma se lui ci avesse provato di nuovo e fossero stati in una stanza con un letto, le pellicce e il camino... e lui avesse cominciato a spogliarsi e...

No. Smettila di pensare a lui a torso nudo!

Amy era saltata fuori dal letto e si era vestita. Ci voleva più tempo per indossare gli abiti medievali, la sottoveste, i lacci, poi il vestito stesso. Niente reggiseno. Quello non le mancava. Ma le mancavano le mutandine. C'erano questi sottili mutandoni di lana che non si voleva mettere, perché li aveva indossati la lady a cui apparteneva la stanza che occupava lei adesso. E anche se li avesse lavati, si sarebbe sentita strana al pensiero di indossare la biancheria intima di qualcun altro.

Andò in cucina per cominciare a preparare la colazione. Negli ultimi tre giorni, aveva stabilito una routine. Colazione, pulizie, preparazione di un grande calderone di stufato e del pane, che sarebbero stati consumati sia a pranzo che a cena. Gli uomini delle Highlands facevano sempre colazione con pappa d'avena o porridge e lei glieli preparava.

Fuori era ancora buio quando andò a prendere un paio di secchi d'acqua al pozzo nella corte interna. Accese il fuoco. Versò l'acqua e l'avena nel calderone, che era stato lavato il giorno precedente.

Andò a prendere un altro secchio d'acqua per fare poi le pulizie. Il cielo cominciava a schiarirsi e il castello a svegliarsi. Gli uomini erano affaccendati nelle loro attività mattutine e cominciavano a radunarsi nella sala grande. Qualcuno stava urlando, fuori dalla porta del castello.

«...parlare con il signore del castello... bisogno di un cavallo...».

Le guardie aprirono la porta e un uomo e una donna si affrettarono ad entrare. Si guardavano intorno, agitati, e la donna corse da Amy. «Vi prego, dove è il signore del castello? Dove è il nuovo lord?»

«Sono sua moglie». Amy posò il secchio d'acqua a terra. «Che succede?»

«Veniamo dal villaggio di Inverlochy. Il mio nome è Alana e lui è mio marito Diarmid. Mia madre...». La donna singhiozzò. «Non riusciamo a trovarla. A volte vaga nei dintorni, dimentica le cose. L'abbiamo cercata ieri sera e questa mattina, non è tornata. Probabilmente è andata a raccogliere le erbe aromatiche in montagna e non ricorda più come tornare a casa. Abbiamo bisogno di un cavallo, l'esercito si è preso tutti i cavalli del villaggio. Vi prego...».

Amy annuì. Ricerca e soccorso. Era quello che sapeva fare. Avrebbe potuto trovare la donna, ci poteva provare. Senza una macchina sarebbe stato difficile, certo. A cavallo più facile. Lei sapeva cavalcare, aveva imparato alla fattoria. Ma Craig non l'avrebbe lasciata uscire dal castello. Be', doveva convincerlo.

«Aspettatemi qui», disse. «Vado a cercare Craig».

Si voltò e corse verso la torre dei Comyn. Era probabile che avesse dormito con il suo clan nella sala privata al primo piano, sotto la loro camera da letto. Mentre correva verso l'entrata, lui uscì e le andò incontro.

Amy si fermò come se avesse urtato contro un muro invisibile, senza fiato. Craig aveva la tunica slacciata alla base del collo, che lasciava intravvedere i peli scuri del petto, il viso ancora addormentato, i capelli arruffati. Stava indossando il giaccone mentre avanzava verso di lei. La teneva inchiodata con lo sguardo, il viso calmo e indifferente, ma gli occhi ardenti.

All'improvviso Amy moriva di sete e si sentì mancare la terra sotto i piedi. Craig si fermò di fronte a lei: la sovrastava come una montagna.

«Buongiorno», gli disse. «Ti stavo giusto cercando».

«*Aye*, mi avete trovato», le rispose, accarezzandola con la voce. «Cosa c'è?»

«Quelle persone». Indicò alle proprie spalle. «Sono venute a chiederti aiuto. La madre della donna è scomparsa. Credo sia affetta da demenza. Voglio dire, è probabile che non ricordi come tornare a casa. Hanno bisogno di un cavallo per andare a cercarla sulle montagne».

Craig aggrottò la fronte e osservò i due visitatori.

«Da dove vengono?»

«Dal villaggio. A quanto pare non ci sono più cavalli. Posso andare io a cercarla. Rischia di morire di freddo se deve passare la notte sulle montagne. Dobbiamo fare in fretta o potrebbe essere troppo tardi».

Lui inarcò un sopracciglio. «Noi?»

Amy si guardò i piedi. Certo. «Senti, come ti ho già detto, sono brava a seguire le tracce, ho ritrovato e salvato molte, molte persone. So come aiutarle se sono ferite, l'hai visto con Caoimhe». Lo guardò dritto negli occhi. «Non fuggirò».

Lui la fissò a lungo e Amy si sentì come se una macchina della verità invisibile la stesse analizzando, scavando a fondo nella sua anima. Quegli occhi verdi penetranti... Fu scossa da un brivido, chiedendosi se gli bastasse guardarla per scoprire la verità.

«Mi date la vostra parola?», le domandò.

«Sì».

Lui rimase in silenzio per un po', immobile come una statua.

«Forse sono un pazzo a fidarmi di una MacDougall dopo aver giurato di non farlo mai più. Ma starò con voi tutto il tempo. E se proverete a fare qualcosa, scappare o inviare un messaggio a qualcuno, vi chiuderò di nuovo nella vostra stanza. Se tradirete la mia fiducia, non la potrete più recuperare *Aye?*».

Amy annuì. Almeno su questo non lo avrebbe ingannato. Se un giorno avesse scoperto quanto lo stava ingannando... e lo avrebbe scoperto... non l'avrebbe mai perdonata. L'aveva detto lui stesso. La sua fiducia non poteva essere recuperata.

E, per qualche motivo, lei voleva la sua fiducia. Era come un dono prezioso e fragile che voleva tenere vivo. Poteva farlo, almeno per ora.

«*Aye*», gli rispose in automatico. «Se proverò a scappare, potrete chiudermi di nuovo nella camera».

Craig fece un brusco cenno con la testa e si diresse verso la coppia. «Vi aiuterò», disse loro. «Andrò di persona e mia moglie verrà con me».

I loro volti si distesero, le maschere di ansia e preoccupazione furono sostituite da sorrisi sollevati. La donna prese la mano di Craig. «Grazie, mio signore. Grazie».

Amy lo seguì e si fermò al suo fianco. «C'è un percorso che segue di solito, quando va in montagna?»

«*Aye*. Su per il ruscello, verso la cascata. Ma siamo andati lassù a cercarla ieri e non c'era».

Craig annuì. «Ce lo mostrerete. Dovremmo prendere i cavalli». Si rivolse a Amy. «Di quanti uomini abbiamo bisogno?»

«Solo te. In due saremo abbastanza. Bisogna sapere dove guardare, altre persone che non avessero idea di quello che stanno facendo sarebbero inutili».

«Siete sicura? La potrebbero chiamare».

«Farò prima io. Gli uomini potrebbero cancellare le tracce se non sanno dove guardare e a quel punto non riusciremmo più a trovarla».

«Chiederò almeno a Owen di venire...».

«Sa seguire le tracce?»

«Solo per cacciare».

«E tu?»

«Anche io solo per cacciare».

«Basteremo io e te».

Io e te... Suonava così bene. Come se pensasse la stessa cosa, Craig distese le labbra in un piccolo sorriso.

Amy scosse la testa e sospirò. «Vado a prendere delle coperte e avremo bisogno di cibo e acqua».

«*Aye*».

Ben presto i cavalli furono sellati e il materiale necessario fu pronto. Amy prese anche lo zaino con il kit di primo soccorso e lo nascose sotto il mantello di pelliccia che aveva trovato nella cassapanca di Lady Comyn.

Trattenendo il fiato montò a cavallo. Finalmente avrebbe

lasciato i confini del castello e avrebbe fatto quello che sapeva fare, quello che era stata chiamata a fare.

La porta si aprì e Craig ed Amy la varcarono a cavallo, attraversarono il ponte sul fossato e proseguirono fino al villaggio. Anche se lei si era ormai abituata all'idea di essere nella Scozia medievale, osservò con attenzione le case con il tetto di paglia, la gente, i carri. C'era un mondo più vasto là fuori, un mondo medievale che non aveva ancora visto. Provò un'ondata di eccitazione.

Cavalcarono per circa mezz'ora fino a quando le colline diventarono più ripide e si mutarono in montagne. Lì Alana e Diarmid mostrarono loro la strada che Elspeth – così si chiamava la madre di Alana – faceva di solito.

Iniziarono a salire, attraverso un folto bosco: pini, betulle e pioppi. Le cime delle montagne erano coperte di neve. Amy respirò quell'aria gelida e dolce, le bruciavano i polmoni dopo la cavalcata veloce. Sorse il sole. Sapeva che il sottile strato di neve che copriva il suolo e le foglie cadute avrebbe cominciato presto a sciogliersi.

Si fermò e scese da cavallo. Proprio lì, nel fango gelato coperto di neve, c'era l'orma di un piede, un'impronta di media grandezza, leggermente supinata.

«Vedo un'impronta», disse.

Anche Craig scese da cavallo. Amy osservava il terreno e gli alberi intorno a loro.

«Cosa state cercando?», le chiese.

«Ho bisogno di un bastone diritto e lungo circa un metro per tracciare le impronte».

Lui trovò un ramo più o meno diritto.

«Può andare bene?», le domandò.

«Sì, puoi tagliare i rametti più piccoli per favore?».

Lui annuì e li rimosse con il coltello, poi le passò il ramo.

«Potrei avere il coltello?», gli chiese.

Un lampo di inquietudine gli attraversò gli occhi. «Perché?»

«Ho bisogno di fare delle tacche nel bastone per misurare la lunghezza del piede e quella dei passi. Per essere sicuri che stiamo seguendo le sue impronte e non quelle di qualcun altro».

Craig guardò prima lei, poi le impronte, dubbioso. «Non ho mai sentito parlare di questo metodo. Se è un trucco...».

«Fidati, sono brava in queste cose. La troveremo. Sbrighiamoci».

Le passò il coltello e lei posò il bastone sull'impronta e segnò la lunghezza a partire dalla punta. L'orma era liscia, senza tacco. Certo, la gente non aveva scarpe con le suole a carrarmato a quei tempi, pensò.

Si accovacciò e fece ruotare piano il bastone sopra l'impronta, parallelo al terreno, da ore dieci a ore due. Fissava la punta del bastone in cerca dell'orma seguente.

«Lì!», indicò.

Poco meno di trenta centimetri davanti a lei c'era l'impronta successiva, meno profonda della prima, quindi meno visibile. Si avvicinò e si mise in ginocchio, attenta a non toccare la traccia. Era parziale, solo il tallone era visibile. Segnò la distanza tra il tallone della prima e il tallone della seconda.

«Di sicuro è di una persona anziana. Vedi come i margini del tallone sono poco definiti?».

Craig si accovacciò vicino a lei. «*Aye*».

«Trascina i piedi. Forse è stanca. Ma probabilmente è per l'età».

Lui annuì. «Avete ragione. Non avrei saputo cosa cercare. Come avete imparato queste cose? Chi ve le ha insegnate?».

Il Soccorso montano del Vermont, gli rispose nella sua testa.

«Un uomo, a casa», disse. Era abbastanza vago da sembrare la verità ed era bello non dovergli mentire. «Era molto bravo a seguire le tracce, lo aveva fatto per tutta la vita, e mi ha insegnato».

«Ma perché vi interessava imparare?».

Lei espirò a fatica, sentiva un peso sul petto al ricordo del fienile abbandonato, le notti fredde, i morsi della fame, le labbra secche e spaccate per la sete.

Ma non glielo poteva raccontare. Non soltanto perché non gli poteva rivelare che veniva da un'altra epoca. Ma perché non riusciva a parlarne con nessuno. Era incapace di confessare la propria vergogna e di essere stata tanto pavida da finire in quella situazione.

Un altro evento, molto tempo dopo, le aveva fatto scegliere di occuparsi della ricerca di persone scomparse come professione.

«Si perse un bambino», disse.

Era successo a New York, dove si era trasferita per studiare veterinaria. Il figlio dei suoi vicini si era allontanato.

«Non potevo lasciarlo da solo, disperato, affamato, al freddo. Lo ritrovai io, per caso più che per cognizione di causa. A quel tempo non avevo idea di cosa si dovesse fare. Ma quando lo trovai, quando vidi le lacrime di sollievo sul suo viso, quando mi abbracciò, tremando, e non mi lasciò andare finché non lo riportai da sua madre... allora capii che era ciò che volevo fare. Quello che ero destinata a fare. Perché nessuno si perdesse più. Perché fossero sicuri che qualcuno sarebbe andato a cercarli».

Craig la fissava, sbattendo le palpebre. «È molto nobile da parte vostra, Amy. Molto gentile».

Lei alzò le spalle. «Vorrei che molte più persone sapessero seguire le tracce. Ma anche una sola può fare la differenza. Anche se salvassi una sola vita, ne varrebbe la pena».

Craig espirò in modo brusco. «Siete sicura di essere una MacDougall?».

Lei rise. «Sì. Ti ho sconvolto, vero?»

«E vostro padre permette a voi, una donna, di farlo? Vagare da sola sulle montagne, nei boschi?».

Amy si leccò le labbra, nervosa. Giusto, era probabile che a quell'epoca alle donne non fosse permesso di fare molte cose all'aperto. «Bè, c'era il mio maestro con me la maggior parte del tempo».

Craig socchiuse gli occhi. «Non ho mai sentito niente del genere. Mi sembra molto strano».

«Non mi credi?»

«È strano, ma vi credo. Sento che mi state dicendo la verità, ma non riesco ad immaginare John MacDougall che permette alla sua unica figlia di mettersi in pericolo in questo modo. O non si interessa di voi?».

Amy guardò a terra. Di certo *suo* padre non si interessava a lei. «Già, hai indovinato, Craig. Ma ci dobbiamo sbrigare. La povera Elspeth ci sta aspettando».

Osservò la traccia e fece ruotare di nuovo il bastone sul terreno per trovare l'impronta successiva. Continuarono in quel modo finché le tracce furono abbastanza visibili nel fango. Craig si assicurò che i cavalli li seguissero.

Parlarono un altro po' di come si seguono le tracce, confrontando quello che sapeva Craig sulla ricerca degli animali con quello che sapeva Amy. Poi cominciarono a parlare di altro: di Craig e della sua famiglia. Di quando era andato in Inghilterra con il padre e gli zii nei quattro anni in cui Bruce si era alleato con Edoardo I per impedire che John Balliol tornasse sul trono di Scozia. Di come, in quel periodo, i Cambel avevano combattuto per Edoardo I e del fatto che suo zio Neil aveva ricevuto nuove terre nella contea di Cumberland come ricompensa per i suoi servizi. Di quanto l'Inghilterra fosse diversa dalla Scozia. Anche se era concentrata a seguire le tracce di Elspeth, parlare con Craig era facile e piacevole e desiderò che potessero continuare così per sempre.

Trascorse circa un'ora, poi il terreno divenne più roccioso e il bosco iniziò a diradarsi. Le impronte della donna si fecero confuse. Era passata più volte nello stesso punto, come se si stesse guardando intorno. Poi le orme cambiarono direzione. La donna si era allontanata dal sentiero ed era entrata nel bosco.

In quella zona c'erano solo poche chiazze di neve e le impronte di Elspeth erano ora sepolte sotto foglie cadute, erba marcia e pietrisco. Si scorgevano a fatica, ma adesso Amy sapeva cosa cercare. La donna era salita su per il pendio, si era fermata di nuovo, si era riposata su un masso, poi aveva proseguito in un'altra direzione ancora. Era confusa o si era persa, era chiaro. Per fortuna si muoveva lentamente e i segni del suo passaggio erano sempre più recenti. Amy notò dei ramoscelli spezzati sui cespugli e alcuni piccoli fili di lana attaccati ai rami.

«Penso sia vicina», disse. «Me lo sento».

Accelerarono. A volte i segni erano appena visibili e in una direzione completamente diversa da quella che Amy aveva ipotizzato. E poi si trovarono di fronte una scarpata e una grotta. Amy e Craig si scambiarono uno sguardo d'intesa.

«Elspeth!», chiamò Amy, risalendo di corsa il crinale, verso la grotta. «Elspeth!».

«Elspeth!», le fece eco Craig. Legò i cavalli a un albero e la seguì.

Amy si fermò all'ingresso della grotta. Quando i suoi occhi si abituarono all'oscurità, vide una sagoma grigia appoggiato alla parete a pochi metri di distanza.

Corse dentro.

C'era una donna anziana seduta a terra, appoggiata contro la parete. Aveva i capelli scarmigliati sotto il cappuccio e il mantello sporco, strappato e coperto di foglie ed erba secca. Era pallida e tremava. Aprì gli occhi arrossati e bagnati di lacrime.

«Chi è Elspeth?», chiese.

Craig si fermò accanto a Amy.

«È lei», disse Amy. «Non ricorda il proprio nome. Ma è lei».

Sentì gli occhi dell'uomo su di sé. «Avete mantenuto la vostra promessa. L'avete trovata», le disse e, se Amy non si sbagliava, c'era una nota di ammirazione nella sua voce.

ELSPETH SEDEVA SUL CAVALLO DAVANTI A AMY, AVVOLTA IN plaid e coperte. La ragazza provava un senso di protezione nei suoi confronti e aveva insistito perché montasse con lei, in modo da poter reagire in fretta se avesse notato che aveva bisogno di assistenza medica. Stavano scendendo dalla collina, lasciando scegliere la strada ai cavalli. Craig cavalcava davanti a Elspeth e Amy, che non riusciva a staccare gli occhi dalla sua schiena robusta e possente, dai capelli scuri e ondulati che sfioravano le spalle. A cosa stava pensando? Lei aveva mantenuto la promessa di non scappare. E aveva ritrovato la donna.

Le si stinse lo stomaco. Moriva da desiderio di piacergli, voleva che si fidasse di lei. Perché il suo stupido, stupido cuore si era preso una sbandata per lui.

«È un bel giovane», disse Elspeth.

Amy guardò la nuca della donna.

«Sì», rispose. «Non è male».

«*Non male?* Da dove venite, mia cara? Non ho mai sentito nessuno parlare come voi».

Santo cielo. Di nuovo il suo accento. Avrebbe dovuto imparare a parlare come una scozzese, se fosse rimasta lì ancora a lungo. «Uhm. Sono Amy MacDougall».

Elspeth fece una risatina. «*Nae*, mia cara, Voi non siete Amy MacDougall».

Amy rimase di ghiaccio. La donna era affetta da demenza, forse Alzheimer. Quando l'aveva trovata non ricordava dove abitasse né il proprio nome. Amy and Craig l'avevano riscaldata e le avevano dato cibo e acqua. Lui le avrebbe voluto dare dell'*uisge*, ma l'alcol era una delle cose peggiori in caso di ipotermia. Le aveva chiesto dov'era la sua casa e la donna gli aveva chiesto se era il principe delle fate e se l'avrebbe portata nel suo regno.

Quanto poteva prendere sul serio le sue parole? Nonostante questo, le vennero i brividi.

«Sì, lo sono», disse.

«Aspettate, ho sentito una voce come la vostra una volta», disse la donna, come se stesse ricordando qualcosa avvenuto in un altro tempo.

«Davvero?»

«*Aye*. Un uomo, uno stagnino ambulante, passò dal villaggio e fu ospite a casa nostra. Accadde tanto tempo fa, mia figlia era una bambina. Ci raccontò molte storie e una parlava di una donna che aveva attraversato il tunnel sotto il fiume del tempo. L'aveva incontrata lui stesso. Disse che aveva una parlata molto particolare, la imitò ed era proprio come la vostra».

Amy deglutì. Lanciò un'occhiata a Craig, ma lui non diede segno di aver sentito niente.

«Cosa accadde a quella donna?», si affrettò a chiedere Amy, sussurrando.

«Allora ho ragione, vero?». Elspeth si voltò leggermente e guardò Amy. Non c'era più traccia di confusione nei suoi occhi azzurri.

«Non posso dirtelo».

«Non vi preoccupate, mia cara. Non lo dirò ad anima viva».

«Parlami di quella donna».

«Non ricordo molto altro, solo che aveva viaggiato nel tempo, veniva dal futuro. Aveva usato la pietra del tempo dei Pitti. Il castello dei Comyn è costruito su una di quelle pietre, se ben ricordo. L'hanno costruito i Pitti, i miei antenati. *Aye*, il mio popolo è sempre vissuto qui, dalla notte dei tempi. Hanno costruito la roccaforte che c'era prima del castello e poi il castello che vedete adesso».

Amy non riusciva a credere alle proprie orecchie.

«Cosa le accadde?», chiese di nuovo.

«Avrebbe dovuto tenere per sé il suo segreto, è quello che posso dirvi. La gente non le credette. Fu dichiarata pazza. La gente del villaggio non volle avere niente a che fare con lei. Nessuno osò aiutarla o aprirle la porta della propria casa. Lo stagnino disse che fu trovata con la gola tagliata in un villaggio, per strada. Qualcuno alla fine l'aveva uccisa, per timore, forse, che stesse dicendo la verità. Che potesse aprire il tunnel del tempo e lasciasse entrare altri stranieri provenienti dal futuro».

Un oscuro presentimento fece torcere lo stomaco di Amy. Una goccia di sudore le scese tra le scapole. Se la verità sul fatto che aveva viaggiato nel tempo fosse saltata fuori, le sarebbe toccato lo stesso destino?

«Quindi». Amy si schiarì la gola per allentare la tensione. «Tu sai come funziona quella pietra? Come si può attivare, o qualunque cosa si debba fare, per viaggiare nel tempo?»

«Siete qui per sbaglio?»

«Sì. Per sbaglio. Devo tornare indietro. Ti prego, aiutami, Elspeth».

«Se ricordo bene, e ammetto che la mia memoria non è più buona come un tempo, la donna aveva toccato la pietra e ci era caduta dentro, dentro il tempo».

«Sì, è quello che ho fatto anch'io...», mormorò Amy. «Ho appoggiato la mano su un'impronta incisa sulla pietra. Quindi se la tocco di nuovo, funzionerà?».

Elspeth rimase in silenzio.

«Elspeth?».

Silenzio.

Amy scosse la spalla di Elspeth con delicatezza. «Elspeth?!».

«Chi è Elspeth?», chiese la donna.

A Amy sfuggì un lamento. «Ricordi di cosa stavamo parlando?»

«E chi siete voi?». L'anziana si guardò intorno con occhi annebbiati, confusi. Sembrava che il momento di lucidità fosse finito. Chi poteva sapere se quello che le aveva detto era la verità o il frutto della sua malattia. Povera donna. *Deve essere terribile non avere il controllo su quello che ricordi e su quello che sai essere vero.*

La ragazza sospirò. «Sono Amy. Ti stiamo portando a casa dalla tua famiglia».

Quando fecero ritorno a Inverlochy, Alana and Diarmid li stavano ancora aspettando nel tepore della sala grande. Alana teneva la testa appoggiata sulla spalla di Diarmid e le si leggeva chiaro in volto quanto fosse preoccupata. Si voltò e spalancò gli occhi, che si riempirono di lacrime.

«Oh, Madre!».

Si coprì la bocca con le mani e corse verso Elspeth. Diarmid la seguì. Alana strinse la donna confusa tra le braccia.

«Grazie a Dio state bene», sospirò tra i capelli bianchi di

Elspeth. Si rivolse a Craig. «Grazie, mio signore. Oh, voi siete un così bravo signore, siamo fortunati ad avervi. Il vostro predecessore non avrebbe mai fatto tutto questo per noi...».

«Non dovete ringraziare me. È merito di mia moglie. Non sarei riuscito a trovare vostra madre senza di lei».

Alana lasciò andare sua madre, che Diarmid tenne stretta per le spalle. Andò da Amy e le prese le mani tra le sue.

«Grazie, mia signora. Grazie con tutto il mio cuore».

Amy arrossì e strinse le mani di Alana in risposta. Era per questo che faceva ciò che faceva. Per veder nascere quei sorrisi felici e sollevati sul volto delle persone.

«Va bene», disse. «Sono felice che l'abbiamo trovata in tempo».

Quando la famiglia riunita uscì dalla sala, Amy sospirò. Al momento Elspeth non ricordava più la loro conversazione, ma se poi lo avesse fatto? Le venne la pelle d'oca.

Doveva fare di tutto per tornare nel magazzino sotterraneo e toccare quella pietra. Se ne doveva andare da lì. Da quel mondo in cui poteva essere dichiarata pazza o uccisa perché era diversa e per questo la gente aveva paura di lei.

Guardò di nuovo Craig.

Eppure... più tempo passava insieme a *lui*, meno voleva fare ritorno in un mondo in cui non c'era Craig Cambel.

CAPITOLO 17

Quattro giorni dopo...

Amy uscì dalla cucina nel buio della sera con due scodelle di stufato. Il tempo era cambiato quel giorno, da freddo e soleggiato a caldo e ventoso. Stava arrivando la pioggia, sentiva l'odore seducente e umido tipico di quando si avvicinava.

La cena stava per essere servita e tutti si erano radunati nella sala grande. Vide Craig arrivare con i giovani guerrieri che aveva appena finito di addestrare. Negli ultimi giorni aveva tirato spesso di scherma con loro. Sorrideva con i ricci appiccicati alla fronte sudata.

Nella sua mente perversa apparve un'immagine: il suo corpo nudo e muscoloso, con gli addominali simili a una pianura ondulata sulla quale avrebbe potuto perdersi, i pettorali tonici. Non l'aveva ancora mai visto a torso nudo, ma era così che si immaginava il suo corpo forte da quando l'aveva baciata. Voleva leccare quei muscoli, fargli piegare la testa all'indietro, sentirlo gemere.

Craig diede una pacca sulla spalla a uno dei ragazzi, poi lo lasciò entrare nella sala. Si fermò per un momento e la guardò.

Lei rimase senza fiato.

Le sorrise.

Un sorriso così dolce e disarmante che lei lasciò quasi cadere a terra lo stufato per volare tra le sue braccia.

Le fece segno di raggiungerlo. Con semplicità. Come se fossero amici. Come se fosse davvero la sua amata moglie. Come se non gli avesse mentito fin dal primo momento in cui lo aveva incontrato.

Non riusciva a respirare. E non poté fare a meno di rispondere al sorriso. Gioia e felicità si propagarono in lei come la calda luce del sole.

Come la primavera.

Gli fece cenno con il capo di entrare.

Lui annuì, ma il suo sguardo indugiò su di lei, non più diffidente, ma premuroso. Come se volesse essere sicuro che non aveva bisogno di aiuto, che stava bene.

E lei... lei lo guardò con attenzione, ogni dettaglio del suo bel volto: la curva elegante delle sopracciglia, gli occhi verde scuro, la corta barba castana.

Gli stava dicendo addio.

Poi lui entrò.

Amy espirò lentamente, al tempo stesso sollevata e dispiaciuta che quel momento fosse finito.

Sebbene fosse sempre più difficile andarsene, lo doveva fare. Jenny aveva bisogno di lei. Non poteva lasciarla sola a prendersi cura del padre. Inoltre, dopo aver ascoltato la storia di Elspeth, era sempre più consapevole dei pericoli che correva. Cosa le avrebbero fatto se avessero scoperto la verità, che aveva viaggiato nel tempo?

Che cosa avrebbe pensato Craig...?

Nella migliore delle ipotesi, avrebbe pensato che era pazza.

Nella peggiore, l'avrebbe chiusa in una segreta o l'avrebbe uccisa.

No, no. Doveva correre via. Correre da Jenny.

Se quella notte tutto fosse andato bene, sarebbe tornata nella sua epoca.

Doveva solo riuscire ad accedere al magazzino sotterraneo, anche solo per un minuto.

Le scodelle le scottavano le mani. Avrebbe fatto meglio a sbrigarsi.

Procedette attraverso la corte interna fino alla torre orientale. Aprì la porta con la schiena e sgusciò dentro.

Come si aspettava, c'erano due guardie: Hamish e Irvin. Bene, aveva la sensazione di piacere ad Hamish. Forse avrebbe assecondato il suo piano di buon grado.

«Buonasera a voi», disse allegra, appoggiando le scodelle su un barile.

Stavano giocando a qualcosa, ma smisero al suo arrivo.

«Buonasera, signora», disse Irvin.

La notte precedente, dopo essere tornata dall'operazione di ricerca e soccorso con Craig, aveva portato stufato e focacce d'avena col miele alla torre, per cercare di fare amicizia con le guardie. Nel tardo pomeriggio, aveva scoperto, toccava a Irvin e Drummond. Quindi cosa ci faceva lì Hamish? Sperò che fosse un buon segno, un buon auspicio.

«Ecco la cena», disse. «Irvin, ti ho portato qualcosa di speciale. Ieri hai detto che ti piace la faraona ripiena. Bene...». Prese un fagotto dalla tasca del vestito e lo aprì. C'erano due faraone ripiene, arrosto. Aveva messo da parte i due uccelli dalla selvaggina che era stata portata dai cacciatori la sera precedente e li aveva preparati di persona per Irvin e Drummond, dopo aver chiesto a Fergus come farli, certo.

A Irvin brillarono gli occhi. «*Aye?*», disse.

Gli sorrise. «A dire il vero, uno è per Drummond, ma dove è?».

Irvin si leccò le labbra. «È malato. Ce ne sarà di più per me».

Amy aggrottò la fronte. «Be', non sarebbe molto carino. Sarà affamato. Perché non gliene porti una, cenate insieme e gli tieni compagnia per un po'? Sono sicura che Hamish nel frattempo può restare di guardia da solo».

Irvin lanciò un'occhiata a Hamish, che scrollò le spalle.

«*Aye*, io posso restare di guardia da solo», disse. «In ogni caso, non è che io abbia molto bisogno di voi». Rise fragorosamente.

Bè, certo, Hamish era molto più alto e robusto di Irvin.

«*Aye, aye*, ridete pure. Vedremo come riderete quando tornerò e vi batterò a carte».

Prese le faraone e la scodella, e uscì dalla torre.

Amy sorrise ad Hamish. «Qual è il vostro piatto preferito? Magari lo potrei cucinare per voi la prossima volta».

Hamish le fece un grande sorriso. «Vi ringrazio, signora. Il vostro stufato. È quello il mio piatto preferito. Non ho mai assaggiato niente di altrettanto buono. Giuro su Dio».

Amy scosse la testa. Le dispiaceva doverlo ingannare. «È gentile da parte tua. Senti, ho visto della pancetta di sotto e la vorrei aggiungere allo stufato di domani. Perché non mangi la tua cena mentre la vado a prendere?».

L'espressione di Hamish mutò da un sorriso soddisfatto all'apprensione.

«Di sotto? Ma signora, lord Cambel è stato chiaro, non vi è permesso andarci».

«Puoi venire con me, se non ti fidi. Cosa potrei mai fare laggiù? Voglio solo aggiungere un po' di pancetta allo stufato di domani. Non sarebbe delizioso?».

Lui esitò e la osservò a lungo. Poi Amy vide qualcosa balenargli sul volto, una specie di intuizione.

«Pancetta», disse lui con una strana enfasi, quasi fosse un codice segreto che conoscevano solo loro due. «Ahh. Certo. Andiamo a cercare la pancetta, allora».

Lei aggrottò la fronte. C'era qualcosa di strano nella sua reazione, ma non poteva permettersi il lusso di fare domande. Lui aprì la porta che conduceva alle scale, le diede una torcia e la lasciò passare.

«Grazie», gli disse e iniziò a scendere.

L'odore familiare di pietra umida e provviste la avvolse. Il cuore le batteva più veloce ad ogni passo. Davvero ce l'aveva quasi fatta? Sarebbe tornata nel suo tempo tra pochi minuti?

Nel magazzino si guardò intorno, avvicinando la torcia ai barili e alle botti, ai pezzi di carne secca appesi al soffitto.

«Qui non c'è», disse. «So di averla vista da qualche parte. Deve essere nella stanza sul retro».

Hamish guardò la porta aggrottando la fronte. «La stanza *sul retro*...», disse. «*Aye*. Andiamo a dare un'occhiata».

Con mano tremante, Amy aprì la porta pesante del magazzino sul retro. Era completamente buio, a differenza della semioscurità della stanza precedente. Buio pesto. Faceva freddo. Quando respirava, le uscivano nuvolette di vapore dalla bocca. Il cuore le martellava nel petto. L'odore di terra bagnata, pietra umida e legno, e un vago sentore di marcio la raggiunsero. C'erano cataste di legna da ardere, botti e sacchi.

La pietra.

Hamish si sarebbe accorto ben presto che non c'era nessuna pancetta laggiù. Si doveva sbrigare.

Sentì un rumore di passi rapidi alle proprie spalle. Svelta! Amy corse fino alla pietra e si inginocchiò.

I passi si avvicinavano.

Perché Hamish non faceva nulla?

C'era l'incisione del fiume e della strada, e c'era l'impronta!

Amy lanciò un'occhiata dietro di sé. Hamish la stava fissando con la bocca aperta e gli occhi spalancati. Irvin si precipitò nella stanza.

Lei mise la mano sull'impronta. Le pulsavano le tempie.

Ma la roccia non vibrò. Non si illuminò. La sua mano non affondò.

Era solo fredda.

«Che ci fate qui?», ringhiò Irvin alle sue spalle.

Braccia forti la tirarono su e la allontanarono dalla roccia.

Irvin la gelò con lo sguardo. «Lord Cambel deve saperlo. Andiamo».

E prima che potesse fare qualcosa, la trascinò fuori dalla stanza sotterranea.

CAPITOLO 18

«Cosa stavate facendo là sotto?», ringhiò Craig.

Alla fine Irvin lo aveva trovato nella camera da letto, dove era andato a cercare Amy dopo aver finito di mangiare lo stufato. Aveva pensato che lei lo avrebbe raggiunto nella sala grande, ma non si era fatta vedere. Adesso sapeva perché.

Craig ci vedeva rosso. Diavolo, non ricordava l'ultima volta in cui era stato così furioso e si era sentito così tradito.

No.

Un attimo.

Lo ricordava.

Quando Alasdair MacDougall aveva rapito e violentato Marjorie.

Amy lo fissava a bocca aperta, dispiaciuta, confusa, delusa.

«Stava guardando una pietra con una specie di incisione pagana e un'impronta», disse Irvin.

«Non ho mai notato niente di simile». Craig scosse la testa.

«Grazie Irvin», disse a denti stretti. «Andate pure».

Quando l'uomo se ne fu andato, Craig si rivolse alla moglie.

«Cosa stavate facendo laggiù?», ripeté lentamente, avvicinandosi.

Lei rimase in silenzio.

«Stavate cercando...». Si voltò e diede un calcio al letto per impedirsi di completare la frase.

Non si poteva lasciar sfuggire quell'informazione.

«Cosa?», chiese Amy.

«Un modo per scappare», aggiunse Craig, abbassando la voce. Si voltò verso di lei, che sembrava un ladro colto in flagrante. «Lo stavate facendo?».

Lei ansimava, il suo petto si alzava e si abbassava rapidamente.

«Stavo solo cercando della pancetta», gli rispose.

«Non teniamo la pancetta là sotto!», gridò Craig. «E perché Hamish vi ha lasciata entrare?»

«L'ho ingannato».

Craig abbassò la testa, chiuse gli occhi ed espirò. «Stavate cercando una via di fuga o no?».

Lei continuò a tacere, limitandosi a fissarlo con quei suoi occhi grandi, bellissimi.

«Trovate il coraggio, Amy», insisté e lei chinò il capo, colpevole «Ditemi la verità. Almeno una volta nella vita!».

Lei alzò la testa e lo guardò negli occhi. I suoi erano duri e pieni di lacrime.

«Sì», rispose. «Sì, è così».

Craig scosse il capo lentamente. Oh, la rabbia gli ribolliva dentro. Moriva dalla voglia di prendere a pugni qualcosa. Perché non c'era mai una bella zuffa quando ne sentiva il bisogno?

«Perfetto. Un altro tradimento, proprio quando pensavo che voi foste diversa».

Lei sollevò le sopracciglia.

«Be', cosa ti aspettavi?», gli rispose. «Mi hai sposata e mi hai promesso la libertà. Invece mi tratti ancora come una prigioniera. Perché sono una prigioniera per te, non è vero? Niente più di una nemica con cui ti senti obbligato ad essere gentile. Metti in discussione ogni mio passo. Se mi trattassi alla pari, come se fossi davvero tua moglie...».

Aveva le guance arrossate e gli occhi ardenti; la bocca rossa come i lamponi di fine autunno, i capelli scarmigliati, il vestito in disordine. Craig indugiò con lo sguardo sulla curva dei seni, la vita sottile, i fianchi rotondi.

Cosa c'era di sbagliato in lui? Continuava a desiderare la donna che aveva appena tradito la sua fiducia.

Doveva aver perso il senno nel momento in cui l'aveva vista, nel dormitorio.

All'improvviso divenne consapevole della presenza del grande letto, delle pellicce che lo coprivano e del calore del camino. L'immagine di lei sdraiata nuda su quelle pellicce, la sensazione della pelle che scivolava sulla pelle mentre le copriva il corpo con il proprio, il sapore della sua bocca, la sua voce che lo chiamava per nome, appagata.

Non rabbia. Né delusione. O dolore.

Solo piacere, e affetto.

Craig scosse la testa e si diresse verso il camino. Le voltò le spalle, appoggiò una mano sulla pietra e guardò le fiamme danzare, cercando di scacciare quelle immagini dalla mente.

«Voi mi avete ingannato», disse. «Quante altre menzogne mi avete raccontato, Amy?»

«Mento perché ho paura di quello che mi potresti fare. Mento perché ho paura che non mi lascerai mai libera. Mento perché... Pensi che non ti vorrei dire tutto? Ma di certo non sei la persona più compassionevole del mondo. Se ti fossi assicurato che non avessi niente da temere...».

Si voltò verso di lei. «Ma voi dovete avere paura, Amy. Non di me. Ma di quello che succederà con la vostra famiglia. Siamo in guerra. E voi non state dalla nostra parte».

Lei chiuse gli occhi per un momento ed espirò. «E se non fosse così?»

«Di cosa state parlando?»

«Se non volessi essere tua nemica?».

Craig aggrottò la fronte. «Allora dovreste provarmelo».

Lei scosse la testa. «È davvero difficile dimostrarti qualcosa, sei costantemente chiuso a riccio, sempre irritato e pronto a pungere con i tuoi aculei. Non fai altro che darmi ordini. Non mi permetti di uscire dal castello e anche dentro le mura non posso andare dove voglio. Non perdi occasione di ribadire che siamo nemici».

Gli andò il sangue alla testa. «Ma come posso smettere di trattarvi come una nemica, quando fate simili porcherie?». Indicò la porta. «Proprio quando stavo iniziando a fidarmi di voi, avete ingannato i miei uomini e cercato di scappare dal castello!».

Amy scosse il capo. «Bè, è la storia dell'uovo e della gallina, non ti pare?»

«Che cosa?»

«L'eterna domanda su chi sia nato prima, l'uovo o la gallina. Non ti puoi fidare di me perché sono una MacDougall, quindi mi tieni prigioniera. E io cerco di scappare perché mi tieni prigioniera».

Stava di nuovo perdendo il senno o c'era un briciolo di verità nelle sue parole?

«Cosa proponete?», le chiese.

«Propongo di ricominciare da capo. Che ne pensi di fermarci per un momento. Facciamo qualcosa di bello. Dimentichiamo i nostri nomi e passiamo un po' di tempo insieme, come...».

Si interruppe, aprì e chiuse la bocca, incapace di trovare le parole.

«Come marito e moglie?», suggerì Craig.

Lanciò un'occhiata al letto. Era quello il modo in cui marito e moglie passavano il tempo insieme senza pensare ai loro nomi. Lei seguì il suo sguardo e le guance le divennero più rosse del sole all'alba.

«Non è quello che intendevo!», gridò.

«Ve lo dico chiaro e tondo, ragazza», disse con voce roca, avvicinandosi. «Se è quello che volete, sono lieto di accontentarvi. Ve l'ho detto fin dal principio».

Con sommo piacere, la vide spalancare gli occhi. Allungò una mano e le accarezzò la guancia calda con le nocche. Lei socchiuse le labbra e abbassò le palpebre.

«Non è quello che intendevo», ripeté lei con voce più dolce. «Intendevo andare da qualche parte. Amo le montagne, i boschi che abbiamo visto ieri, anche se non ho avuto il tempo per ammirarne a pieno la bellezza. Ma non mi sentivo così bene da tanto».

Anche Craig amava le montagne.

«Volete andare sui monti?», le chiese.

«Sì. Che ne dici se prendiamo i cavalli, io preparo un picnic e passiamo una giornata così? Fammi sentire libera. Fammi vedere la campagna nei dintorni. Permettimi di dimostrarti che non sono tua nemica. E concediti di dimostrarmi che non sei mio nemico».

«E se provaste a scappare?»

«Non lo farò. E se lo facessi, mi imprigionerai per l'eternità. Voglio solo assaporare un po' di libertà. È chiedere troppo?».

Craig osservò i suoi luminosi occhi azzurri. Le labbra, così vicine che avrebbe potuto chinarsi a baciarle. Sembrava sincera, ma ci era già cascato una volta.

Tuttavia, l'istinto gli diceva che, almeno su questo, non stava mentendo.

E l'idea di passare del tempo da soli sulle montagne, che mancavano anche a lui, gli piaceva più di quanto fosse disposto ad ammettere a sé stesso.

E se lei avesse cominciato a sentirsi più a casa propria, magari sarebbe diventata davvero sua moglie. Magari lo avrebbe lasciato entrare nel suo letto.

Al solo pensiero, sentì un calore all'inguine e gli diventò duro. Si chinò a baciarla. Lei lo accolse, senza esitazioni, con un gemito appena percettibile. La sua bocca era morbida e calda e lui vi affondò come nelle acque di un lago. La prese tra le braccia e la attirò a sé, la strinse respirando il profumo della pelle e dei capelli puliti, e un leggero sentore dello stufato che aveva fatto. Profumava di casa, di donna, e la desiderava.

La baciò più a fondo, incapace di resistere alla fame di lei che gli ruggiva nel sangue. Le accarezzò la lingua con la sua, le mordicchiò le labbra, la assaporò.

E lei gli rispose. Gli mise le braccia intorno al collo e i seni morbidi premettero contro di lui. Craig le accarezzò la vita sottile. Poi salì a cercare il seno e vi appoggiò le mani. Fece ruotare i pollici intorno ai duri boccioli dei capezzoli. Lei gemette, rabbrividì e si strinse di più a lui. Lasciò la sua bocca e le baciò il mento, poi si fece strada lungo il collo, dove le vene pulsarono con forza contro le sue labbra.

Le sue dita morivano dalla voglia di spogliarla, la bocca di assaporare la pelle nuda del ventre, la lingua di leccare i capezzoli. Fissandola negli occhi, si inginocchiò e fece scorrere le mani dai fianchi fino alle caviglie, per farle capire le proprie intenzioni. L'unico modo per toglierle il vestito era sfilarglielo dalla testa.

«Ragazza, vi ho desiderata dal primo momento in cui vi ho vista», le disse.

Amy sbatté le palpebre, gli posò le mani sulle spalle e le strinse.

Prendendolo come un invito, le appoggiò le mani sulle caviglie, con delicatezza, e le fece scorrere lungo le calze di lana che aveva indosso. Superò le giarrettiere, appena sotto le ginocchia, e le accarezzò la pelle morbida delle cosce nude. Le tremavano le gambe.

Le mise le mani sui fianchi e scivolò sempre più in alto. Le afferrò le natiche e le strinse, assaporando la sensazione della carne soda e abbondante tra le dita. La pelle era così morbida e setosa che doveva graffiarla con le suoi dita callose.

Ma lei non si lamentò. Al contrario, piegò la testa all'indietro ed emise un gemito delizioso.

Lui ruggì in risposta. Voleva sentirla gemere mentre era dentro di lei. Affondò la testa tra le sue cosce, attraverso l'abito, e mordicchiò il tessuto.

Le accarezzò i fianchi, le dita si fecero strada sotto il vestito fino al punto in cui aveva posato la bocca. Quando trovarono i soffici peli ricci, lei ansimò.

E fece un passo indietro.

Perso, confuso, lui alzò gli occhi e la guardò in faccia.

Lei scosse la testa, come se si stesse svegliando da un sogno.

«Io...». Fece un altro passo indietro. «Non credo sia una buona idea in questo momento».

Lo spazio che aveva occupato fino a un attimo prima divenne freddo e vuoto. Craig espirò e chiuse gli occhi. Il suo membro pulsava e moriva dalla voglia di lei. Era con la sua bella moglie. C'era un letto. Che cosa stava aspettando?

Annuì. «Rispetto il vostro rifiuto. Ma perché? Mi state mettendo alla prova?»

«No. No. Non è questo. È solo che non ti conosco ancora. Sei mio marito, ma non ho idea di chi tu sia davvero e di che pasta sei fatto. Capisci?»

«Sono fatto di carne pulsante, che vi desidera». Gli tremava la voce. Desiderio e delusione combattevano dentro di lui come fuoco e ghiaccio. «E di sangue che ribolle per voi».

«Ascolta, usciamo, prendiamoci del tempo per noi e vediamo dove ci portano le cose. Okay?».

Okay... Quella strana parola che le piaceva tanto usare.

In ogni caso, voleva andare sulle montagne con lei. *Aye*, non vedeva l'ora di passare del tempo con sua moglie. Quando erano andati a cercare Elspeth, quando l'aveva guardata fare le sue magie seguendo le impronte, aveva dimenticato il tempo e dove si trovava. Gli era piaciuto ascoltarla e parlare con lei, e aveva creduto di aver capito in quel momento di che pasta fosse fatta.

Forse aveva solo paura dalla prima volta.

«*Aye*, Amy», le disse infine. «Andiamo sulle montagne a cavallo e facciamo un picnic. Mi giurate che non è un inganno, *nae*?»

«Te lo giuro, Craig».

La fissò a lungo negli occhi ed espirò di nuovo. Il suo membro stava iniziando a calmarsi.

«Allora vi auguro la buona notte. Devo andare a dormire al

piano di sotto. Non riuscirei a trattenermi se restassimo nella stessa stanza».

Amy annuì, arrossendo.

«Allora buonanotte», gli disse.

Con uno sforzo che gli sembrò pari a quello che era servito per erigere il castello, anche lui annuì e se ne andò.

CAPITOLO 19

«Non arretrate!», urlò Craig la mattina dopo mentre attaccava Killian senza pietà con la sua spada.

L'aria frizzante della corte interna risuonava del clangore delle *claymore* di tre decine di uomini che si stavano addestrando. Craig ansimava. L'attività fisica era la migliore distrazione dal dolore all'inguine che lo aveva tormentato tutta la notte.

E dal pensiero di Amy.

Amy, che aveva preparato un porridge delizioso e aveva aggiunto un cucchiaio di burro e miele solo per lui.

Amy, che gli aveva sorriso durante tutto il pasto mattutino.

Amy, che non avrebbe potuto essere più bella, con i capelli raccolti in una lunga treccia e le guance ancora rosee dopo una bella dormita.

Non avrebbe dovuto pensare a lei durante l'addestramento, perché all'improvviso il piccolo Killian era passato all'attacco.

Bang, bang, bang. Craig parava i colpi a sinistra, a destra, a sinistra.

«Bene, ragazzo!», gridò, con una ciocca di capelli sudati che gli ostruiva la visuale.

«Argh!!», urlò Killian e si lanciò in avanti per trafiggere Craig vicino a un rene.

Lui si spostò appena in tempo.

«Uomo a cavallo!», avvisò la sentinella di guardia alla porta del castello.

Craig alzò lo sguardo e ci rimediò un bel colpo con il piatto della lama sulla spalla.

«Ahi!», gridò, tenendosi la spalla.

Poi scompigliò i capelli di Killian. «Ben fatto, ragazzo. Diventerai un grande guerriero un giorno. Trova qualcun altro con cui allenarti. Devo andare vedere chi sta arrivando».

Sul volto del giovane si aprì un sorriso da orecchio all'altro. «Aye, mio signore».

Craig si diresse verso la torre meridionale per salire sulle mura, ma prima ancora che riuscisse a raggiungerla, la sentinella gridò: «Dice di essere un messaggero di vostro padre!».

Craig si fermò e tornò sui propri passi. «Lasciatelo entrare!» gridò.

Mentre avanzava verso la porta, che si stava aprendo, un uomo a cavallo la attraversò al galoppo. Saltò a terra e Craig scorse il volto paonazzo e segnato dalle intemperie. Aveva cavalcato a lungo, era evidente.

«Che novità?», gli chiese.

«Una lettera di vostro padre». L'uomo cercò nel giaccone ed estrasse una pergamena.

«Grazie, amico mio. Cosa mi dite di mio padre, sta bene? E mio fratello Domhnall?»

«*Aye*, mio signore. Vostro padre, gli zii e vostro fratello stanno tutti bene. Vengo direttamente da Garioch».

Garioch era la tenuta di Bruce vicino ad Aberdeen, nella Scozia orientale.

«Ho cavalcato per cinque giorni», proseguì l'uomo. «Il re si è ammalato».

«Cosa?». Craig srotolò la pergamena.

Ma prima che potesse leggerla, Owen fu al suo fianco. «Che novità?».

Craig si guardò intorno. Gli uomini avevano interrotto l'addestramento e lo stavano guardando, ansiosi. Non voleva anticipare nessuna brutta notizia o scatenate il panico prima di sapere cosa contenesse la lettera e cosa avrebbe dovuto fare.

Diede una pacca sulla spalla al messaggero. «Sarete stanco. Avete fatto bene, amico, a venire così in fretta. Andate nella sala grande, troverete mia moglie e vi servirà qualcosa da mangiare e da bere».

«*Aye*, grazie, mio signore».

Quando l'uomo li lasciò, Craig si rivolse a Owen, che lo stava guardando preoccupato.

«Vieni», gli disse. «Vediamo cosa dice nostro padre».

Andarono nella torre dei Comyn, nella sala privata in cui avevano dormito. La stanza era vuota e fredda, perché il fuoco si era spento, e i sacchi a pelo non erano stati rifatti. Craig aprì le imposte per lasciare entrare più luce e si sedette insieme al fratello al grande tavolo nel centro della sala.

Srotolò la pergamena e lesse ad alta voce.

Due Dicembre dell'anno del Signore Milletrecentosette.

Da Dougal Cambel a Craig Cambel, saluti.

Scrivo con buone e cattive notizie. Grazie a Dio, vostro padre, fratello e zii stanno bene e godono ottima salute.

Il nostro re ha avuto successo. Abbiamo seguito il Great Glen e conquistato il castello di Urquhart sul Loch Ness. Le forze del vescovo di Moray si sono unite a noi, abbiamo preso il castello di Inverness e incendiato Nairn. Il re ha stipulato un accordo di pace temporaneo con il conte di Ross.

Adesso un altro Comyn, il conte di Buchan, sta marciando contro di noi. Con 700 uomini abbiamo buone possibilità di vincere, ma ci sono cattive notizie.

Il re si è ammalato gravemente. Non può camminare né cavalcare. È molto debole e non abbiamo cibo né ripari tra i boschi. Lo porteremo a Inverurie, dove potrà riposare. Pregate per la salute del vostro re, perché senza di lui sarebbe stato tutto vano.

Con il conte di Ross fuori dai giochi per qualche tempo e il Great Glen sotto il controllo di Bruce, voi a Inverlochy controllate l'accesso alle terre di Bruce da occidente e la posizione del castello è più importante che mai per assicurare la vittoria. Sembra che le sorti della guerra stiano volgendo a nostro favore.

Ora tutto dipende dalla salute del re.

Voi siete la sua mano sinistra a occidente. So che preferireste morire piuttosto che deluderlo.

Che Dio benedica voi, Owen, e la vostra guarnigione.

VOSTRO PADRE.

CRAIG GUARDÒ OWEN, CHE STAVA FISSANDO LA PERGAMENA corrucciato.

«Siamo la porta di accesso alla Scozia da occidente, adesso», disse. «Avrei dovuto trovare subito dei muratori per riparare il danno alle mura. Ma non è troppo tardi».

«*Aye*», disse Owen.

«E devo avere un piano di difesa, nel caso arrivino i MacDougall o gli Inglesi».

«*Aye*, fratello».

«Lasciatemi pensare. Andate a preparare i cavalli. Andrò con Hamish e alcuni uomini a cercare un capomastro e dei manovali che riparino i danni. Voi sarete il mio comandante in seconda, Owen».

Owen annuì e divenne serio all'improvviso. Craig non lo vedeva così da molto.

«Quando non ci sarò, o se sarò ferito o ucciso, guiderete voi la difesa del castello. *Aye?*».

Owen annuì.

«Non pensate di farcela?», gli chiese. «Io ritengo di sì. Se dubitassi di voi, non vi avrei affidato il compito. Mi fido di voi più di chiunque altro nel castello».

Owen annuì e uscì dalla stanza.

Craig rimase a fissare la porta, chiedendosi se avrebbe dovuto informare Owen dell'ingresso segreto.

No. Se fossero stati attaccati, lo avrebbe fatto. Ma per quanto Owen fosse un bravo guerriero, Craig aveva visto i dubbi nei suoi occhi. I segni dell'insicurezza sul volto. Era un guerriero esperto, ma non uno stratega.

Inoltre il fratello era sempre stato un po' incauto, si sarebbe potuto ubriacare e lo avrebbe potuto dire a qualcuno. Quindi, per quanto si fidasse di lui, avrebbe aspettato a rivelargli il segreto.

CAPITOLO 20

Tre giorni dopo...

Amy respirò l'aria pulita e frizzante, satura del profumo di muschio ed erba.

Lei e Craig stavano ammirando la vasta catena montuosa, le valli più in basso, le pareti rocciose consumate dal vento e i pendii grigi ricoperti di erba gialla, verde e marrone. Dall'altro lato della valle, nuvole scure nascondevano la cima del monte più alto: Ben Nevis, l'aveva chiamato Craig. Una pineta ombreggiava il pendio della montagna su cui si trovavano e dei cespugli grigio-argento crescevano nei paraggi. Il vento fischiava lungo i pendii e faceva fruscire l'erba.

Quella era la libertà.

Solo natura e cielo sconfinato ovunque guardasse.

Ma di tutta la bellezza e libertà che la circondavano, Craig era la parte migliore. Il suo bel profilo, il naso dritto, i capelli scuri e mossi, gli occhi verde scuro, la bocca grande e le labbra sensuali circondate da una barbetta corta e sexy. Il mantello imbottito che indossava metteva in risalto la figura alta, le spalle larghe e i fianchi stretti. Amy fremeva, aveva il cuore in gola.

«È un posto perfetto per un picnic, non credi?», gli chiese.

«*Aye*». Stese la coperta che avevano portato e posò a terra il cestino con il cibo che aveva preparato lei.

Tenne ferma la coperta perché il vento non la facesse volare via, fino a che Amy non si fu seduta. Avevano lasciato i cavalli a pascolare giù al ruscello, prima che il pendio diventasse troppo ripido.

Amy svuotò il cestino: pane, focacce d'avena, formaggio, burro, prugne e mele dell'ultimo raccolto, ancora fresche, e una bottiglia di vino. Al mattino avevano lasciato il castello nel pieno delle attività. Dopo tre giorni di ricerca, Craig e i suoi uomini erano tornati con il capomastro, che avevano assunto in un altro villaggio sul Loch Linnhe. Adesso dovevano solo trovare tutte le pietre di cui avevano bisogno. In quel momento stavano preparando le impalcature, sotto l'attenta supervisione del capomastro e di Owen.

Craig le aveva spiegato che era un buon momento per lasciare il comando a Owen per un giorno. Voleva dare a suo fratello la possibilità di assumersi la responsabilità mentre lui era assente.

«Grazie, Amy», le disse, «per aver preparato tutte queste cose. Non venivo in montagna da molto tempo a causa della guerra e sono felice di esserci tornato. Mi mancava».

«Anche a me», gli rispose. «Sei cresciuto vicino alle montagne?»

«*Aye*, sul Loch Awe. Non sapete dove aveva sede il clan Cambel? Il castello di Innis Chonnel appartiene al vostro clan da circa dieci anni ormai».

Amy si leccò le labbra e giocherellò con la gonna del vestito. «Sì, be', volevo dire... Non so dove sei cresciuto».

«*Aye*, ho passato l'infanzia lì. A scalare le montagne, pescare nel lago e cacciare».

Craig addentò un pezzo di pane che aveva appena spezzato.

Lei lo osservò, la mandibola dritta che masticava il pane, gli occhi pensosi che guardavano lontano. C'era sempre un velo di tristezza in fondo al suo sguardo, un'ombra che teneva nascosta.

Lei voleva sapere cosa aveva dentro, cosa lo aveva reso l'uomo che era. Poi ricordò perché odiava i MacDougall.

Craig le aveva detto, *non vi auguro di provare quello che ha sofferto mia sorella.* Doveva significare che i MacDougall l'avevano tenuta prigioniera.

Quindi imprigionare le persone era un vizio di famiglia, pensò con tristezza. Suo padre aveva chiuso lei nel fienile. I suoi antenati avevano imprigionato la sorella di Craig.

«Ho sentito dire che tua sorella è stata rapita lì», gli disse.

Era un azzardo presumere che fosse stata rapita.

Craig smise di masticare e sembrò anche smettere di respirare, poi la fissò, corrucciato. «*Aye*. Proprio vicino al castello. Era andata a raccogliere fiori con la sua ancella. L'ancella tornò da sola, urlando».

Amy sentì una stretta dolorosa al petto. Scosse la testa. «Povera ragazza, tua sorella».

«Ecco perché non riesco a capire come mai vostro padre vi lasciasse andare in giro con un uomo soltanto a proteggervi e poi addirittura da sola. Perché le fanciulle graziose che vagano da sole tra i boschi rischiano di essere rapite dai malintenzionati».

Amy inspirò. Che tempi barbari.

«Come si chiama, tua sorella?»

«Non l'avete vista quando era a Dunollie?».

Amy si schiarì la gola. Doveva ricominciare a fingere. «No».

«Marjorie. Non eravate lì quando la liberammo? Ricordo di essermi arrampicato fino alla stanza di vostra madre e che c'erano diversi ragazzi e ragazze... non eravate tra loro?».

Amy abbassò gli occhi. «No. Ero in Irlanda».

«*Aye*. Bene. È un bene che non foste lì. Non siete arrabbiata perché ho ucciso vostro fratello?».

Craig aveva ucciso il fratello di Amy... Deglutì. La Amy MacDougall di quel secolo l'avrebbe saputo.

«Era responsabile del rapimento?», gli chiese.

«Davvero non sapete niente?». Socchiuse gli occhi.

Lei scosse la testa.

Lui sospirò. «Immagino non sia qualcosa di cui andiate fieri in famiglia. Alasdair non si limitò a rapirla, Amy. La tenne prigioniera e la violò. E tutto perché aveva rifiutato di concedergli la sua mano».

Amy era scioccata, sudava freddo. Violentata...tenuta prigioniera...

Da uno dei grandi antenati MacDougall di cui suo nonno andava tanto fiero. Un orgoglio che le aveva trasmesso quando era bambina. Adesso capiva perché Craig odiasse i MacDougall nel profondo. La vergogna le accese di rosso le guance e il collo. Povera ragazza.

«*Aye*, io uccisi Alasdair quando il nostro clan andò a liberare Marjorie. E vostro padre lo vendicò due anni dopo uccidendo Ian».

«Ian?»

«*Aye*. Mio cugino. La vostra famiglia lo uccise durante una battaglia tra i nostri clan e non ci restituì mai il corpo. Siete stata lontana così a lungo? A volte mi sembra che non sappiate niente di tutto questo, eppure sono certo che il vostro clan nutra rabbia e odio contro di noi. *Nae?*».

Amy espirò. «Come ti ho detto, Craig, io non sono tua nemica. Non ho fatto niente di tutto questo».

«*Aye*. Vero. Non lo avete fatto. È ancora molto difficile per me credere che voi siate così diversa da vostro padre. Da vostro fratello».

Suo padre... Sperava davvero di non avere niente in comune con quell'uomo. Forse la Amy MacDougall di quel secolo avrebbe potuto capire cosa provava lei. Un padre che permetteva al proprio figlio di rapire e stuprare una donna era colpevole quanto lui.

«Capisco un po' come possa essersi sentita tua sorella», gli disse.

«Cosa?». Craig alzò di scatto la testa, gli occhi ardenti. «Siete stata violata? Chi...».

L'interesse, la preoccupazione e la rabbia nei suoi occhi erano sinceri e scaldarono il cuore di Amy. Prese un sorso di vino dalla bottiglia, per farsi coraggio. Glielo volava dire. Non lo aveva raccontato a nessuno, solo a sua sorella e solo a grandi linee. Non ne aveva mai veramente parlato, anche se aveva pensato più volte che sarebbe dovuta andare da uno strizzacervelli o qualcosa del genere.

Ma Craig era stato testimone di una cosa simile, accaduta a sua sorella: essere in trappola, la disperazione al pensiero di essere imprigionata e che nessuno riuscisse a trovarla.

Aveva bisogno di dirglielo. Voleva che sapesse che lei era dalla sua parte. E poi forse, una volta che avesse saputo quello che le era successo, gli avrebbe raccontato tutta la verità. Che non era la Amy che pensava.

E se tutto fosse andato per il verso giusto, l'avrebbe perdonata.

Sentì un dolore nel petto mentre raggiungeva i recessi della memoria a cui aveva scelto di voltare le spalle per venti anni. Aveva la pelle d'oca e le bruciavano gli occhi.

Si lasciò andare.

«Non sono stata violentata. A dieci anni ho cominciato ad avere gli incubi. Immaginavo fantasmi e mostri sotto il letto e non riuscivo ad addormentarmi».

In verità, tutto era iniziato dopo la morte della madre, avvenuta all'inizio dell'anno. Amy si sentiva persa e triste, aveva paura del futuro, ed era andata dall'unica persona che le era rimasta oltre a Jenny: suo padre.

«Andavo da mio padre perché mi aiutasse, chiedendogli di cacciarli via. Ma la maggior parte delle volte lo trovavo quasi incosciente, tanto era sbronzo».

«Sbronzo?»

«Troppo *uisge*», rettificò. «E poi una notte, ne ebbe abbastanza di me. Era sempre ubriaco, ma abbastanza sobrio da trovare una soluzione creativa. "Sei una codarda, Amy MacDougall!", mi gridò. "Non c'è nessun fantasma. Non ci sono mostri. Torna in camera tua e dormi". Ma quando gli ripetei che non ci riuscivo, mi disse: "È tempo che affronti le tue paure. Sai come mi insegnò a nuotare mio padre? Lanciandomi nel lago. Per poco non affogai, ma imparai a nuotare. E tu imparerai a non avere paura del buio allo stesso modo"».

Amy si asciugò una lacrima dalla guancia. Craig la ascoltava in silenzio, accoglieva le sue parole con espressione sincera. Le era di aiuto. La faceva sentire accettata. Compresa.

Gliene era molto grata.

«Era forte», proseguì, «anche quando era ubriaco fradicio. Un uomo alto, con le braccia come tronchi d'albero e l'alito che puzzava di alcol. Mi trascinò fuori di casa e si mise alla guida... voglio dire, mi portò da qualche parte nel cuore della notte. Ero terrorizzata. Pensavo che mi avrebbe uccisa perché avevo paura dei mostri. Invece mi portò in un fienile abbandonato nella nostra fattoria... cioè, nella nostra tenuta. E mi ci chiuse dentro».

Amy ricordava le luci accecanti del camion sui campi di grano mentre suo padre guidava, il rombo del vecchio motore, l'odore di whisky e benzina nella cabina. Le sue mani forti, che la trascinavano nell'edificio buio, mentre lei scalciava e urlava. Il rumore spietato della serratura che scattava, dall'altro lato della porta.

E l'oscurità che si era chiusa su di lei da ogni lato, come una bara.

«Rimasi lì per due notti e un giorno. Ricordo ogni singolo istante, anche se vorrei che non fosse così. Se potessi, lo cancellerei dalla mia mente, come se non fosse mai accaduto. Avevo così tanta fame che mi misi a masticare del fieno secco. Non c'erano né cibo né acqua. Sai quanto si può sopravvivere senza cibo? Ventuno giorni. E senza acqua? Tre».

Craig sollevò di scatto le sopracciglia, i suoi occhi scuri erano pieni di empatia. «Nessuno chiese di voi? Neppure vostra madre, *nae?*».

Alla fattoria c'erano solo Jenny, che aveva sei anni, e suo padre. Il giorno seguente lui aveva dimenticato del tutto l'accaduto. Aveva continuato a bere fino all'oblio. Jenny gli aveva chiesto dove fosse Amy, ma lui si era limitato a risponderle che doveva essere a scuola.

Il terzo giorno la scuola aveva telefonato a casa e Jenny aveva raccontato che non la vedeva da tre giorni. Avevano chiamato la polizia. Un poliziotto era riuscito a ritrovarla, disidratata, tremante, disperata.

«Sì. Lo fece», mentì Amy. «Ma non riuscì a trovarmi. Mi trovarono solo tre giorni dopo. Sarei potuta morire, se fossero arrivati qualche ora più tardi».

«Vostro padre non aveva il diritto di fare una cosa del genere a una ragazzina».

«No. Non lo aveva. E ho imparato un paio di cose da questo. Che il buio e gli spazi chiusi mi terrorizzano. E che, se potrò evitarlo, non permetterò che qualcun altro si senta perso e abbandonato come mi sono sentita io. Riesci a immaginare quanto ci si possa sentire disperati? A chiedere aiuto per ore, senza veder arrivare nessuno? È per questo che non sopporto di essere chiusa nel castello... e soprattutto in una stanza».

Craig posò una mano sulla sua. Il suo calore la calmò. «Mi dispiace, Amy. Non potevo saperlo. E sono stato io a legarvi e chiudervi dentro... Se lo avessi saputo...».

«Non lo potevi sapere. È un problema mio. Lo avrei dovuto superare, ormai, ma il pensiero di perdermi e di essere bloccata da qualche parte ancora mi terrorizza. Ed è per questo che non ho trovato la mia strada nella vita, immagino».

«Ma voi salvate tutte quelle persone».

«Sì, ma... cos'altro? Che prospettive ha Amy MacDougall? La maggior parte delle donne desidera sposarsi. Dei figli. Io no».

«Voi no? Che mi dite del conte di Ross?».

Lasciò cadere la domanda. «Sai che sono già stata sposata?»

«Davvero?»

«Sì. Per amore. Pensavo che fosse l'uomo perfetto, che non ne avrei mai trovato uno migliore. Ma per quanto fosse meraviglioso, io mi sentivo soffocare. Non riuscivo a respirare. Non potevo fare un passo. Era come se fossi di nuovo in quel fienile.

Perciò divorziammo. Glielo chiesi io. C'è qualcosa di profondamente sbagliato in me, Craig. Se mai tornerò a casa, cercare le persone smarrite in montagna sarà la mia vita».

«Amy, vostro padre ha fatto una cosa orribile. Mi sembra che abbiate perso voi stessa in quel fienile e non vi siate ancora ritrovata. Che cerchiate voi stessa ogni volta che cercate di ritrovare qualcuno. Ma dovete prima ritrovare voi stessa».

Le sue parole le fecero venire i brividi. Risuonarono in ogni parte di lei.

Avete perso voi stessa in quel fienile...

Lo fissò. Come era possibile che uno straniero nato centinaia di anni prima di lei, la capisse meglio di quanto riusciva a fare lei stessa? Meglio di qualunque altra persona del suo tempo?

Allungò una mano e gliela posò sulla guancia. E quando stava per baciarlo, furono sorpresi da uno scroscio di pioggia.

Amy urlò e rise. Craig sorrise, un sorriso felice e spensierato. La tirò a sé, facendola rotolare sotto il proprio corpo e la baciò, un bacio veloce ma intenso, che la fece fremere di piacere.

«Vi riparo io dalla pioggia», le disse.

Ma aveva i capelli fradici e gocce di pioggia caddero negli occhi di Amy.

«Riparami dalla pioggia nel castello, ti prego», gli rispose ridendo.

«*Aye*». Le diede un altro bacio veloce e la aiutò ad alzarsi.

E, mentre riponevano gli avanzi del picnic nel cestino, Amy dimenticò che lei veniva dal ventunesimo secolo e lui dal quattordicesimo. Si sentiva solo una donna che aveva un appuntamento con un bell'uomo sotto la pioggia.

CAPITOLO 21

CRAIG NON PENSAVA di poter smettere di guardare Amy per un solo momento. La pioggia fu una fortunata distrazione dai battiti violenti del suo cuore.

La donna che si era appena confidata con lui non poteva essere una traditrice. Non poteva essere una bugiarda e non poteva essere un'assassina. Capirlo fu come togliersi un enorme peso dal petto. Non poteva essersi inventata quella storia: il dolore e la disperazione che aveva visto quando gli aveva raccontato del fienile erano reali.

Quell'uomo aveva lasciato una ragazzina sola per tre giorni, senza cibo né acqua... l'aveva lasciata lì a morire. Dubitava che Amy potesse essere fedele a un uomo come John MacDougall e morisse dalla voglia di sposare il conte di Ross.

Era divorziata, il che significava che aveva già avuto delle esperienze. Non gli importava che non fosse vergine; non era interessato a quel genere di cose. Era probabile che si fosse sposata secondo l'antica tradizione Celtica, proibita dalla Chiesa, che permetteva la separazione e il divorzio, a differenza della nuova religione. E significava anche che suo marito era stato una brava persona. Perché non era permesso alle donne di chiedere la separazione. Amy doveva averlo convinto a lasciarla andare.

Ma si sarebbe sposata in chiesa con il conte di Ross e non avrebbe avuto via di scampo.

Forse il matrimonio con Craig era stato un diversivo gradito.

Forse poteva fidarsi di lei, dopo tutto.

Forse, se l'avesse conosciuta meglio, ci sarebbe stato qualcosa di più per loro, oltre all'anno dell'*handfasting*.

Perché, sospettava Craig, si stava innamorando di lei.

Erano arrivati al castello bagnati fradici. La corte interna si era trasformata in una palude fangosa. Il profumo della cena, stufato e pane fresco, aleggiava nell'aria, ma Craig non aveva fame di cibo. Era già buio, solo le torce illuminavano l'edificio. Craig vide Owen e un paio di altri uomini uscire dalla sala grande...

Con... No, non poteva essere...

Craig stizzò gli occhi per riuscire a vedere attraverso la pioggia.

«Sono donne?», gli chiese Amy.

«Sì, o ai miei uomini sono cresciuti all'improvviso i capelli e il seno».

Owen corse verso la torre dei Comyn tenendo per mano una ragazza.

«Owen, Owen», borbottò Craig scuotendo la testa. «Di chi altri potrebbe essere la colpa?».

«Quando il gatto non c'è, i topi ballano», disse Amy. «Credo abbia organizzato una festa e invitato alcune ragazze. Pensi di andare a fermarli?».

Craig rimase incantato dal viso bagnato di Amy che brillava alla luce delle torce, con le lunghe ciglia incollate insieme dall'acqua, le labbra rosse e attraenti che moriva dalla voglia di assaporare.

«L'ultima cosa che voglio in questo momento è avere a che fare con Owen. Ho altre cose in mente. Il nostro picnic non è ancora finito».

Lei sollevò le sopracciglia e gli rivolse un piccolo, dolce sorriso che illuminò la sera.

«Portiamo prima i cavalli nella stalla», le disse.

Nella stalla buia furono avvolti dall'odore di fieno e animali, un odore semplice, primordiale, naturale.

«Va tutto bene?», le chiese. «Vi turba stare qui?»

«No», rispose lei e gli sorrise. «L'uscita è vicina. E ci sei tu con me».

Gli si scaldò il cuore a sentire quelle parole. La guardò spazzolare il pelo del suo cavallo con delicatezza, accarezzandolo, parlandogli a bassa voce per calmarlo, come se lo avesse fatto da sempre. Come sarebbe stato sentire le sue mani sul proprio corpo? Posò la mano sulla sua, e lei si fermò.

Si voltò verso di lui, gli occhi due pozze di luce nell'oscurità.

Senza una parola, le cinse la vita e la attirò a sé con dolcezza. Lei gli appoggiò una mano sul petto, sotto il mantello bagnato. Era fredda ma lo bruciò.

«Vi ringrazio per oggi, Amy», le disse. «Da molto tempo non passavo una giornata come questa. Quello che mi avete raccontato... so che non è stato facile per voi. Avrò cura della vostra fiducia come di un dono prezioso».

Le si riempirono gli occhi di lacrime e sbatté le palpebre. Lui le sfiorò la guancia con il pollice.

«Non riesco a smettere di pensare a voi. Quello che avete fatto l'altro giorno mi ha ferito. Mi farete di nuovo del male come quando avete cercato di fuggire? Mi tradirete?».

Lei sbatté di nuovo le palpebre, le ciglia tremarono. Gli appoggiò una mano sul viso. Lui voltò la testa e le diede un bacio veloce sul palmo. «Non voglio più pensare. Non mi voglio più preoccupare. Voglio vivere. Qui, adesso. Non voglio promesse, programmi, ricordi».

Gli si avvicinò e gli sfiorò le labbra con un bacio, e bastò quel piccolo gesto a incendiargli il sangue nelle vene.

«Quello che voglio sei tu», gli disse.

Lui la fissò negli occhi, per essere sicuro che fosse seria, che gli stesse finalmente dando il permesso.

Vi lesse desiderio, un invito e una promessa.

«Oh, perfida sgualdrina», ringhiò, poi le cinse la vita con le braccia, la sollevò e le coprì la bocca con la sua.

Lei rispose con la stessa passione e lo stesso bisogno che ruggivano in lui. Non poteva aspettare un altro minuto, la doveva avere lì, subito. Prima di spaventarla e di farle cambiare idea. La tregua tra loro era ancora molto fragile.

Senza interrompere il bacio, slacciò il proprio mantello, poi quello di lei. La afferrò sotto il bel sedere e le sollevò le gambe, perché gliele avvinghiasse intorno alla vita. Lei si lasciò sfuggire un gridolino di sorpresa, ma gli strinse le braccia intorno al collo.

C'era un mucchio di fieno nell'angolo della stalla e la portò lì. Si inginocchiò e la adagiò su quel giaciglio morbido.

Una donna strillò e un uomo imprecò: due persone saltarono fuori dal mucchio di fieno, coprendosi con i vestiti.

«E che diamine!», gridò Craig, nascondendo Amy dietro di sé.

«Sono io, Lachlan!», disse l'uomo, infilandosi la tunica.

Anche la donna dietro di lui si affrettò a vestirsi. Craig riconobbe il cugino alla lontana e scosse la testa.

«Perché non vi siete fatti vedere prima?», ringhiò.

«Pensavo che ve ne sareste andati presto dalla stalla», rispose la donna.

«Non vi aspettavamo così presto», disse Lachlan. «Pensavamo che le nostre ospiti se ne sarebbero già andate quando sareste tornati».

Craig scosse la testa ringhiando. «Andatevene da qui, cugino».

«E dove? Questo è l'unico posto libero».

«Ucciderò Owen», disse Craig. «Andate dove vi pare. Andate nella mia camera, prendete il mio letto per quello che mi importa. Basta che mi lasciate da solo con mia moglie».

«*Aye*, cugino».

Corsero via entrambi, tenendosi per mano. La donna aveva lunghi capelli rossi, come Amy, ma era ben lungi dall'essere altrettanto bella.

Craig scosse la testa e si guardò intorno. «C'è qualcun altro?».

Non giunse nessun suono, tranne i cavalli che sbuffavano

piano. Guardò Amy negli occhi. Sembrava divertita, grazie al cielo, non spaventata, terrorizzata o disgustata. Lei scoppiò a ridere, il più bel suono che avesse mai sentito. Sorrise, guardandola ridere, poi fu contagiato dalla sua risata e scoppiò a ridere anche lui. Rimasero in piedi, a ridere guardandosi negli occhi.

Craig non era mai stato felice come in quel momento.

Alla fine, la risata si spense e fecero dei respiri profondi, inframezzati da sprazzi di risa.

«Venite qui», le disse, tirandola a sé.

«Proprio qui?», gli chiese lei.

«*Aye*, Amy Cambel, proprio qui. Avete sentito, tutti gli altri posti sono occupati. E non voglio dividere una stanza con nessuno. Vi voglio tutta per me».

«Be'», gli disse mentre entrava tra le sue braccia. «Si dà il caso che condivida la tua opinione».

«Grazie al cielo. Se non sarete subito mia, mi scoppieranno le palle».

«E di certo noi *non* vogliamo che accada», sussurrò lei con dolcezza e lo baciò.

CAPITOLO 22

IL BACIO di Craig fu lento, come quando si versa il miele. Amy si prese il suo tempo, si godette la sua bocca calda, morbida e deliziosa.

Lui le rispose affamato, come se non avesse mai assaggiato niente di altrettanto buono e non avesse intenzione di fermarsi. La fece sdraiare di nuovo sul fieno, in cui lei sprofondò, e le si distese accanto. L'odore di fieno fresco la avvolse.

Le causava ansia trovarsi in un fienile al buio? No. Con Craig si sentiva al sicuro. Era pronta a sostituire i brutti ricordi con ricordi felici e piacevoli.

Le pagliuzze le pizzicavano la pelle attraverso l'abito, aggiungendo un tocco di eccitazione in più. Lui le posò una mano su una guancia e le fece scorrere l'altra lungo il corpo, facendola fremere anche attraverso i vestiti. Lei inarcò la schiena e premette contro la sua mano, per non far cessare il contatto. Lui le coprì il seno con una mano e lo accarezzò, muovendo il pollice in cerchio intorno al capezzolo, che diventò duro e dolcemente dolente.

«Oh, vi piace?», le mormorò contro il collo, sfiorandole la pelle con le labbra.

«Mmmm», riuscì a rispondere lei.

«E questo vi piace?». Scese sul suo petto, chinò la testa e le prese delicatamente il capezzolo tra i denti, attraverso il vestito, bagnando il tessuto.

Lei si sentì attraversare da un fulmine di dolcezza. «Ohhhhh», gridò un po' più forte, inarcando la schiena.

«Lo sapevo che vi sarebbe piaciuto. E se faccio questo?».

Affondò la bocca sul suo seno e iniziò a succhiarlo, mentre appoggiava una mano sull'altro e faceva rotolare il capezzolo tra le dita.

Ondate di deliziosa tortura si riversarono in lei, e Amy gemette, incapace di controllarsi. «Oddio, sì».

Fece scorrere le dita tra i capelli di Craig, morbidi e umidi, poi sulle sue spalle forti. Lui le percorse il ventre con la bocca, baciandola attraverso il vestito. Era molto più eccitante che se fosse stata nuda. Sembrava tutto così semplice. Una stalla. Un uomo. Una donna. Il loro desiderio.

La pelle di Amy era percorsa dai brividi e cantava dove lui la toccava, come se sapesse un segreto sul suo corpo che lei stessa ignorava.

Craig fece scorrere una mano lungo la sua gonna, poi la infilò sotto e le toccò una gamba.

Lei la allontanò d'istinto, come ovvio non era depilata, ma a lui sembrava non importare.

Giusto. Nel Medioevo probabilmente le donne avevano tutti i peli al loro posto.

Hm. Si sarebbe potuta abituare a non depilarsi.

Lui le fece scorrere le dita lungo la gamba, incendiandole la pelle. Più si avvicinava al vertice delle cosce, più lei si contraeva nell'attesa, dolorante, diventando sempre più calda e bagnata.

Alzò gli occhi a guardarla mentre le copriva il sesso con la mano.

«Ahhh». Amy piegò la testa all'indietro.

«Guardatemi, ragazza», le disse.

Lei aprì gli occhi e lo guardò. Il suo sguardo era cupo e ardente nella penombra della stalla. Aveva la fronte aggrottata, le labbra socchiuse, turgide. C'erano così tanto calore, così tante promesse nei suoi occhi, che lei si contrasse di nuovo.

«Siete mia», le disse. «E io sono vostro».

Le aprì le labbra con le dita e Amy ansimò, non sapeva cosa fosse più dolce, se le sue parole o le sue dita. Craig premette delicatamente la clitoride e cominciò a muoversi in cerchio, facendola ruotare, mandandola in estasi.

Lei strinse il fieno tra le dita, cercando qualcosa a cui aggrapparsi, per non esplodere proprio lì tra le sue braccia in una polvere di stelle.

Con la mano libera le sollevò la gonna intorno ai fianchi. Le si gelarono un po' gambe e il bacino, esposti all'aria fredda. Si chinò e si sistemò tra le sue cosce. La guardò negli occhi e le disse: «Ragazza...».

La sua voce le risuonò dentro, bassa e pericolosa. Come poteva una parola contenere così tanto calore?

Poi la sua bocca fu su di lei, e lei ansimò per l'intensità del piacere che sentiva crescere dentro di sé.

«Ahhhh».

E poi la sua lingua... la sua bella lingua, perfida e abile, iniziò a muoversi, a ruotare, picchiettare, stuzzicare. Amy si aprì, si ammorbidì e si contrasse al tempo stesso. Sensazioni che non sapeva neppure di poter provare le fecero perdere la testa.

Non era vergine, pensava di essere brava a fare sesso.

Ma questo...

Lui...

Era più che fisico.

Era qualcos'altro.

Qualcosa che poteva farle vedere le stelle.

«No», disse con un filo di voce, sobbalzando.

«Cosa c'è?». Alzò la testa. «Vi ho fatto male?»

«Non mi hai fatto male. Tutt'altro, Craig. Ma non posso resistere ancora a lungo. E ti voglio. Ti voglio dentro di me».

I suoi occhi divennero più intensi.

«Oh, *aye*, mia dolce ragazza? Non vi avevo detto che lo avreste dovuto chiedere?».

Amy scosse la testa una volta e ridacchiò. «Sì. Ti prego».

Lui annuì, un sorriso compiaciuto stampato in faccia. «Solo perché me lo chiedete». Si alzò e si slacciò i pantaloni, senza fretta, facendoli scivolare lungo le gambe, poi li allontanò con un calcio. Si fermò davanti a lei, le belle gambe scolpite sembravano un'opera d'arte, e poi...

Le si chiuse la gola.

La sua erezione lunga e grossa, pronta e piena di desiderio, crebbe ancora di più sotto lo sguardo di lei.

Amy si umettò le labbra. «Vieni qui».

Lui affondò tra le sue gambe, senza interrompere il contatto visivo. Amy sentì un legame invisibile tra di loro, come se fossero avvolti insieme in una grande coperta calda. E non sapeva più dove finisse lei e cominciasse lui.

Craig le stava sopra.

«Siete mia, ragazza. Lasciatevi amare come un uomo può amare una donna».

«Sì, ti prego».

Le appoggiò il membro alla fessura, e al contatto lei fu attraversata da un lampo di piacere. Poi spinse. Allargandola in modo delizioso, spinse lentamente fino a riempirla del tutto.

La strinse tra le braccia mentre inarcava la schiena e gli avvolgeva le gambe attorno al torso. Teneva lo sguardo su di lei, come se avesse un peso, come se la potesse accarezzare anche così.

Poi uscì, facendo stillare dal suo corpo altro liquido vellutato.

E poi cominciò a muoversi avanti e indietro sempre più in fretta. Toccando il punto giusto, la portò in alto, sempre più in alto, fino ad altezze che non aveva neanche mai immaginato.

Lei aveva già avuto un orgasmo, certo.

Ma non questa connessione cosmica, elettrica, sconvolgente.

Come se lui sentisse cosa voleva, cosa la faceva scattare.

Continuò a muoversi, sempre più forte, sempre più veloce. La aprì, liberando qualcosa dentro di lei, nel profondo.

Era affannata. Ansimavano, gemevano, grugnivano entrambi
Quel dolce piacere faceva montare qualcosa dentro di lei.

E presto, troppo presto, la portò all'apice.

«Oh, Craig», gemette. «Oh, Craig!».

«*Aye*, mia cara, ecco il vostro piacere».

Dopo altri due colpi squisiti, lei si lasciò andare intorno a lui,
scossa dagli spasmi.

Assecondando il suo ritmo, Craig sprofondò in lei, con lei.
Stava per venire anche lui, il corpo era teso, i movimenti bruschi,
le dita serravano i fianchi di Amy, affondavano in lei.

Un tremito gli percorse tutto il corpo, poi crollò su di lei.
«Moglie mia», sussurrò.

Amy gli strinse le braccia intorno alle spalle larghe. Respirarono all'unisono, il petto di lui si alzava e abbassava insieme a
quello di lei.

E mentre scivolava nel sonno, serena e felice per la prima
volta dopo tanto tempo, un pensiero si fece strada nella mente
di Amy.

Come avrebbe potuto lasciarlo spezzandogli il cuore, adesso
che si era innamorata di lui?

CAPITOLO 23

HAMISH ERA RAGGOMITOLATO nel suo mantello sulle mura meridionali. La pioggia non era poi tanto male quando non c'era vento, a parte quella maledetta umidità che gli penetrava nelle ossa. Era di guardia da giorni, in punizione per aver permesso a Amy MacDougall di entrare nel magazzino sotterraneo.

Vabbé.

Anche lei stava cercando il tunnel segreto, lo sapeva.

Non l'aveva mai vista prima di venire a Inverlochy, non sapeva nemmeno che John MacDougall avesse una figlia che si chiamava Amy. Ma poiché aveva incontrato il capo del clan e le sue guardie solo due volte, nei boschi, non aveva conosciuto nessuno della famiglia.

Riteneva preoccupante che John non lo avesse avvertito che nel castello ci sarebbe stata sua figlia.

Forse se ne sarebbe dovuta andare prima che Hamish arrivasse.

O forse a MacDougall non importava di sua figlia. Poteva essere, considerando lo sguardo freddo e distante dell'uomo. Hamish conosceva quelli come lui. I suoi genitori adottivi avevano guardato lui e Fiona, la sua sorellina, allo stesso modo.

Come se fossero degli attrezzi agricoli.

Gli dispiaceva per lei.

Comunque, stavano dalla stessa parte. Ma Amy recitava così bene che aveva dubitato di lei finché non l 'aveva vista cercare nel magazzino.

Il tunnel era lì da qualche parte. Forse sotto quella roccia con le incisioni. Oppure altrove. Ma doveva essere per quel motivo che Craig aveva messo lì delle guardie. Temeva che Amy fuggisse. E che qualcuno riuscisse a entrare attraverso il tunnel.

Ora che sapeva dove fosse l'entrata, Hamish non aveva più bisogno di lui.

Poteva liberare la ragazza.

Guardò Craig ed Amy cavalcare attraverso il villaggio. Sebbene non riuscisse a vedere i loro volti nell'oscurità, dalla postura sembravano rilassati. Dopo essere smontati, erano rimasti uno accanto all'altra. Sembravano addirittura felici.

Poi Craig l'aveva baciata.

Povera ragazza.

Hamish strinse i pugni. Di certo fingeva di sopportare le sue carezze, nella speranza di riavere la libertà.

Come Fiona. Aveva finto che il lavoro non fosse troppo. Di non essere stanca. Di non stare male. Tutto per non farsi più picchiare dai loro genitori adottivi. Lui aveva fatto anche il suo lavoro. Quanto aveva potuto, ma non così tanto che loro lo notassero.

Ma Fiona era debole. Aveva bisogno di riposo e di cure. Non aveva avuto nessuna delle due cose.

E Hamish aveva sepolto l'unica persona al mondo che fosse stata gentile con lui, che si fosse interessata a lui, che fosse simile a lui.

Schiacciata. Imprigionata. Usata.

Come Amy.

Quella sera, Owen era andato al villaggio con Lachlan e un paio di altri uomini e aveva invitato metà degli abitanti a un banchetto. Hamish non avrebbe avuto un'opportunità migliore per fare quello che era venuto a fare. La maggior parte degli uomini sarebbe stata ubriaca e impegnata con quelle ragazze disponibili.

Nessuno avrebbe sospettato.

Era tempo di portare a termine la sua missione. Quella notte. Di ottenere la ricompensa da John MacDougall, di riportargli sua figlia.

Poi sarebbe stato finalmente in grado di avere un piccolo pezzo di terra con delle fattorie e una fortezza o un castello. Magari un'isola. E di vivere in pace.

Aveva già lasciato andare l'unica donna che avrebbe voluto sposare. Era successo nove anni prima, nelle Borderlands. Si era innamorato di Deidre Maxwell, figlia del capo del clan Maxwell di Caerlaverock. Lei era nobile. Lui era un signor nessuno. Aveva appena iniziato a cercare delle missioni in quel periodo, non aveva un soldo in tasca. Malgrado tutto, l'aveva sedotta e lei gli aveva donato la sua verginità. La loro storia d'amore era stato il periodo più felice di tutta la sua vita.

E poi l'aveva lasciata. Era scappato. Perché lei avrebbe voluto che la sposasse.

E lui non si poteva affezionare a qualcuno così tanto, per poi perderlo. Come aveva perso Fiona.

Scosse la testa cercando di allontanare quei ricordi dolorosi. Aveva bisogno di concentrarsi sulla missione, che consisteva in parte nell'unirsi all'esercito di Bruce e comprometterne la stabilità dall'interno. John MacDougall aveva saputo da lord Comyn soltanto che *c'era* un tunnel, non *dove* fosse.

E che il vecchio MacDougall non si interessasse di sua figlia, era solo una ragione in più per proteggerla.

Aye, la sua infelicità avrebbe avuto termine quella notte.

Guardò Amy e Craig dirigersi verso le stalle e dopo qualche tempo li vide correre fino alla torre dei Comyn, tenendosi per mano, con i vestiti spiegazzati e coperti di pagliuzze.

Strinse i denti, li digrignò. Povera ragazza. Aveva dovuto giacere con quell'uomo.

Hamish l'avrebbe resa libera.

Quando la coppia sparì, lasciò la sua posizione. Controllò di avere il pugnale che gli aveva donato Sir William nello stivale. Un bellissimo regalo di addio per i suoi anni di leale servizio come scudiero. Anni durante i quali era stato addestrato per diventare un guerriero inarrestabile. Allo scopo di guadagnarsi la libertà. Il momento in cui nessuno avrebbe più avuto l'audacia di dirgli cosa doveva fare.

Corse attraverso la corte interna fino alla sala grande. Alzò gli occhi per controllare quali guardie avrebbero potuto vederlo. Sapeva che un paio di sentinelle probabilmente stavano dormendo e che le altre non stavano facendo attenzione.

Entrò nella sala grande, che risuonava di musica e risate, e puzzava di sudore misto ad alcol. Alcuni ballavano al suono della musica. Salutò un paio di uomini per farsi vedere, poi si slacciò il mantello e lo lasciò in un angolo. Bevve una coppa di *uisge*, rise e cantò a squarciagola. Poi, quando un numero sufficiente di persone l'aveva notato, scivolò fuori nella notte buia. Corse fino alla torre dei Comyn e salì le scale fino al primo piano.

Da dietro la porta, nella sala privata dove dormivano i Cambel, il suono di una donna soddisfatta e di un uomo in estasi lo fecero ridacchiare.

Owen, Owen. È un bene che io uccida Craig stanotte. Perché domani lui avrebbe ucciso voi.

Hamish continuò a salire le scale fino a trovarsi davanti alla porta della camera da letto di lady Comyn. Sentì i gemiti forti e ritmici di un uomo, ma la donna sembrava in difficoltà.

Un gemito basso gli sfuggì dalla gola. Prese il pugnale e aprì la porta senza fare rumore. Due figure si stavano muovendo sotto le lenzuola. La testa bruna di Craig era sopra e i capelli rossi di Amy erano sparsi sul cuscino. Lui le teneva le mani bloccate sopra la testa.

Hamish si mosse in silenzio e andò a mettersi vicino al letto. I due avevano gli occhi chiusi.

Afferrò Craig per i capelli, gli piegò la testa all'indietro e gli tagliò la gola con un movimento rapido. Il sangue schizzò addosso a Amy a fiotti.

Lei spalancò gli occhi e aprì la bocca per urlare ma Hamish era pronto. Gliela tappò con una mano per attutire il suono.

«Shhh!», le disse. «Va tutto bene, Amy, ragazza...».

Poi fu lui a spalancare gli occhi.

Non era Amy. Aveva gli stessi capelli rossi, ma era una donna che non aveva mai visto prima.

Imprecò. Aveva una sola regola. Mai fare del male a una donna innocente.

«Per tutti i diavoli dell'inferno», mormorò lei, guardando il viso dell'uomo.

Lachlan!

Aveva ucciso un uomo innocente. Lachlan gli piaceva. Aveva il cuore pesante. Un nodo gli stringeva la gola.

Guardò la ragazza, che stava per mettersi a urlare.

«Se vi è cara la vita, chiudete la bocca, vestitevi e venite con me».

Avrebbe dovuto rinunciare a una parte cospicua dei suoi risparmi. Ma c'era una regola a cui non poteva contravvenire.

Le donne innocenti e i bambini erano intoccabili.

O non sarebbe più riuscito a vivere con sé stesso.

CAPITOLO 24

CRAIG INTRECCIÒ le dita con quelle di Amy e osservò la sua mano così femminile. Erano sdraiati sul fieno, completamente vestiti. I cavalli dormivano, la pioggia tamburellava piano contro le pareti e il soffitto. Lei era sdraiata sopra di lui, un peso piacevole e rassicurante. Il suo torace si muoveva insieme a quello di lui, mentre respirava. Il suo profumo lo avvolgeva, i capelli e la pelle odoravano di erba tenera, di pioggia e di lei.

Craig si sentiva appagato, il corpo pesante e robusto, come se fosse cresciuto, si fosse espanso. Un senso di leggerezza gli riempiva il petto, l'eco della speranza che provava a volte in primavera.

Amy...

Era più di quello che aveva pensato o sperato potesse essere. Da nemica era diventata qualcos'altro. Non sapeva ancora cosa.

Avrebbe ancora potuto tradire la sua fiducia e ferirlo come non era mai stato ferito prima.

Perché il modo in cui voleva chiamarla in realtà era amore.

L'amore della sua vita.

Sua moglie.

La donna di cui si poteva fidare più che di sé stesso.

Aveva bisogno di fidarsi di qualcuno in quel modo.

«Tutto okay?», gli chiese lei.

Lui rise. «Non mi abituerò mai alle strane parole che dite. Okay?».

Lei sorrise. «Scusa. Intendevo, va tutto bene? Il tuo cuore all'improvviso ha cominciato a battere più forte».

Gli appoggiò il mento sul petto per guardarlo con quei suoi occhi grandi, teneri e lucidi. Le prese una ciocca di capelli tra le dita: al buio erano ramati.

«*Aye*, Va tutto bene. Stavo pensando a voi...».

«Oh. Meno male, perché anch'io stavo pensando a te». Gli baciò il petto, dolcemente.

«E alla fiducia».

Lei si irrigidì e lo guardò, e il sorriso scomparve dalle sue labbra.

«Pensi che riuscirai mai a fidarti del tutto di me?», gli chiese.

«Vorrei».

«Ma...».

«Non so se avete compreso cosa mi ha fatto il vostro clan».

Lei si morse il labbro inferiore. «Dimmelo, allora», lo esortò con voce così suadente che avrebbe potuto essere un incantesimo.

Craig si sdraiò e la testa gli si riempì del ricordo del sangue, del legno che bruciava e delle urla degli uomini morenti.

«Penso di non aver creduto del tutto al tradimento fino a quando non l'ho vista. Marjorie».

Deglutì, nel tentativo di sciogliere il nodo che gli serrava la gola, per lasciar uscire la tensione dal petto e la rabbia che lo bruciava dentro. Senza scacciarle come faceva sempre.

«Riuscii a penetrare nel castello, salii al piano di sopra, e lei era lì, in quella stanza con vostro fratello. Aveva il volto pallido e tumefatto, graffi e lividi sulle gambe. Persi la ragione. Lo dovevo uccidere, anche se non avrei cancellato ciò che le aveva fatto».

Gli si chiuse la gola per la tristezza e il senso di colpa che

risalivano dal profondo della sua anima come un'onda nera...
Aveva le lacrime agli occhi.

«Sapevo che ci avevano traditi, ma *vedere* ciò che le aveva
fatto... qualcosa si spezzò anche in me. È la mia unica sorella,
abbiamo la stessa madre. Owen e Domhnall sono i miei fratellastri e Lena è la mia sorellastra. Gli voglio bene, ma Marjorie è
speciale. Come se fosse una parte di me. Capite?».

Amy sospirò. «Più di quanto tu creda».

Craig annuì. «L'unica cosa a cui riuscivo a pensare era: come
ho fatto a non capirlo? Come ho fatto a non accorgermi che
quelle persone non erano degne di fiducia?». Sospirò. «Noi
Cambel eravamo loro vassalli. Sotto la loro protezione. Gli
avevamo giurato fedeltà. Alasdair era un amico. Giocavo con lui
durante i raduni, quando eravamo bambini. Siamo stati adde-
strati insieme ad usare la spada. Mi piaceva. Come ho potuto
essere amico di un mostro simile? E come ho potuto permettere
che mia sorella uscisse da sola in quel modo, senza nessuno che
la proteggesse? È stato quando l'ho portata fuori da quel castello
e ho visto il corpo di mio nonno, senza vita ma ancora caldo, che
ho deciso che non mi sarei mai più fidato di nessuno, se non lo
avessi conosciuto bene. Quanto il mio clan. E anche in quel
caso...».

Gli occhi di Amy erano colmi di tristezza.

«E anche in quel caso, non avrei detto tutto».

Non aveva detto a nessuno del tunnel segreto. Non aveva
detto a Owen del messaggio che aveva intercettato. E aveva fatto
bene. Owen quel giorno lo aveva tradito, facendo entrare gli
abitanti del villaggio.

«Ma tu vuoi fidarti di qualcuno, vero?», gli sussurrò lei.

«Più di quanto voglia respirare. Voglio fidarmi di *voi*».

Lei chiuse gli occhi, come se qualcosa di invisibile l'avesse
colpita.

«Io...Io ti devo dire una cosa, Craig...».

Fu come se gli avesse dato una coltellata tra le costole. Aveva
ragione. Gli stava nascondendo qualcosa...

Sentirono dei passi che si avvicinavano. Poi qualcuno aprì la porta ed entrò nella stalla. Craig ed Amy si alzarono a sedere.

Una delle guardie si fece avanti.

«Mio signore, grazie a Dio siete qui».

«Che succede?»

«Venite, presto. È Lachlan. È stato ucciso nel vostro letto».

CAPITOLO 25

CRAIG SEGUÌ con gli occhi il corpo di Lachlan, coperto da un lenzuolo, che due uomini stavano portando fuori dalla stanza. L'aria nella camera da letto era satura dell'odore metallico del sangue. Amy gli appoggiò una mano sulla sua spalla e gliela strinse. Lui chiuse gli occhi per un attimo. «Mi dispiace tanto, Craig», gli disse.

«Non avreste dovuto vederlo così», disse. «Vedere un uomo sgozzato non è uno spettacolo adatto a una donna».

«Ho già visto delle persone morte. Non tutti quelli che ho cercato ce l'hanno fatta».

«*Aye*, lo immagino. Voi siete diversa dalle donne a cui sono abituato».

Craig si avvicinò al letto. Le lenzuola e le coperte erano intrise di sangue, che iniziava già a seccare. Chi era stato? Uno degli abitanti del villaggio? La donna con cui era stato Lachlan? O la spia che stava cercando l'accesso segreto?

Non poteva essere stata Amy. Era con lui, a regalargli la notte più bella della sua vita.

La guardò. Era lontana un paio di metri e lo fissava preoccupata.

Come se le importasse.

Quello che avevano condiviso, le cose che gli aveva detto, le cose che lui aveva detto a lei... erano i loro segreti. Erano sacre. I loro pensieri più profondi, più cupi. Le cose che divoravano la loro anima.

Poteva ancora tradirlo, dopo tutto questo?

Poteva aver finto?

Scosse la testa. Doveva smetterla con quella cattiva abitudine di mettere in dubbio tutto e tutti. Non aveva deciso di fidarsi di lei?

O almeno di provarci.

Era stata sul punto di dirgli qualcosa. Glielo avrebbe domandato più tardi.

«Posso fare qualcosa per aiutarti?», gli chiese.

«No. Niente».

Craig prese una torcia dal muro e cercò degli indizi intorno al letto. La gola di Lachlan era stata tagliata, verosimilmente da dietro. E visto che era completamente nudo, doveva essere stato impegnato in quello che lui ed Amy avevano interrotto nella stalla. La donna con i capelli rossi doveva essere stata sotto Lachlan in quel momento. Quindi, se fosse stata lei l'assassina, l'avrebbe pugnalato al cuore piuttosto che tagliargli la gola.

Aye. C'erano i suoi lunghi capelli rossi e ondulati sul cuscino. Ne raccolse tre. Due erano incrostati di sangue.

Craig scosse la testa. «Spero che Owen sia pieno di rimorsi per questo. Non sarebbe successo, se non avesse invitato gli abitanti del villaggio».

«Parla con lui prima di giudicarlo», gli consigliò Amy. «Potrebbe essere in grado di aiutarti».

«*Aye*. Quello che vorrei sapere è dove si trova la donna con i capelli rossi che era con Lachlan».

«Spero che non sia in un fosso, morta», disse lei.

Craig le si avvicinò e le si fermò davanti. Le appoggiò le dita sotto il mento e lo sollevò. La fissò negli occhi, cercando di vedere cosa ci fosse dietro, i suoi pensieri, i suoi sentimenti. Cercando di leggervi se stesse dicendo la verità. «Rispondete a questo. In segno di rispetto per la nostra notte insieme e per quello che abbiamo condiviso, ve lo chiederò soltanto una volta e, qualunque sia la vostra risposta, vi crederò».

Lei spalancò appena gli occhi, un'ombra di paura quasi impercettibile sul viso. Deglutì. «Sì, Craig».

«Avete qualcosa a che fare con tutto questo?».

Spalancò gli occhi ancora di più e sollevò le sopracciglia, la collera dipinta sul viso. «Cosa? Certo che no!».

Craig annuì. «E sapete se dietro a tutto questo c'è la vostra famiglia?»

«Non ho idea di chi ci sia dietro, Craig».

Non era arrabbiata, *aye*. E sembrava sincera. Le aveva promesso di crederle e lo avrebbe fatto, anche se una voce nella testa gli diceva di non fidarsi di lei.

Annuì di nuovo, brusco. «Allora è tutto. Non ne parleremo più, *nae*. Venite. Devo parlare con Owen e con le sentinelle. E voi dovete mangiare qualcosa».

Owen sedeva curvo su una coppa nella sala grande, piena di soldati e di abitanti del villaggio. Stavano seduti in silenzio, per lo più ancora ubriachi. Alcuni uomini avevano perso conoscenza o russavano buttati sui tavoli. Uno di loro era Hamish, con i vestiti coperti dal vomito che gli gocciolava dalla barba.

Craig andò da Owen e si sedette di fronte a lui, dall'altra parte del tavolo. Il fratello alzò gli occhi, la bocca piegata in una smorfia di dolore.

«Cosa vi è passato per la testa?», gli chiese.

Owen scosse la testa e tornò a guardare nella coppa. «Lo sapete cosa mi è passato per la testa. Quello che penso sempre. Andrà tutto bene. Sono tutti troppo seri, voi per primo. La vita è noiosa».

«Vi dovrei mandare da nostro padre, se qui vi annoiate troppo. La guerra allontana in fretta questo tipo di pensieri».

«Fate come credete meglio».

Craig sospirò. Avrebbe potuto punire Owen, mostrargli che simili azioni avevano conseguenze pesanti. Ma sembrava averlo già capito. Voleva bene a Lachlan. Tutti gliene volevano. C'era un nesso tra la sua morte e la condotta di Owen, era indubbio. E poiché era evidente che si sentiva in colpa, si stava già punendo da solo.

«Ditemi soltanto cosa è successo», proseguì Craig. «In qualche modo, devo scoprire chi lo ha ucciso. E perché».

Owen annuì. «*Aye*. Poiché sareste stato fuori per l'intera giornata con Amy, ho pensato di organizzare un banchetto e di invitare qualche ragazza del posto. Lachlan e degli altri si sono uniti a me e ben presto si è sparsa la voce. Alcune madri non hanno voluto far venire le figlie da sole, quindi padri, madri e fratelli le hanno accompagnate. Prima che me ne rendessi conto, è arrivato metà villaggio. La cosa mi è sfuggita di mano».

Craig sospirò. *Aye*, non ne era affatto sorpreso.

«Voi pensate, fratello? Lachlan era un brav'uomo».

«Pensate che non lo sappia?». Owen sbatté il pugno sul tavolo.

«*Aye*. Bene. Ora ditemi, aveva litigato con qualcuno del villaggio o dei nostri uomini? Qualcuno era in collera con lui?»

«Io non ho visto niente».

«E la donna che era con lui, sapete chi fosse?»

«La rossa? Penso che fosse con quella famiglia».

Un uomo anziano e una donna di mezza età sedevano accanto al fuoco, con gli occhi spalancati.

«Andrò a parlare con loro. Non si è più vista dopo?»

«*Nae*».

Craig seguì con le dita il bordo della coppa vuota che aveva davanti a sé.

«Quello che non capisco», disse Owen, «è cosa ci facesse Lachlan nella vostra camera da letto».

«Era lì perché ce l'ho mandato io».

«Ce l'avete mandato voi? Perché?».

Craig si spostò sulla panca. «Perché volevo stare un po' di tempo da solo con mia moglie, diavolo».

Lanciò un'occhiata verso il punto della stanza in cui Amy stava servendo stufato e pane agli abitanti del villaggio e agli uomini. I capelli che brillavano alla luce del camino, il viso dolce e gentile.

Sua moglie...

Il suo letto...

Immaginò per un momento Lachlan e la donna dai capelli rossi nel loro letto. Alto e con i capelli scuri, lui, con i lunghi capelli rossi sparsi sul cuscino, lei. Proprio come tante volte aveva immaginato sé e Amy in quello stesso letto.

Gli sfuggiva qualcosa...un dettaglio importante.

La consapevolezza arrivò come una pugnalata allo stomaco. Gli gelò il sangue.

Certo. Lachlan assomigliava a Craig.

E la donna aveva i capelli come quelli di Amy.

Come poteva non averlo capito prima? L'assassino era venuto per uccidere Craig. Era la stessa persona che aveva provato a mandare il messaggio.

Craig si guardò intorno nella sala. Uno dei suoi uomini era un traditore, capace di tagliare la gola a un membro del proprio clan o quantomeno a un alleato.

Dietro c'erano i MacDougall, senza dubbio. Avevano assoldato qualcuno che si era infiltrato nel castello, era chiaro, e Craig doveva scoprire chi fosse. Doveva rivalutare il comportamento di ogni singolo uomo e mettere in discussione la propria capacità di giudizio, troppo annebbiata dalla sua nuova moglie.

Aye, colpire alle spalle e tradire erano il segno distintivo dei MacDougall.

Anche quello di Amy?

CAPITOLO 26

TRE GIORNI DOPO...

DURANTE I GIORNI TRASCORSI DALL'OMICIDIO DI LACHLAN, Amy si era sentita osservata da Craig con un'intensità ancora maggiore. Era anche attento e gentile con lei. Ma la leggerezza del loro appuntamento in montagna era scomparsa. I suoi occhi erano cupi e intensi ogni volta che la guardava.

E ovunque andasse, qualcuno la accompagnava.

Se non Craig, uno dei suoi uomini.

Le venne una crisi di ansia, sentiva dei tremori lungo le gambe, le mancava il fiato, aveva la pressione alle stelle.

Non era una prigioniera, ricordò a sé stessa. Non era chiusa da qualche parte. Craig non sapeva ancora niente del viaggio nel tempo. E ci teneva a lei, era evidente. C'era qualcosa tra loro. Il modo in cui avevano fatto l'amore nella stalla, e da allora ogni notte, non era solo sesso.

Ogni contatto della pelle sulla pelle li collegava nel profondo, oltre la fisicità.

Ogni sospiro le riempiva l'anima di desiderio.

Ogni volta che lo guardava, nudo, magnifico e sudato, il suo cuore cantava.

Non avrebbe dovuto lasciarlo avvicinare così tanto. Sospettava ancora di lei, era chiaro. Malgrado quello che aveva detto, di volersi fidare, non riusciva a dimenticare che era una MacDougall.

E Amy dubitava che ci sarebbe mai riuscito.

Ma la cosa peggiore era che lei aveva davvero un segreto da nascondere.

Un segreto enorme, per il quale non l'avrebbe mai perdonata. E la fiducia tra loro era talmente fragile in quel momento, che non avrebbero avuto alcuna possibilità se Craig avesse scoperto che lei non era chi pensava che fosse.

E che per tutto il tempo aveva avuto intenzione di lasciarlo. Ma allora perché continuava a pensare al futuro della loro relazione?

Aggiunse un pizzico di sale e uno di prezzemolo secco alla sua scodella di stufato per renderlo più saporito. Gli lavò i vestiti, perché lui era impegnato a interrogare tutte le persone che erano state nel castello quella notte, circa centocinquanta. Gli portò birra e acqua quando le sue palpebre si fecero pesanti e le occhiaie gli segnarono gli occhi.

Non poteva farci niente.

Era innamorata di lui.

Esserne consapevole la spaventava più di ogni altra cosa. Erano condannati fin dall'inizio. Jenny la aspettava dall'altra parte del tunnel del tempo, sola e preoccupata, abbandonata.

E per nessun motivo lei avrebbe lasciato sua sorella sola, come suo padre aveva lasciato lei.

E comunque, per quanto tempo avrebbe potuto portare avanti quella farsa? Presto o tardi Craig avrebbe scoperto che non era la Amy MacDougall che pensava lui. E allora lei sarebbe senza dubbio finita come la donna della storia di Elspeth.

Dichiarata pazza.

O peggio, uccisa come una strega.

No. Se ne doveva andare.

Subito.

Più avesse aspettato, più sarebbe stato difficile lasciare Craig.

Ma come? Adesso tutti nel castello erano cauti e sospettosi. Come avrebbe fatto ad avvicinarsi di nuovo alla pietra?

Le giunse un aiuto inatteso.

Era andata alla latrina, un piccolo ripostiglio annesso alla camera da letto dei Comyn, che sporgeva dal muro esterno della torre. Non c'era carta igienica e doveva usare del fieno. Ma non le importava. Era andata in bagno nei boschi molte volte, era abituata alla semplicità. Quello che le mancava era lavarsi le mani. Quindi aveva portato una brocca d'acqua e una saponetta, e si era lavata le mani sopra il buco del gabinetto.

Fatto quel che doveva, uscì dalla latrina per andare in cucina a preparare il pranzo, ma nella stanza c'era qualcuno.

Hamish.

Corrucciato, stava guardando il letto, che era stato ripulito dal sangue. Amy se ne era assicurata. Nonostante questo, lei e Craig non ci volevano dormire e la notte si sistemavano sul pavimento davanti al camino. Non era altrettanto comodo, ma era sempre meglio che dormire in un letto in cui era stato appena ucciso qualcuno.

«Hamish, cosa c'è?», gli chiese.

Lui lanciò un'occhiata alla porta, dietro di sé.

«È tutto okay? Craig ha bisogno di me?»

«Vi devo parlare, ragazza», le disse.

«Certo, perché non mi dici tutto mentre andiamo in cucina? Devo cominciare a preparare il pranzo».

«*Nae*. Non posso rischiare che ci senta qualcuno».

Lei fece un respiro profondo, l'inquietudine le stringeva il petto in una morsa d'acciaio. «Va bene».

Lui si schiarì la gola. «È a proposito di quello che stavate cercando nel magazzino sotterraneo».

Amy aveva il cuore in gola. Hamish la guardò a lungo da sotto le sopracciglia spesse.

«Stavo cercando il bacon».

«Bacon?»

«La pancetta».

«*Aye*, era un'ottima scusa per scendere là sotto. Ma voi, Craig, ed io, sappiamo tutti che non era quello che stavate cercando davvero, *nae*».

Amy si strinse le mani e lanciò un'occhiata alla porta. Hamish la bloccava. Le vennero i crampi allo stomaco.

«Cosa pensi che stessi cercando?», gli chiese.

«La stessa cosa che cerco io».

Lei sbatté le palpebre. Anche lui aveva viaggiato nel tempo? No. Era troppo medievale. Il modo in cui parlava e in cui si comportava... tutti dicevano che era un grande guerriero. Gli uomini moderni non avrebbero saputo combattere con la spada.

Deglutì. Non importava. Qualunque cosa intendesse, lei non gli avrebbe rivelato il suo segreto.

«E cosa sarebbe, Hamish?».

La guardò accigliato, un occhio quasi chiuso. «La cosa che vi riporterà a casa».

Quindi stava parlando del portale, no? Amy si strofinò i palmi umidi sulla gonna. Se fosse stato dalla sua parte, avrebbe potuto aiutarla.

«Mi puoi aiutare a tornare là sotto? Craig controlla ogni mia mossa».

«*Aye*, ragazza, vi aiuterò. Stanotte, quando Craig sarà addormentato, venite alla torre. A me non vengono più assegnati quei turni, ma farò in modo che le guardie non dicano niente. *Aye*?»

«Cosa c'è lì dentro per te? Anche tu...».

Smise di parlare, incapace di pronunciare "hai viaggiato nel tempo" ad alta voce.

«Non posso parlare adesso, ma sono dalla vostra parte, ragazza».

Le sue parole erano dolci e premurose.

Amy lo guardò voltarsi e andarsene, sorpresa dal cambiamento della voce di quel guerriero alto e brutale. Quindi anche Hamish aveva dei segreti. E se era così...

Iniziò a sudare freddo.

Poteva avere qualcosa a che fare con l'assassinio di Lachlan? No, lo aveva visto nella sala grande con i propri occhi, quasi privo di conoscenza e ricoperto di vomito. Diverse persone avevano confermato che era rimasto lì tutta la notte.

Doveva dirlo a Craig? Ma se lo avesse fatto, avrebbe dovuto dire addio alla possibilità di raggiungere la pietra.

Più tardi, quella notte, sdraiata tra le braccia di Craig, appagata, al caldo e avvolta dal suo amore, sperò di poter restare così in eterno.

Pensava che lui stesse dormendo, il petto caldo si alzava e si abbassava sereno sotto la sua guancia, il battito era regolare.

Ma poi le disse, «Mi avete reso felice, Amy».

Mosse il costato contro il suo orecchio mentre lo diceva e le vibrazioni la attraversarono. Le bruciavano gli occhi. Si odiava. Perché aveva ancora tra le mani la sua fiducia, ma stava per ridurla in mille pezzi.

«Anche tu», gli sussurrò. «Anche tu mi hai resa felice, Craig».

Lui la strinse più forte a sé, sospirò e ben presto si addormentò.

Amy si asciugò una lacrima dalla guancia e, piano, con molta cautela, si liberò dal suo abbraccio. Si vestì in fretta, cercando di non fare rumore. Il cuore le martellava nel petto. Cosa stava facendo? Era sicura? Sì, Jenny aveva bisogno di lei. Non poteva abbandonare sua sorella.

Sto arrivando, Jenny.

Non sapeva cosa temere di più: che il portale non funzionasse, e allora Craig l'avrebbe imprigionata di nuovo, o che funzionasse, e quella sarebbe stata l'ultima volta che lo vedeva.

Sgattaiolò fuori. Il castello era addormentato. Gli unici svegli, si supponeva, erano le sentinelle sulle mura, ma Amy avanzò più calma e sicura che poteva. Dopo tutto, era la moglie del signore del castello. Poteva uscire a camminare nel cuore della notte ogni volta che voleva.

Giusto?

Aprì la porta della torre orientale e sbirciò dentro. Due guardie dormivano appoggiate alla parete. Hamish era seduto accanto a uno di loro, con la spada sguainata. Appena vide socchiudersi la porta saltò in piedi, ma abbassò la spada quando lei si palesò.

«Venite, ragazza, non abbiamo molto tempo».

Amy chiuse la porta dietro di sé. «Che cosa gli hai fatto?», sibilò.

«Solo un sonnifero. Si sveglieranno presto. Andiamo».

Hamish aveva un sonnifero?

«Dove diavolo l'hai preso?», gli chiese.

Ancora un aspetto di Hamish che non conosceva. Lo scrutò con attenzione da capo a piedi, cercando segni di aggressività o di cattiveria celata. Ma non ne trovò. Era calmo e concreto. Lo stesso Hamish che conosceva da quando era arrivata. All'inizio era stato l'unica persona gentile con lei.

Lui prese due torce, ne diede una a Amy e si affrettò a scendere le scale. «Conosco le erbe grazie alla donna che mi ha cresciuto, nella fattoria a Skye. Gliene ho messe un po' nella cena. Si sveglieranno presto, dopo una buona dormita, con un po' di mal di testa, tutto qui».

«Hai delle capacità nascoste molto interessanti, Hamish».

Lui si guardò alle spalle. «Non vi preoccupate. Sono dalla vostra parte, ragazza, come ho detto. Andiamo».

«Ma perché mi vuoi aiutare?»

«Voglio liberarvi, ragazza. Non è quello che volete anche voi?»

«Bè, sì, ma tu non dovresti essere al servizio di Craig?»

«Non sopporto di veder soffrire una donna innocente».

Aprì la porta del magazzino sul retro.

«Iniziamo a cercare», le disse.

Lei entrò. Cercare cosa? La pietra era proprio lì. Cosa stava cercando lui?

Forse per viaggiare nel tempo aveva bisogno di qualcosa, oltre alla pietra? Forse questo qualcosa era caduto o lei non si era accorta che ci fosse. O forse dovevano prima attivare qualcos'altro per far funzionare la pietra.

Amy mosse la torcia attorno a sé. «Sai cosa stiamo cercando?»

«*Nae*. Penso che lo sapremo quando lo vedremo».

Amy si guardò intorno. Era tesa, il soffitto incombeva su di lei. Era come se i suoi polmoni non riuscissero a funzionare bene lì sotto. Guardò vicino alla pietra, strusciando le mani sulle pareti e sul pavimento lì attorno, poi si spostò più lontano, verso il fondo della grotta.

Hamish stava guardando dalla parte opposta.

Lei cercò dietro la catasta di legna, che sembrava molto più piccola adesso: molta era stata usata per le impalcature. C'erano altre pietre e la parete sembrava più grezza, meno rifinita. Una pietra piatta assomigliava alla porta per viaggiare nel tempo, in un certo modo. Solo non aveva incisioni. Fece scorrere la mano sulla superficie.

Guardò più da vicino, sotto la pietra.

C'era un'intercapedine. Odore di terra, come di fango. E una piccola corrente d'aria fresca.

Amy posò la torcia a terra e spinse.

La pietra si spostò, rivelando le scale sottostanti e un ingresso nero come la pece.

Hamish le fu subito accanto e illuminò il passaggio con la torcia. Sembrava esultante.

«Cosa diavolo è?», gli chiese Amy.

«Quello che voi e io stavamo cercando. La vostra libertà».

Amy scosse la testa confusa. «Una specie di cantina?».

Lui sbatté le palpebre e aggrottò ancora di più la fronte. L'espressione amichevole scomparve dal suo volto e lo sguardo fu attraversato da un'ombra cupa, quasi minacciosa.

Qualcosa non andava.

Amy si alzò, lentamente, e il desiderio di fuggire, di allontanarsi il più possibile da lui le strinse lo stomaco.

«*Aye*, ragazza», le disse, il volto di nuovo gentile. «È una cantina».

Il senso di pericolo sparì, ma Amy si sentiva comunque a disagio. «E come mi aiuterà a tornare a casa?».

Hamish stava aprendo la bocca per risponderle, quando sentirono un rumore sommesso provenire dal piano superiore o dal magazzino.

Hamish si bloccò. «Ce ne dobbiamo andare, ragazza».

La prese per un braccio e la condusse fuori dalla stanza. Si fermarono, in ascolto di altri rumori, ma non sentirono niente. Hamish salì le scale per primo, in silenzio. Guardò attraverso la fessura della porta socchiusa, poi le fece cenno di seguirlo.

Una delle guardie era caduta sul pavimento, era stato questo il rumore. Ma erano ancora entrambe incoscienti.

«Andate», le sussurrò prendendole la torcia. «Si sveglieranno a minuti, e nessuno deve vederci insieme. Craig potrebbe capire che siete tornata di nuovo qui».

Amy annuì, tremando. Doveva dirlo a Craig. Gli doveva dire di Hamish e tutta la verità sul fatto che proveniva da un'altra epoca.

Non sarebbe tornata a casa quella notte e la preoccupazione per Jenny, che sarebbe rimasta ancora sola, le spezzava il cuore. Ma avrebbe potuto trascorrere un altro po' di tempo con Craig.

E quello era il pensiero più dolce di tutti.

CAPITOLO 27

«Dove siete stata?», sussurrò Craig, tirandola più vicina a sé.

La pelle di Amy era fresca sotto la sottoveste. Avvolto nelle pellicce e nelle coperte, accanto al fuoco, stava comodo e al caldo. Mancava solo lei.

«Non riuscivo a dormire», gli rispose.

«Qualcosa vi preoccupa?».

Lei rimase in silenzio e lui si sollevò su un gomito, ormai completamente sveglio.

«Cosa c'è?», le chiese, tirandola con delicatezza per una spalla, in modo da farla voltare verso di sé.

Quando furono uno di fronte all'altra, notò le lacrime che le brillavano negli occhi.

«Cosa c'è?», ripeté.

«Ti devo dire una cosa». Sospirò e si morse il labbro superiore, un'espressione triste dipinta sul viso. «Ho appena visto...».

Le coprì le mani con le sue, il cuore gli batteva all'impazzata nel petto. Lei abbassò gli occhi e scosse la testa. Fece un sospiro profondo.

«Questo può aspettare», disse infine. «C'è una cosa più importante, Craig. Ho paura».

«Di cosa?»

«Di quello che provo per te».

Qualcosa gli si sciolse nel petto.

«Cosa provate per me, ragazza?», le chiese.

«Ho paura di dirlo».

«Allora mostratemelo».

Lei chiuse gli occhi per un momento. Lo scollo della sotto-veste si spostò, rivelando la curva interna di un seno rotondo e pieno. Lui desiderò prenderlo in bocca e giocare con il capezzolo. Amy gli prese il viso tra le mani e gli accarezzò la guancia con delicatezza. I loro occhi si incontrarono, quelli di lei erano di un azzurro intenso, profondi come un lago in estate.

E brillavano, di una luce che aveva visto di rado nella vita.

Amore.

Amy si chinò e gli posò un bacio sulle sue labbra, così dolce e tenero che Craig ebbe la sensazione di affondare in una nuvola. La attirò più vicina a sé, il bisogno del suo corpo pressante e urgente.

Lei si scostò appena e lo guardò, come se gli volesse dire qualcosa. Ma non lo fece. Invece, si chinò a baciarlo, più affamata questa volta, ma ancora lentamente. Craig gemette per la dolce intensità di quel bacio, per il desiderio che sentiva in lei e che risuonava anche in lui. Il suo membro era duro, caldo e pronto. Lei ruotò e si mise a cavalcioni sui suoi fianchi. La sua erezione divenne ancora più dura quando sentì la fessura calda di lei premere contro di sé.

Gli accarezzò il petto nudo, poi gli fece scorrere le labbra sul mento, sul collo e sul petto. Si fermò al capezzolo e lo leccò, provocandogli un brivido di piacere. Nessuna donna lo aveva mai fatto prima, era una sensazione nuova e spudorata e proibita.

Intima.

Passò poi all'altro capezzolo, lo titillò con la lingua, lo mordicchiò con delicatezza. Craig fu attraversato da una scossa di piacere e inspirò a fondo, per godersi la sensazione.

«Spudorata», le mormorò.

«Non sai quanto», sospirò lei, guardandolo.

Poi continuò la sua esplorazione, tracciando una scia di baci sensuali e ardenti fino al suo ventre. Le sue intenzioni divennero chiare, quando non si fermò davanti ai ricci scuri intorno all'erezione.

«Oh, ragazza», gemette quando lo prese in bocca, avvolgendolo e stuzzicandolo.

Piegò la testa all'indietro e le affondò le mani tra i capelli setosi. La lingua di Amy si muoveva su e giù lo e avvolgeva, trasformando i suoi muscoli in un miele caldo e fluente di cui non sembrava avere mai abbastanza.

Ben presto non ci riuscì nemmeno lui. La sua carne sensibile si stava gonfiando, crescendo fino quasi a scoppiare.

«Ragazza». Si alzò a sedere, tirandola con sé, e la fece rimettere a cavalcioni. «Adesso tocca a me».

«Oh».

«Lasciate che vi mostri quanto vi amo».

Lei sbatté le ciglia «Mi ami?».

Nae. Non l'aveva detto a voce alta, l'aveva fatto? Non se lo poteva rimangiare, ormai. La verità era uscita fuori. «*Aye*, Amy. Sono innamorato di voi. Mia nemica. Mia moglie. Mia prigioniera».

Le lacrime brillavano negli occhi di Amy. Lo tirò a sé, disperata. «Prendimi, Craig. Ho bisogno di sentirti. Ho bisogno di averti dentro di me. Prendimi, ti prego».

Lui la capiva, perché lo stesso bisogno gli bruciava dentro. Il bisogno di due anime di stare insieme, corpo a corpo, cuore a cuore.

Senza smettere di guardarla negli occhi entrò dentro di lei, la sua fessura liscia, morbida e setosa lo accolse come un pugno vellutato. Amava guardare il momento in cui lei diventava sua, ancora e ancora, il piacere che le dava, la connessione dei corpi che faceva di loro una sola anima.

Cominciò a muoversi, seguendo il suo ritmo, tuffandosi in lei. Ormai sapeva che le piaceva lento all'inizio e poi veloce e selvaggio, senza freni. Lei gli avvolse le gambe attorno ai fianchi e le braccia attorno al busto, gli affondò le unghie nella schiena. Le guardò il viso estasiato, mentre entrava in lei, ancora e ancora, sciogliendosi, svanendo nel paradiso in cui avrebbe potuto rimanere per sempre.

Il piacere di entrambi cresceva all'unisono e presto Amy non riuscì a trattenere i gemiti.

«Guardatemi», le disse. «Voglio che mi guardiate mentre venite».

Perché anche lui l'avrebbe fatto.

Lei aprì gli occhi, blu e brillanti nella notte, riflettevano la luce del fuoco.

Lui accelerò, sentendola vibrare, e lei si contrasse, aprì la bocca, iniziò ad ansimare.

«Oh, Craig!», gemette. «Oh, Craig».

E poi raggiunse l'apice, il suo corpo fu attraversato da onde di piacere sotto quello di lui, gli affondò le dita nelle spalle, aggrappandosi. Anche lui era perso. Con un'ultima spinta raggiunse il piacere e scoppiò, tremò, perso negli occhi di lei, nelle profondità della sua anima.

Crollò su di lei, pesante e caldo, sul suo corpo ancora attraversato dai tremiti, e respirarono insieme.

Lei si voltò, lo fece sdraiare su un fianco, e premette la schiena e il sedere delizioso contro di lui.

«Vi amo, ragazza», le sussurrò tra i capelli, cingendola con il braccio e tirandola più vicino.

Lei sussurrò, «Ti amo anch'io».

Lui sorrise e sospirò, lasciando andare quel che restava delle sue preoccupazioni e dei suoi sospetti. Perché davvero, non aveva niente da temere da lei.

Ma mentre scivolava nel sonno, forse, gli sembrò di sentirle dire «E mi dispiace».

Ma probabilmente era solo un sogno.

CAPITOLO 28

IL GIORNO DOPO...

LA FATTORIA ERA SILENZIOSA AL MATTINO COSÌ PRESTO. L'edificio principale, la tettoia e le stalle erano immersi nella nebbia bianca come l'erioforo. Hamish inspirò l'aria umida e la trattenne nei polmoni, godendosi la sensazione del petto che si espandeva.

Quel giorno gli sarebbe proprio servita una buona coppa di *uisge*.

Aveva quasi vinto. Quell'aria pesante e umida, carica dell'odore di foglie marce e di letame, aveva il profumo della libertà.

Era in possesso di tutte le informazioni di cui aveva bisogno per mandare il messaggio.

Camminò fino alla casa e bussò alla porta. All'interno, dei passi frusciarono contro il pavimento, poi Amhladh, il fattore, aprì la porta. Aggrottò la fronte quando lo vide.

«Mi servono gli uccelli», gli disse Hamish.

Amhladh spostò la mandibola da destra a sinistra, come se non avesse più neanche un dente.

Gli brillarono gli occhi, mentre guardava Hamish da capo a piedi. «Ci vuole un altro scellino per questo».

Se c'era una cosa che Hamish detestava, era l'avidità. Era il motivo per cui i suoi genitori adottivi avevano fatto lavorare Fiona fino alla morte. Era ciò che spingeva persone potenti come John MacDougall ad assoldare uomini come lui per uccidere i loro nemici.

Veloce come un fulmine, prese il pugnale dalla cintura e lo puntò alla gola di Amhladh. L'uomo sgranò gli occhi per la paura.

«Vi ho pagato abbastanza per il disturbo», gli disse. «Non mi farò manipolare o ricattare. Portatemi dove tenete gli uccelli. Adesso».

«*Aye*». Amhladh uscì e si chiuse la porta alle spalle. Con uno sguardo imbarazzato, lo condusse alla stalla delle mucche. Dentro, in un angolo, c'era una gabbia con una mezza dozzina di piccioni. Il tanfo di letame di vacca e deiezioni di uccelli aleggiava pesante nell'aria. Hamish andò verso la gabbia ed estrasse un piccione.

Guardò Amhladh. «Potete andare».

L'uomo fece un cenno con il capo e se ne andò, con un'espressione sollevata.

Hamish aspettò fino a che non sentì la porta della grande casa richiudersi, poi lasciò la stalla a sua volta. La fattoria era ai margini del villaggio, al limitare del bosco. Si addentrò tra gli alberi e si fermò quando ritenne di essere abbastanza lontano.

Mise un piede su un masso e prese un piccolo pezzo di pergamena e un sottile bastoncino di carbone. *Tunnel segreto trovato. Incontriamoci tra sette notti al villaggio.*

Non si fidò a scrivere dove si trovava esattamente il tunnel nel messaggio che avrebbe fatto recapitare dal piccione viaggiatore. C'era sempre il pericolo che qualcuno lo catturasse. Gli legò la pergamena alla zampa. I volatili venivano da Dunollie ed erano stati portati ad Amhladh un paio di giorni prima. Non avrebbe avuto problemi a trovare la via di casa.

Lo liberò e lo vide sparire veloce nella nebbia. Era una

fortuna che ce ne fosse tanta, era più facile che passasse inosservato. E anche se qualcuno lo avesse notato, non sarebbe riuscito a colpirlo con quel tempo.

La notte precedente aveva versato dell'altro sonnifero nella bocca delle guardie, per avere modo di scoprire dove portava il tunnel e se era sicuro. Aveva camminato e poi strisciato nella più completa oscurità, ma alla fine era riemerso dall'altra parte del fossato.

Finalmente stava per portare a termine la missione. Anche l'imprevisto con Lachlan non aveva stravolto i suoi piani. Sì, aveva dovuto dare dei soldi alla donna con i capelli rossi, quasi tutti i suoi averi, perché tenesse la bocca chiusa. L'aveva fatta uscire di nascosto mentre continuavano i bagordi e le guardie erano distratte, e le aveva intimato di andare in Francia. Con i soldi che le aveva dato, avrebbe potuto ricominciare una vita decente. E le aveva messo in testa la paura che, se mai avesse raccontato tutto a qualcuno, sarebbe tornato a cercarla.

Sapeva che quella minaccia l'avrebbe tenuta buona, almeno fino a che lui non fosse riuscito a trovare il tunnel. Mentre lei non poteva sospettare che non le avrebbe mai fatto del male. Presto avrebbe intascato la ricompensa dai MacDougall e se ne sarebbe andato, e nessuno sarebbe più riuscito a trovarlo.

Non avrebbe fatto del male neanche alla giovane MacDougall. Non aveva fatto niente di sbagliato e non stava dalla parte di Craig. L'istinto gli diceva che non rappresentava un pericolo. Se non altro, gli sarebbe stata utile per distrarre Craig in caso di bisogno. Era evidente che fosse innamorato di lei.

In ogni caso, Amy lo aveva aiutato a trovare il tunnel. Ormai doveva soltanto riuscire ad uscire vivo dal castello quando i MacDougall sarebbero arrivati e Craig avrebbe scoperto che era lui il responsabile di tutto.

CAPITOLO 29

UNA SETTIMANA DOPO...

«VOGLIO CHE SAPPIATE UNA COSA, AMY», LE DISSE CRAIG UNA mattina a colazione. «Ho deciso di permettervi di andare da sola nel magazzino nella torre orientale. Le guardie vi lasceranno passare».

Amy si bloccò con il cucchiaio di pappa d'avena in mano. «Cosa?»

«Ho detto di amarvi, ma non ve l'ho dimostrato con i fatti». Si schiarì la gola, gli occhi dolci e luminosi, del colore dell'erba scaldata dal sole estivo.

Le ultime settimane erano state le più felici della vita di Amy. Si era sentita ebbra d'amore e di gioia, anche se il peso del senso di colpa per le cose importanti che gli teneva nascoste gravava su di lei in ogni istante.

Ma non riusciva a decidersi a dirgli la verità. Come poteva spezzargli il cuore deliberatamente? Ecco perché non aveva ancora riprovato ad andarsene.

E adesso lui aveva fatto crollare le ultime difese che le rimanevano.

L'avrebbe lasciata libera di andare nel magazzino da sola.

Aveva piena fiducia in lei.

E lei stava per distruggerlo.

Le si chiuse la gola, non riusciva a respirare. Strinse la stoffa del vestito.

Respira.

Respira.

Inspirò.

Le sue stesse bugie la stavano intrappolando.

«E anche voi avete detto di amarmi. Quindi ho fiducia che resterete con me. Che starete dalla mia parte. Nonostante l'istinto mi urli di non farlo, lo farò».

Amy dovette chiudere la bocca per impedirsi di rispondergli: «Non dovresti».

Perché se ne sarebbe andata comunque. Per Jenny. E perché, presto o tardi, Craig e tutti gli altri avrebbero scoperto la sua vera identità. E che aveva viaggiato nel tempo.

E, cosa più importante, come avrebbe potuto sopportare di vedere il dolore nei suoi occhi, quando avrebbe scoperto che gli aveva mentito?

Quindi era meglio andarsene subito. Quel giorno stesso. Adesso che la strada era libera, aveva solo bisogno di capire come attivare il portale. Si chiedeva perché Hamish non le avesse suggerito di provare ancora.

«Grazie, Craig», mormorò.

Lui mise la mano sulla sua e la strinse. Una mano calda e asciutta e così familiare. Anche un semplice tocco le faceva provare una sensazione di benessere e gioia in tutto il corpo.

Era una traditrice. Suo padre aveva ragione, era una codarda. Era brava a ritrovare le persone. Era in grado di cercarle anche in spazi angusti senza farsi venire un attacco di panico.

Ma questo. Dire la verità a Craig. Ferirlo.

Proprio non ci riusciva.

E sentiva di essere a un passo dal disastro.

Quando finirono di fare colazione e la sala grande fu pulita, corse alla torre orientale. Come aveva detto Craig, le guardie la lasciarono passare.

Avrebbe dato solo un'occhiata. Non se ne sarebbe ancora andata. Voleva capire se la pietra funzionasse o meno. Magari non avrebbe funzionato. In quel caso il problema sarebbe stato risolto. Sarebbe rimasta con Craig. L'idea le fece provare un brivido di sollievo e di gioia, ma la scacciò.

Prese una torcia, aprì la porta e scese le scale con le gambe malferme.

Da fuori, sentiva urla e grida. Passi pesanti nella corte interna. Strano. Forse Craig aveva iniziato una nuova fase dell'addestramento. Una copertura persino migliore per lei. Aprì la porta del magazzino sotterraneo. C'era già un'altra fonte di luce, nell'angolo più lontano della stanza. Entrò.

«Hamish?».

La figura alta del guerriero, con le spalle larghe, il mantello e la cotta di maglia si alzò dalla posizione accovacciata.

«Ragazza», disse, con una voce calma che la inquietò. «Non dovreste essere qui».

«Cosa stai facendo?»

«Non importa. Ve ne dovete andare».

«Perché? Craig ha detto alle guardie di lasciarmi entrare».

«*Aye*, ma non è sicuro per voi qui».

«Sono solo venuta a vedere come posso attivare la...».

Si sovvenne che Hamish aveva addosso il mantello. E un'espressione colpevole. *No, sciocca.* Stava solo leggendo troppo tra le righe.

Aggrottò la fronte. Era strano ma, dopo tutto quel tempo, dopo tutti gli ostacoli che aveva dovuto superare per arrivare alla pietra, adesso che era finalmente libera, l'ultima cosa che voleva fare era andarsene.

Si avvicinò alla pietra, appoggiò la torcia alla parete e si inginocchiò davanti al portale.

«Cosa state facendo, ragazza?», le chiese Hamish con voce allarmata.

Lei lo ignorò. Seguì con attenzione l'impronta fredda e umida con le dita. Quando lo aveva fatto l'ultima volta, stava pensando a Craig. Alla solitudine. Al fatto che capiva cosa volesse dire essere feriti.

La pietra rimase immobile, morta.

Appoggiò tutta la mano sull'impronta.

Niente.

«Ragazza?», le disse Hamish con tono guardingo, come se stesse parlando a un gatto selvatico.

Ma le non poteva prestargli attenzione adesso. Doveva capire come funzionava.

E se avesse dovuto pensare a qualcuno a lei caro? Se avesse pensato a Jenny? O a suo padre? Sì, non parlava con lui da anni, ma era ancora suo padre. Gli voleva ancora bene.

Jenny. Povera Jenny, abbandonata da più di un mese. Con tutta probabilità aveva chiamato la polizia, all'inizio, ma forse ormai aveva perso le speranze di rivederla.

All'improvviso il fiume si illuminò di blu e la strada di un marrone dorato.

«Amy, ma che diavolo?». I passi di Hamish si avvicinarono.

La pietra vibrò leggermente e la sua mano cominciò ad affondare...

Fu presa dal panico, la sensazione di affondare le dilagò nel petto.

Sentì arrivare dei passi veloci alle proprie spalle. «Amy!».

Ritrasse la mano e balzò in piedi.

Craig. Con il mantello, la cotta di maglia e la spada sguainata. Dietro di lui c'erano altri sei uomini, completamente armati.

Dall'esterno giungevano delle grida.

Le si gelarono i piedi e le mani e iniziò a tremare. La sensazione di cadere nel tempo persisteva e la faceva stare male, anche se si era fermata. Sapeva che dall'altra parte della pietra c'era una vita nella quale non avrebbe mai più visto Craig.

«Perché quella pietra brilla?», le chiese. «Che ci fa Hamish qui?».

Amy perse la capacità di parlare. Il tempo si fermò, ogni momento si prolungava nell'eternità. Sospirò, chinò le spalle e incurvò il petto. Aveva bisogno di sedersi o appoggiarsi a qualcosa, di un sostegno.

Aveva bisogno di Craig.

Non poteva più scappare. L'aveva vista usare la pietra.

Avrebbe potuto mentire ancora. Avrebbe potuto provare a uscirne. A proteggere l'amore e la fiducia che si era guadagnata con tanta fatica.

No. Niente più bugie. Avrebbe detto la verità. Lui l'avrebbe odiata per questo, ma meritava di sapere.

Aveva lo stomaco sottosopra, come se stesse sciando lungo un pendio ripido e non sapesse se sarebbe atterrata in piedi o se sarebbe caduta e si sarebbe spezzata il collo.

«Amy, vi ordino di dirmelo!», ruggì lui, la voce piena di rabbia e di disperazione.

Lei inspirò, come se potesse respirare il suo amore, cercando di prolungare quell'ultimo momento prima che Craig la odiasse per sempre.

Poi si buttò.

«Non sono la Amy MacDougall che pensi», gli disse.

Craig trasalì, come di dolore. «Cosa?»

«Vengo dal futuro».

Craig scosse la testa, confuso.

«Ho viaggiato nel tempo grazie a questa pietra». La indicò. «Per caso. Mi chiamo Amy MacDougall, ma non sono la figlia del capo. Sono un agente di ricerca e soccorso degli Stati Uniti d'America. Mi dispiace avertelo tenuto nascosto, Craig. Avevo paura che mi avresti uccisa».

Lui la fissò, chiaramente disorientato. «Ho appena visto la pietra illuminata... capisco che si tratta di una qualche magia...».

Lei annuì. «Vengo dal 2020».

Lui scosse la testa, incredulo. «Ma se, come dite, non siete la figlia del capo, perché lui sta bussando alla nostra porta con cinquecento uomini? Non per riprendersi sua figlia?».

Lei si sentì sbiancare. Il cuore le batteva all'impazzata. Le faceva male lo stomaco, come se fosse stato trafitto da un oggetto acuminato.

«No», disse.

Un velo di dolore scese sugli occhi di Craig. «Non so perché stiate dicendo tutte queste cose senza senso, ma è chiaro che avevo ragione. Mi avete tradito. Mi avete mentito per tutto il tempo, mentre io avevo piena fiducia in voi». Abbassò gli occhi per un attimo. «Cos'altro mi potevo aspettare da una MacDougall?».

Le sembrò di affondare con i piedi nel fango, che le facessero il petto a brandelli. «Craig, mi dispiace così tanto...».

«Ero venuto per portarvi in salvo. I MacDougall ci stanno attaccando. Cosa ci fate voi qui, Hamish?».

Hamish portò lentamente la mano alla spada.

Craig aggrottò la fronte e fece un passo indietro. Guardò il coperchio di pietra che nascondeva il tunnel e che adesso giaceva accanto all'apertura.

Sbiancò. «Eravate *voi*? Avete trovato il tunnel? Siete stato voi a mandare il messaggio. E ad uccidere Lachlan».

Amy sobbalzò e guardò Hamish. Ma lui non provò neppure a negare. I suoi occhi si incupirono soltanto. Craig puntò la spada contro l'uomo che era stato l'unico amico di Amy... e che, adesso lo capiva, l'aveva usata per tutto il tempo.

CAPITOLO 30

«Voi due tramavate insieme?», chiese Craig, malgrado l'angoscia gli serrasse la gola.

«Mio signore, dobbiamo fare in fretta», gli disse Owen, alle sue spalle. «La porta...».

Craig annuì, ma non riusciva a staccare gli occhi da Amy. Sentiva un abisso senza fondo dentro di sé, che lo straziava. Voleva conoscere la verità, l'entità delle menzogne che gli aveva tessuto intorno. Perché non sapeva più di chi era innamorato, se di quella donna o della rete dei suoi inganni.

Aveva bisogno di dare un nome alle cose.

«Non abbiamo tramato insieme, signore», disse Hamish. «Ma porterò la vostra bella con me».

Afferrò la mano di Amy e la tirò a sé. Le puntò il pugnale sul collo. Amy sussultò, gli occhi spalancati per la disperazione.

«Hamish!», gridò, indignata.

«Lasciateci andare, o le taglio la gola, come a Lachlan».

Un basso ruggito sfuggì dalla gola di Craig. Avrebbe dovuto attaccare Hamish prima che scappasse. A giudicare dal fatto che i MacDougall non stavano uscendo dalla botola, Hamish non aveva ancora rivelato dove si apriva il tunnel. Non gli sarebbe dovuto importare che Amy venisse ferita o che lui potesse davvero ucciderla. Lei non lo amava. Gli aveva mentito su tutto.

Nessuno lo aveva mai ferito come aveva fatto lei.

E nessuno lo avrebbe fatto di nuovo.

Ma non poteva permettere che qualcuno le facesse del male.

«Craig», sussurrò Owen, «possiamo prenderlo...».

«State indietro», ordinò lui.

«Lasciami andare, Hamish», gridò Amy, cercando di liberarsi. «Non mi ucciderai».

«Voi non mi conoscete, ragazza», le rispose lui, avvicinandosi al tunnel e tirandola con sé. «Lo farò, se sarà necessario».

Era come se Hamish stesse strappando il cuore dal petto di Craig a mani nude. Fece entrare Amy nel tunnel per prima e, quando la donna che Craig amava scomparve, il suo cuore si lacerò a metà. E di Craig restò solo una ferita aperta e sanguinante. Un dolore, una vertigine, un'agonia senza fine.

Guardò la botola chiudersi e rimase fermo per quella che sembrò un'eternità.

Sarebbe dovuto andare dietro di loro. L'avrebbe dovuta salvare.

Avrebbe voluto, nonostante lei lo avesse tradito. Avrebbe comunque dato la propria vita per salvare la sua.

Ma aveva un castello da difendere. Degli uomini che contavano su di lui.

«Mettete pietre, barili e tavole sopra la botola», disse. «Quando Hamish dirà ai MacDougall dove si trova il tunnel, proveranno a entrare. Ho bisogno di almeno una dozzina di uomini. Anche se riuscissero a spostare i pesi, non potrà uscire più di un uomo alla volta. Sappiamo che proveranno a entrare da qui, non hanno più alcun vantaggio, ormai».

«*Aye*, Craig», rispose uno degli uomini.

«Andiamo, Owen. Il resto di voi inizi a bloccare il tunnel».

Gli uomini annuirono, e Craig ed Owen si affrettarono di sopra.

«State bene, fratello?», gli chiese Owen «È stato...».

«Non adesso, Owen», lo interruppe. «Non mi chiedete più di lei. Mai più. Non voglio sentire il suo nome o ricordare che esiste. Ho un castello da difendere».

Il cuore di Amy sbatteva contro la gabbia toracica e lei respirava a fatica l'aria fredda e viziata. Il tunnel era come una bara. Una disperazione nera e senza fine.

Ma non era lo spazio angusto a causarle il panico.

Era il fatto che fosse successo il peggio nel peggiore dei modi possibili.

Craig sapeva la verità.

Aveva visto un dolore insopportabile nei suoi occhi, la condanna a morte del loro amore. Ed era quello che provava anche lei, le sue menzogne imperdonabili le laceravano l'anima e il cuore a frustate.

«Tenete duro, ragazza», le disse Hamish. «So che non è piacevole, non c'è luce qua sotto, ma vi tengo la mano».

«Non mi avresti uccisa, vero?», sibilò lei. «Sarei potuta correre da Craig».

Lui non le rispose per un po'. Poi tagliò corto: «Non mi conoscete affatto».

«Mi sembra evidente. Come hai potuto uccidere Lachlan in quel modo?», disse. «E che ne è stato della donna che era con lui?»

«Pensavo fosse Craig. Chi altro poteva essere nella sua camera da letto con una donna dai capelli rossi?».

Lei scosse la testa. «Quindi sei al soldo dei MacDougall?».

Lui restò in silenzio per un attimo, come se stesse decidendo cosa ammettere. Poi lo sentì scrollare le spalle. «*Aye*. Mi hanno assoldato per trovare il tunnel e uccidere Craig. Ma ho fallito in entrambi i compiti».

«Perché? Hai trovato il tunnel».

«*Aye*, ma ora che Craig lo sa, non gli permetterà di usarlo. È utile soltanto se si attacca dall'interno senza preavviso».

«E adesso?», gli chiese. «Mi porterai dai MacDougall?»

«*Nae*. Non posso far vedere la mia faccia ai MacDougall adesso. Mi ucciderebbero. *Nae*, voi ed io ce ne andremo».

«Noi due?»

«*Aye*, mi servite per proteggermi, nel caso in cui Craig decidesse di seguirmi. Non ha mai permesso che vi venisse fatto del male».

Fu come se un oggetto acuminato la pugnalasse al petto. «Davvero?» Rise amaramente. «Forse prima era così. Ma adesso l'ho ferito troppo. L'ho tradito. Mi odia».

Hamish sospirò o sghignazzò o un misto tra le due cose. «Se conosco gli uomini, e li conosco perché sono uno di loro, non vi odia affatto. Non l'avevo capito prima, ma adesso mi è chiaro. Morirebbe per voi, ragazza».

Lei si sentì soffocare dalla tristezza. «Non più».

Presto l'aria divenne più fresca e da qualche parte davanti a sé, sopra le spalle di Hamish, Amy vide un piccolo barlume di luce.

«Ci siamo quasi», le disse lui.

Dopo pochi secondi si fermarono. Sopra di loro c'era un semicerchio di luce appena visibile. Hamish salì le scale e spinse da parte il coperchio della botola. La luce entrò nel tunnel e accecò Amy per un attimo. Chiuse gli occhi per dar loro il tempo di adattarsi. Quando smisero di farle male, respirò a fondo l'aria fresca.

Hamish si guardò intorno. «Sta cominciando a nevicare», disse. «Meglio sbrigarsi».

CAPITOLO 31

 Amy memorizzò dei punti di riferimento lungo il cammino per poter ritrovare la via del ritorno. Ma dopo un po' tutto fu inghiottito da una bianca nebbia. Doveva tornare al castello e poi nella sua epoca. Per potervi rientrare, era disposta a implorare, corrompere o combattere.

Anche se l'ultima possibilità sarebbe stata una follia.

Ma senza Craig non aveva ragioni per rimanere. Doveva tornare a casa, dove avrebbe potuto aiutare le persone invece di causare loro sofferenza.

La neve iniziò a cadere più fitta, il vento del nord le mordeva il naso e le labbra. Aveva il mantello, grazie a Dio, ma il resto degli indumenti era del tutto inadatto alle lunghe spedizioni in montagna sotto la neve. La gonna del vestito le si aggrovigliava intorno alle gambe e le limitava i movimenti. La suola di cuoio delle scarpe era piatta e liscia e scivolava di continuo.

Non sapeva quanto tempo fosse passato quando Hamish si fermò e osservò i dintorni.

Si trovavano su un'alta montagna. La neve era fitta e faceva molto più freddo che a valle. Vi crescevano alcuni pini, ma erano circondati soprattutto dalla neve, a perdita d'occhio.

«Vi lascerò qui», le disse. «Deciderete voi cosa fare d'ora in poi. Non penso che Craig ci abbia seguiti».

«Certo che non l'ha fatto», gli rispose, la gola stretta dall'a-marezza.

Lui scrollò una spalla. «L'assedio potrebbe durare a lungo. Non so come andrà per i MacDougall Ma devo nascondermi da loro adesso, quindi non posso portarvi con me. Sono un clan potente e mi troveranno, se vorranno».

Lei sobbalzò. «Non puoi portarmi con te? Sei un bastardo. Hai cercato di uccidere Craig e hai ucciso un innocente». Aprì e chiuse i pugni, impotente. «Ti dovrei uccidere».

Lui inarcò un sopracciglio. «Sappiamo entrambi che non ne sareste capace». Sospirò. «Non vi dimenticherò. Non ho mai incontrato qualcuno come voi, ragazza. Spero che troverete la felicità, ovunque andrete a finire».

Aspettò che gli rispondesse qualcosa, ma lei aveva tutto il corpo intorpidito.

Sperava che fosse per il freddo e non perché la rabbia impotente, il senso di colpa e il crepacuore l'avevano ridotta in frantumi. «Vai all'inferno. Non voglio vederti mai più», gli disse con voce triste.

Hamish chinò il capo, qualcosa che assomigliava al rimorso balenò nei suoi occhi scuri.

«Sbrigatevi a tornare indietro da quella parte. La bufera ha già raggiunto l'apice e ormai si sta calmando. Se vi affrettate, riuscirete a ritrovare il castello». Le fece un cenno con la testa, si voltò e se ne andò. Amy rimase a guardarlo per un minuto, finché non scomparve dietro un pendio.

Fu sopraffatta dal senso di solitudine, la neve che cadeva lenta le turbinava nelle orecchie, un freddo mortale le si infiltrava nelle ossa.

Si doveva muovere o sarebbe morta assiderata.

Si voltò e si diresse verso sud, verso il castello, seguendo le loro tracce nella neve. Aveva i piedi gelati e non sentiva più le dita. Forse per questo o perché procedeva in discesa, cadeva ancora più spesso.

Era bagnata, le gonne e il mantello erano pesanti per la neve che si scioglieva e inzuppava gli indumenti. A un certo punto le si annebbiò la mente, il bianco torpore che la circondava le si insinuò nel cuore e nel cervello.

Forse per quello non si accorse che stava camminando troppo vicino allo strapiombo.

Mise il piede sopra una roccia piatta e scivolò. Scivolò e poi rotolò, sbattendo i fianchi contro le rocce, cercando di coprirsi la testa.

Finché, finalmente, si fermò.

Giacque immobile su un fianco a esaminarsi il corpo. La buona notizia era che non era più intorpidita. Quella cattiva che le faceva male dappertutto. Provò a muovere le gambe e le braccia. Sembrava non ci fosse niente di rotto. Si mise a sedere e fece una smorfia. Sentiva un dolore pulsante alla testa. Si toccò: niente sangue.

Bene. Doveva ringraziare la sua buona stella.

Si guardò intorno.

E deglutì a fatica.

A una trentina di centimetri di distanza c'era il bordo frastagliato della piattaforma rocciosa su cui era caduta.

E sotto c'era un bianco nulla.

Era difficile vedere attraverso la neve, ma probabilmente si trovava in cima a un dirupo. Il vento era più forte in quel punto e le scagliava la neve in faccia con forti raffiche.

Alzò lo sguardo verso il punto dal quale era caduta. Un ripido pendio roccioso coperto di neve e ghiaccio saliva dalla piccola cengia.

Una disperazione gelida si insinuò in lei.

Era sola.

Proprio come nel fienile.

E nessuno sarebbe venuto ad aiutarla.

Non c'erano muri o porte chiuse, ma era comunque in trappola.

I polmoni cominciarono a contrarsi e le dita delle mani divennero insensibili come quelle dei piedi. Aveva lo stomaco sottosopra e la bile le salì in gola.

Strisciò verso il pendio, lontano dal vuoto spietato oltre la piccola piattaforma rocciosa.

Anche se non si trovava in uno spazio chiuso, si sentiva più abbandonata, più sola, più persa che mai.

Stava soffocando, i polmoni lottavano in cerca di ossigeno. Le girava la testa e il sudore le ricopriva la pelle anche se stava morendo di freddo. Tutto ciò che aveva intorno la opprimeva, seppellendola nella desolazione.

Non l'avrebbe trovata nessuno.

Non stava arrivando nessuno.

Proprio come in quelle due notti terribili.

E poi le tornò in mente la voce di Craig.

Avete perso voi stessa in quel fienile... Dovete prima ritrovare voi stessa.

Mise la testa tra le ginocchia e respirò.

Prima di tutto doveva ritrovare sé stessa...

Cosa aveva perso nel fienile?

Prima di allora era sicura che suo padre e sua madre le avrebbero sempre guardato le spalle. Lo dava per scontato. Non importava quanto fosse spaventata o disobbediente o malata: sua madre e suo padre erano lì per lei.

Fino a quando sua madre era morta e aveva lasciato lei, Jenny e papà da soli. Per quanto Amy avesse bisogno di sua madre, la mamma non c'era e non ci sarebbe stata mai più.

E poi suo padre.

Anche lui era cambiato. Era come se fosse sparito e fosse stato rimpiazzato da qualcun altro. Non era più una roccia, una protezione, una costante: era diventato un ubriacone. Aveva smesso di esistere, perso nell'oblio. E invece di proteggerla era diventato il suo aggressore. Era diventato l'uomo che aveva quasi ucciso Amy.

Quindi, cosa aveva perso in quel fienile?

Sì, aveva perso sé stessa. La ragazza che credeva che ci sarebbe stata una persona per lei, nonostante tutto. Che sarebbe stata il suo punto di riferimento, nonostante tutto. Che l'avrebbe amata in modo incondizionato.

Da quel fienile era uscita una ragazza che aveva paura della vita e che pensava di non meritare una persona che la amasse e che sarebbe rimasta sempre al suo fianco. Che pensava di meritare di essere abbandonata, tradita e imprigionata. Lasciata a morire da sola.

Le lacrime le bruciavano gli occhi.

Ma adesso sapeva che quella ragazza si era sbagliata. Aveva preso su di sé la colpa di suo padre. Non avendo le risorse né le capacità per affrontare la morte della moglie, lui aveva preso la strada dell'autodistruzione. Una strada che non soltanto lo aveva distrutto, ma aveva rischiato di distruggere anche la vita di Amy e di Jenny.

Provava pena per lui. Era un brav'uomo, ma non aveva sopportato il dolore, la perdita. E invece di cercare la forza nella famiglia, aveva cercato una via di fuga nell'alcol.

Cosa avrebbe fatto Amy, se avesse avuto abbastanza risorse per non farsi prendere dal panico? Gli avrebbe parlato. E se lui l'avesse comunque chiusa nel fienile, avrebbe cercato con calma una via d'uscita. Magari avrebbe provato a passare attraverso quel buco nel soffitto, ad arrampicarsi sul tetto e chiedere aiuto da lassù. Forse sarebbe riuscita a trovare dell'acqua...

Avrebbe potuto tentare diverse cose.

Proprio come adesso. Invece di farsi prendere dal panico, poteva rendersi conto di essere sia la ragazza persa e abbandonata nel fienile, che la ragazza piena di risorse che aveva bisogno di essere. Ed entrambe erano lei, intera e completa.

E con entrambe le parti di sé finalmente riunite, guardò in

alto e vide un sentiero libero dalla neve e dal ghiaccio, che avrebbe potuto prendere. Non avrebbe aspettato che qualcuno venisse a salvarla.

Si sarebbe salvata da sola.

CAPITOLO 32

LA BATTAGLIA ERA FINITA. Craig guardò l'esercito dei MacDougall voltarsi e andarsene.

Era stata uno scontro rapido e cruento. Il castello aveva offerto un'ottima difesa, sebbene ancora danneggiato. E i MacDougall, confidando nel vantaggio di potersi intrufolare attraverso il tunnel segreto, non avevano portato l'ariete o molte scale da assedio. Senza di essi e senza l'accesso al tunnel avevano avuto poche possibilità, soprattutto sotto la neve.

Craig era fermo sulle mura meridionali a guardare l'esercito battere in ritirata nella neve.

Aveva difeso il castello senza riportare vittime tra i suoi uomini, solo qualche graffio e qualche piccola ferita. Aveva compiuto il suo dovere.

Guardò a est, dove si trovava l'uscita del tunnel, dove sapeva che Hamish aveva portato Amy.

Il buco nel petto in cui una volta aveva il cuore gli doleva e bruciava come se vi avessero versato sopra dell'aceto. Lei stava bene? Cosa le aveva fatto Hamish?

Strinse i pugni. Sua sorella era stata rapita... e adesso Amy. Gli si contrasse lo stomaco e un sapore amaro gli salì in gola.

Non sapeva più cosa fosse la verità e cosa una menzogna.

C'erano tante cose strane nelle Highlands. Era cresciuto ascoltando storie su *kelpie*, fate e guerrieri leggendari.

Ma viaggiare nel tempo? *Nae*. Doveva essere un'altra menzogna.

Owen era accanto a lui. «Siamo al sicuro fratello, e adesso?».

Le dita di Craig strinsero la pietra gelida del parapetto. Owen seguì il suo sguardo.

«La volete ritrovare, vero?», gli disse.

Craig non rispose. Una cupa inquietudine gli strisciava nelle viscere. Le era successo qualcosa di brutto. Lo sentiva. Era in difficoltò. Non sapeva da dove gli venisse quella sensazione, ma sapeva che era vera. Forse Hamish le aveva fatto del male. Forse alcuni dei MacDougall li avevano seguiti. Forse era qualcos'altro...

Ma Craig sentiva nel profondo che, se non fosse andato subito in cerca di Amy, se fosse morta o le fosse successo qualcosa di brutto, non sarebbe più riuscito a vivere con sé stesso.

Non importava quanto lei lo avesse ferito, lui la amava ancora.

«*Aye*», disse Craig. «La voglio ritrovare».

Owen gli diede una pacca sulla spalla. «Allora andiamo».

Craig prese con sé Owen e altri due uomini. Uscirono a cavallo e seguirono le tracce di Amy e Hamish, che erano ancora visibili anche sotto la neve. Si diressero a nord est, sulle montagne, seguendo la valle. Cavalcare durante una nevicata era pericoloso, quindi procedevano lentamente, i cavalli avanzavano con cautela lungo il sentiero scivoloso.

Non sapeva quanto avessero cavalcato, ma presto le tracce diventarono difficili da vedere e Craig dovette smontare molte volte e usare il trucco di Amy con il bastone per trovare l'orma seguente.

La tensione che sentiva allo stomaco si trasformò in spasmi di preoccupazione.

Senza sapere cosa stava facendo, pregò Dio silenziosamente, *Vi prego, lasciatela vivere. Vi prego, lasciatela vivere.*

Alla fine iniziò a calare la notte e il crepuscolo li avvolse. Craig sapeva che non sarebbe stato più in grado di seguire le tracce nell'oscurità e gli si spezzò il cuore al pensiero di Amy infreddolita e spaventata in quel luogo deserto. Poi una figura apparve da dietro un pino, nera contro la neve.

Era avvolta in un mantello con il cappuccio, ma l'avrebbe riconosciuta ovunque. Zoppicava e si appoggiava a un lungo bastone.

Lei alzò la testa e si fermò. Anche se non riusciva a vederle il viso sotto il cappuccio, lui sapeva che i suoi begli occhi erano spalancati e luminosi.

Saltò giù da cavallo e la raggiunse. Gli tremavano le gambe.

«Oh, Craig», singhiozzò lei e cadde tra le sue braccia.

Lui la strinse forte al petto. Era gelida, bagnata e pesante, gli abiti inzuppati dalla neve sciolta e in parte ghiacciati. Lei tremò leggermente, la guancia fredda e bagnata contro la sua.

Sollievo e dolore lo sommersero e turbinarono dentro di lui in un miscuglio confuso che lo stordiva. Ma qualsiasi cosa provasse per lei, era evidente che fosse ferita e congelata e che avesse bisogno di aiuto.

Il suo istinto aveva avuto ragione.

«Vi ho trovata, ragazza», le sussurrò. «Siete al sicuro adesso».

«Grazie per essere venuto a cercarmi», gli disse tra le lacrime. «Non ero sicura di farcela».

«*Aye*, certo che sono venuto a cercarvi».

Sarebbe sempre andato a cercarla, pensò. Sarebbe sempre andato a cercarla, a prescindere da quello che lei gli aveva fatto.

«Venite ora, dobbiamo riscaldarvi in fretta.».

La fece montare sul suo cavallo. Lei sedeva davanti e lui la teneva stretta a sé per riscaldarla col proprio corpo.

AMY GIACEVA SERENA TRA LE BRACCIA DI CRAIG, LE FIAMME scoppiettavano nel camino della loro camera da letto. Le dita delle mani e dei piedi le facevano male mentre il calore ritornava a fluire. Ma era all'asciutto, era viva ed era sana e salva tra le braccia dell'uomo che amava.

Fuori, la nevicata si stava trasformando in una tempesta, il vento ululava contro le imposte e risucchiava il calore dalla stanza attraverso le fessure.

L'ultima cosa che voleva era lasciare l'accogliente prigione del corpo di Craig. Erano ancora nel loro giaciglio improvvisato, incapaci di decidersi a trasferirsi sul loro vero letto. Craig aveva giurato che lo avrebbe bruciato, ma gliene serviva uno nuovo e lo doveva ordinare a un carpentiere.

Si baciarono, ma non fecero l'amore, Amy era troppo debole. E quello che era successo tra loro, i non detti, il peso delle menzogne e delle finzioni, era come una barriera invisibile.

«Volete altro tè, ragazza?», le chiese.

La teiera era sul il fuoco, il tè pronto per essere versato e servito.

«No». Gli strusciò la nuca sul petto. «Sono okay».

Lui ridacchiò, ma non disse niente.

«Cosa c'è?», gli chiese.

«Niente. È solo quella parola...'okay'».

«Cosa vuoi sapere?», gli chiese, anche se sospettava cosa le avrebbe risposto. Era una parola del futuro. Che era l'enorme elefante nella stanza di cui stavano entrambi evitando di parlare.

«Non ne voglio parlare, non mentre vi state riprendendo».

Amy sentì una stretta dolorosa allo stomaco, come una coltellata. La parentesi rilassata e felice era finita. Si tirò su a sedere, avvolgendosi il plaid attorno alle spalle, e si voltò a guardarlo. Il viso di lui era calmo eccetto le piccole rughe di dolore e preoccupazione intorno agli occhi.

«Sputa il rospo, Craig».

Certo, si trattava delle sue bugie. Dei viaggi nel tempo. Di cosa fosse vero e su cosa avesse solo finto.

Lui sostenne il suo sguardo, la cupa intensità di una bufera negli occhi.

«*Aye*. Va bene. Voglio sapere perché mi avete ingannato. Come avete potuto non dirmi fin dall'inizio che non eravate la Amy MacDougall che pensavo?»

«Per farmi uccidere per stregoneria? Come potevo dirti subito che avevo viaggiato nel tempo? Come se fosse una cosa normale. All'inizio non riuscivo a crederci neppure io e tu non mi avresti mai creduta. Avresti detto che ero pazza e mi avresti cacciata dal castello o mi avresti uccisa».

«Non vi avrei uccisa», borbottò lui.

«Ma non mi avresti creduta, non è vero?»

«*Nae*, probabilmente no. Ancora non ci riesco».

«Esatto. Perché è una cosa folle».

Lui sospirò. «Come può essere vero?»

«Non mi hai chiesto da dove viene il mio accento?»

«*Aye*. Eravate vestita in un modo che non avevo mai visto e parlavate in modo strano. Il vostro accento, mai sentito prima...».

«È perché sono Americana. Mi chiamo davvero Amy MacDougall, ma sono nata nel 1989, in uno stato che non esiste ancora, in un continente di cui non hai mai sentito parlare perché non verrà scoperto se non tra un paio di secoli».

Craig continuava a fissarla. «*Aye*, è difficile da credere».

«Lo so. Aspetta. Lascia che ti mostri una cosa».

Uscì da sotto le coperte e le pellicce, tremando per il freddo. Prese lo zaino e i vestiti con cui era arrivata dal fondo di uno dei bauli accanto al muro, poi tornò da Craig, rannicchiandosi nel calore delle coperte e del suo corpo.

Gli mostrò il giacchetto. «Vedi?» Tirò la linguetta della cerniera su e giù. «Hai mai visto niente del genere?».

Lui osservò la cerniera aggrottando la fronte. Poi la prese e provò a farla scorrere in su e in giù. «È una cosa pratica», ammise. Prese il giacchetto tra le mani e valutò con attenzione il tessuto, passandovi sopra le dita. «È morbido e leggero, ma deve essere caldo, a giudicare dallo spessore».

«Esatto».

Gli fece vedere lo zaino e aprì la cerniera. Gli mostrò la torcia, che aveva recuperato, e la accese. Lui fece un piccolo balzo all'indietro.

«È solo luce, Craig», disse. «Niente fuoco».

Lui allungò lentamente la mano e la prese. Guardò la luce, poi la toccò con cautela con un dito. «*Aye*, solo un po' di calore. E non sembra fuoco».

«No. È elettricità, una cosa che sarà inventata alla fine del diciannovesimo secolo, se ricordo bene. Fa funzionare diversi oggetti e meccanismi, come questo. Può essere usata per produrre luce o calore per cucinare e per svolgere lavori meccanici per le persone, come mescolare o cucire o rimuovere lo sporco».

Lui diresse il fascio luminoso in un angolo buio della stanza. «Oh, *aye*, è molto comodo».

Puntò la luce su altre parti della stanza, sul soffitto, sulla porta. Poi la spense.

«Cos'altro avete?», le chiese con voce incuriosita, guardando lo zaino.

Lei ridacchiò e gli fece vedere il kit di primo soccorso. Le sembrava di essere Babbo Natale.

Aprì la cerniera della borsa rossa di tessuto sintetico e gli mostrò il contenuto. Con gli occhi pieni di stupore, lui estrasse e osservò i pacchetti di medicazioni per le ustioni e i traumi, un cerotto toracico ventilato, le garze, un tampone oculare, le forbici, le confezioni di ibuprofene e aspirina, e altre cose. Gli spiegò in breve cosa fossero e perché fossero lì. Poi gli mostrò il pacco di assorbenti, le salviette che aveva sempre con sé, il cellulare morto, il passaporto.

Dopo aver esaminato ogni cosa, lui scosse la testa e fissò il vuoto.

«Quindi?», gli chiese. «Mi credi adesso?».

La guardò. «*Aye*, ragazza. Vi credo».

Ma lo disse come se, dimostrandogli di aver detto la verità, lei avesse in qualche modo peggiorato le cose.

«Ma non so ancora chi siete in realtà. Perché siete qui? Cosa c'è di vero in voi e cosa invece avete inventato?».

Amy annuì, le bruciavano le guance per l'imbarazzo.

«Mi dispiace, Craig. Davvero. Mi detestavo ogni volta che ti dovevo mentire. Avrei voluto dirti la verità molte volte, ma sono stata una codarda. Come sono arrivata qui... Ero in gita scolastica con mia sorella e la sua classe. Stavamo visitando la Scozia e ho incontrato questa donna, Sìneag, che mi ha parlato di te...».

Gli disse tutto. Le parole sgorgavano come acqua da un rubinetto. Cercò la sua mano e la strinse, e lui ricambiò la stretta. Gli disse che era nata in una fattoria. Che sua madre in realtà era morta quando lei aveva dieci anni. Che suo padre l'aveva davvero chiusa in un fienile. E di sua sorella. E degli anni in cui aveva vissuto con gli zii, dopo che suo padre era stato accusato di abuso e abbandono di minori. Poi gli raccontò della scuola di veterinaria a New York. Di come aveva trovato il ragazzo che si era perduto e capito di non essere nata per fare il veterinario, ma l'agente di ricerca e soccorso. Del suo matrimonio con Nick: quanto era stata felice all'inizio e come aveva poi cominciato a sentirsi in trappola e a soffocare, quando lui si era avvicinato troppo, perché non era pronta a credere che qualcuno potesse amarla davvero o di meritarsi l'amore e la felicità.

Poi il divorzio.

E ora questo.

Tacque e guardò Craig. Lui fissava il fuoco con il viso pensieroso. Si mise entrambe le mani tra i capelli abbassò la testa tra le ginocchia. Amy si impedì a forza di chiedergli quale fosse il suo verdetto. Le credeva adesso? L'aveva perdonata?

Se l'avesse fatto, cosa sarebbe successo? C'era un futuro per loro? E se sì, quale sarebbe stato?

Lei non poteva rimanere.

Lui non sarebbe potuto andare con lei nel ventunesimo secolo.

Cosa li aspettava?

Lui la guardò, scuotendo lentamente la testa. «*Aye*, adesso vi credo, Amy. Credo che siate una brava persona. Credo che abbiate pensato di non avere scelta e di non potervi fidare di me. E mi dispiace di avervi fatto sentire così».

Le pulsavano le tempie.

«E vi amo. Nonostante le vostre menzogne, non riesco a smettere di amarvi. Penso che non lo farò mai».

Con mano tremante, Amy si spostò una ciocca di capelli dietro l'orecchio.

«Ma?», gli chiese. «Sembra che tu stia per dire, ma...».

«Ma non riesco a perdonarvi. Non riesco a fidarmi. E dubiterò per sempre di voi».

Lei annuì. Il verdetto era stato emesso. E fu come se un edificio di cemento le fosse crollato addosso, schiacciandole il corpo e il cuore.

Sapevi che non ti avrebbe perdonato e, anche se lo avesse fatto, cosa sarebbe successo? Gli avresti comunque dovuto spezzare il cuore e te ne saresti dovuta andare appena ne avresti avuto la possibilità.

Perché restare in un'epoca in cui era così limitata, in cui non avrebbe potuto essere davvero sé stessa, sarebbe stato come andare in prigione.

«Perché ti ho mentito?», gli domandò.

Lui chiuse gli occhi per un attimo e, quando li riaprì, Amy vide un dolore così disperato e senza fondo che si sentì soffocare. «Perché la fiducia è tutto per me. Non riuscirei ad aprirmi di nuovo con voi e non vi potrei permettere di tradirmi di nuovo. Controllerei ogni vostro passo».

Piegò la bocca in un'espressione triste. «Potrete anche venire dal futuro, ma siete sempre una MacDougall».

CAPITOLO 33

CRAIG USCÌ dalla camera da letto per lasciar riposare Amy.

Il giorno seguente lei fu abbastanza forte da alzarsi e camminare.

Dopo tre giorni lo raggiunse a cena nella sala grande.

«Me ne andrò domani», gli disse mettendogli davanti una scodella di zuppa di pesce.

Si sedette accanto a lui.

Craig non la guardò. Gli avrebbe fatto troppo male. Averla vicina a sé, anche solo nello stesso castello, bastava a farlo respirare meglio, a fargli battere più forte il cuore.

«Grazie», le rispose spostando la scodella più vicino.

«Per la zuppa o perché me ne vado?», lo stuzzicò Amy con voce tremante.

«Per la zuppa».

«E del fatto che me ne vado?».

Lui la guardò negli occhi. E si sentì soffocare per la tristezza che vi lesse dentro.

«Sapevamo entrambi che era solo questione di tempo», disse. «Quel tempo è giunto».

Lei annuì, le vennero le lacrime agli occhi e sbatté le ciglia. «Sì. Certo. È così».

Iniziò a mangiare la zuppa. Tra loro calò il silenzio. Craig sentiva con tutto il corpo la distanza che li separava, il bisogno doloroso di toccarsi, di parlare.

Di perdonare.

«E se rimanessi, Craig?», gli chiese. «Ci hai pensato?».

Lui alzò lo sguardo dalla scodella. «*Aye*. Ci ho pensato».

Lei sollevò le sopracciglia. «E?»

«E non sarei capace di starvi lontano. Ma non sarei capace di perdonarvi. Le vostre menzogne mi sono costate care. Se mi aveste detto la verità dal principio, non vi avrei sposata. Lachlan potrebbe essere ancora vivo. Hamish potrebbe non aver mai scoperto il tunnel. I MacDougall non avrebbero mai attaccato il castello. Il conte di Ross deve pensare che tutti noi e Bruce siamo dei bugiardi».

Una smorfia di dolore contorse il viso di Amy.

«Vi terrei chiuso il mio cuore, Amy. Dubiterei di ogni vostra parola. Dite di esservi sentita soffocare con Nick. Se stessimo insieme, vi soffocherei, Amy. Di nuovo. Di più».

Lei scosse la testa, con le lacrime agli occhi. «No. Non ci credo».

«Dovreste. È meglio essere cauti. È stata la mia cautela a salvarmi la vita e a salvare il castello. E la mia fiducia negli altri ha portato alla morte di Lachlan e di mio nonno, e alla violenza su mia sorella. La stessa fiducia ha permesso all'unica donna che io abbia mai amato di spezzarmi il cuore».

Amy sbatté le palpebre. «Quindi preferisci restare triste e solo piuttosto che provare a cambiare? Che darmi il beneficio del dubbio?»

«Sarei triste e solo in entrambi i casi».

Lei annuì e si alzò, prendendo la scodella di zuppa. «Allora resta triste e solo, Craig. È quello che ha detto Sìneag. Che sposerai qualcuno per rendere più forte il tuo clan, ma che non la amerai mai. Che morirai solo».

Quelle parole piantarono dei chiodi di dolore nella bara delle speranze di Craig.

Amy annuì. «Me ne andrò domani prima di colazione. Buona notte».

Lui la guardò uscire dalla stanza, con i capelli che ondeggiavano e il bel sedere rotondo.

Forse, era l'ultima volta che la vedeva.

Craig giaceva tutto storto tra le coperte, il sonno gli sfuggiva quella notte mentre i ricordi di Amy che lo cavalcava, nuda in tutta la sua gloria, con un misto di amore e desiderio negli occhi, gli affollavano la mente. Solo una notte lo separava dalla più grande perdita della sua vita.

Sì, aveva deciso che non l'avrebbe vista. Ma tutto questo era più forte di lui, oltre la sua capacità di resistere.

Senza fare rumore si alzò dal suo giaciglio nella sala privata di lord Comyn, mentre Owen e il resto del clan, che dormivano lì con lui, ansimavano e russavano. Salite le scale fino alla camera da letto, aprì la porta con cautela.

Lei giaceva nel cumulo di pellicce e lenzuola davanti al camino. Il fuoco si stava spegnendo e scoppiettava dolcemente. Camminò senza fare rumore verso di lei e rimase fermo per un momento a guardarla. Era sdraiata su un fianco, con i lunghi capelli sparsi su una pelliccia bianca.

Ma non dormiva. La sentì sospirare e tirare su con il naso.

Stava piangendo.

«*Oh mo gaol*», sussurrò. *Amore mio.*

Amy si voltò verso di lui, con gli occhi arrossati e le palpebre gonfie. Lui scivolò accanto a lei, nell'accogliente tepore tra le coperte, e la prese tra le braccia. Il suo profumo femminile e dolce di foresta, natura e cucina lo avvolse.

«Cosa ci fai qui?», gli chiese, la voce roca per il pianto.

Il respiro di Amy era caldo e umido contro il suo collo.

«Non sono riuscito a resistere, dovevo vedervi...». Le sollevò il mento. «Cosa c'è, Amy? Perché state piangendo?»

«Lo sai perché...».

«*Nae*, non lo so».

«Perché ti ho mentito. Perché me ne devo andare e mi si spezza il cuore. Perché...».

Deglutì, poi sussurrò con dolcezza.

«Perché ti amo».

Quelle parole lo travolsero, raggiunsero le profondità della sua anima. Asciugò le lacrime dalle guance di Amy, poi si sporse e ne baciò via una. Se avesse potuto, avrebbe allontanato da lei tutta la tristezza, tutti i problemi, tutti i tormenti.

Ma non poteva.

Quel che poteva fare, era mostrarle quanto la amasse malgrado tutto ciò che era successo tra loro. Nonostante il fatto che sarebbe stata la loro ultima volta.

Le posò il più dolce dei baci sulla guancia bagnata per scendere poi lentamente fino alla bocca, e baciarla sulle labbra con tutta la delicatezza di cui era capace. E anche questo tenero sfiorarsi della pelle di lei sulla sua gli accese il fuoco nelle vene.

Approfondì il bacio, immergendo la lingua nella sua bocca. Sapeva di sale, di dolore e di pene d'amore, che gli riecheggiarono dentro, stringendogli il cuore.

Lei gli mise le braccia intorno al collo e gli si fece più vicina. Craig sentì il seno morbido e i capezzoli che si inturgidivano attraverso il sottile tessuto della sottoveste.

Le fece scorrere le mani lungo la schiena, lentamente, assaporando ogni centimetro del suo corpo aggraziato, la curva della vita, la rotondità dello splendido sedere sodo. Le strinse le natiche. Lei si contorse contro di lui, gli mise una gamba sui fianchi e premette il sesso contro il suo.

Lui era già duro. Il suo membro si gonfiò per lei e iniziò a sussultare con impazienza.

Ma lui sarebbe stato paziente. Sarebbe stato tutto quello che lei voleva.

Le sollevò la sottoveste fino alla vita, poi ancora più in alto fino a togliergliela del tutto. Guardò il suo corpo, i seni perfetti, morbidi e rotondi, la pelle color del latte che brillava nell'oscurità. Si tolse la maglia e poi i pantaloni, e si sdraiarono pelle a pelle, senza più niente da nascondere, nessun luogo in cui scappare.

Craig abbassò la testa e prese in bocca un seno, la pelle vellutata dolce e deliziosa. Circondò il capezzolo morbido con la lingua e si sentì soddisfatto quando si inturgidì. Lo succhiò e lo mordicchiò con delicatezza, ancora e ancora, fino a che Amy cominciò a miagolare come una gattina.

Poi passò all'altro seno e fece la stessa cosa mentre accarezzava il primo. Amy si inarcò verso di lui, dandogli ancora più accesso.

Gli fece scorrere le mani tra i capelli, una cosa lui aveva sempre amato.

Poi Craig continuò a scendere lento con la bocca fino a che trovò il dolce triangolo di peli morbidi. Sollevò una gamba di Amy e se la mise su una spalla, aprendola per poterla toccare.

Le allargò le pieghe delicate, incantato da tanta bellezza.

«Così morbida, così calda», mormorò e la baciò con l'esatta pressione che sapeva piacerle. Lei fu scossa da un brivido e lui si mise anche l'altra gamba sulla spalla, tenendole i fianchi fermi con le mani. Continuò a tormentarla, assaporando la sensazione di sentirla contro si sé, trasformando ogni momento in un'eternità.

Lei si irrigidì in quel modo che significava che avrebbe presto raggiunto l'apice e lui si ritrasse. La fece voltare con le natiche verso di lui. In quella posizione, sarebbe stato in grado di darle piacere con le mani dove sapeva che lei lo desiderava.

Posò l'erezione pulsante contro il sesso caldo e morbido di Amy. Fu attraversato da un'intensa scossa di piacere. Era grosso e dolorante per lei.

Sfiorandole con la mano la schiena lunga e aggraziata, entrò con delicatezza dentro di lei e iniziò a muoversi piano. Lei ansimò, spingendosi verso di lui per accoglierlo.

Spinse fino a quando fu completamente avvolto, stretto nella sua fessura liscia. Lei inarcò la schiena e lui le prese un seno con la mano. Con l'altra trovò le sue pieghe calde e il nodo del piacere e iniziò a massaggiarlo.

Lei tremò e un gemito profondo e gutturale le sfuggì dalla bocca.

«*Aye*, mia dolce ragazza», le disse. «Prendete. Siete così bella».

Iniziò a uscire lentamente da lei e poi, altrettanto lentamente, fu di nuovo dentro, ruotando i fianchi per raggiungere i recessi più profondi dentro di lei e darle il massimo del piacere.

«Ohh, Craig», gemette. «Ohhh...».

Lui aumentò un po' il ritmo, desideroso di averla e al tempo stesso che non finisse mai.

La adorava con il suo corpo. Ogni spinta era un canto di lode alla sua bellezza. Ogni tocco delle dita una preghiera. Ogni respiro una confessione d'amore.

Stava prolungando il più possibile. Ogni spinta dentro e fuori lo avvicinava a lei, leniva il dolore, espandendo i confini del suo corpo e della sua anima. Lui era una barca in bonaccia su un mare stagnante e lei era il vento.

Lui era il terreno ghiacciato dopo l'inverno e lei il primo raggio di sole primaverile.

Lui era il ferro e lei il fuoco, che lo faceva sciogliere e lo trasformava in una spada.

Insieme, erano una cosa sola.

Almeno per adesso.

E lui voleva che durasse per sempre.

Ma troppo presto lei iniziò a tremare, sull'orlo dell'orgasmo, e lui sapeva che lo voleva rude alla fine, perché così le avrebbe dato il massimo del piacere.

Accelerò il ritmo, dolce e implacabile al tempo stesso, abbastanza da intensificare le sue sensazioni, ma non così forte da farle male.

Anche lui era vicino, un calore intenso gli pulsava sangue dai punti di contatto tra loro, dove lui la possedeva e lei possedeva lui.

Amy si contrasse intorno a lui, gridando il proprio bisogno

dolce e urgente di venire. Tutto si tese in modo feroce dentro di lui e, senza fermarsi, si chinò in avanti e le fece voltare la testa verso di sé, le trovò le labbra e chiuse la bocca sulla sua in un bacio disperato.

L'orgasmo lo percorse come una folata ardente di piacere, che lo portò all'estasi in un'onda di calore. Amy si contorse e poi si lasciò andare tra le sue mani.

Lui si riversò in lei, i loro gemiti si fusero, il loro respiro era una sola canzone.

La strinse tra le braccia, forte, come per farla diventare una parte di sé. Respiravano insieme, il loro petto si sollevava all'unisono.

«Vi amo, Amy», le sussurrò.

«Ti amo anch'io», gli fece eco lei.

Chiuse gli occhi, lasciandosi sommergere dalle parole, se ne rivestì per metterne alla prova la verità, senza mai riuscire a crederci del tutto.

Lentamente, lei si girò verso di lui, come seta tra le sue braccia.

«Craig...», gli disse.

Rimase incantato a guardarla, cercando di memorizzare anche il più piccolo dettaglio del suo viso. Gli occhi grandi, le labbra piene, il naso un po' appuntito.

Lei gli prese il viso tra le mani e gli posò il più dolce e tenero dei baci sulle labbra. Gli affondò il viso nel collo e lui sentì sulla pelle qualcosa di caldo e bagnato. La strinse a sé, forte, e sentì il suo respiro irregolare mentre piangeva piano tra le sue braccia.

Si addormentarono così.

E quando si svegliò, lo spazio al suo fianco era vuoto e il fuoco ormai spento. Si mise a sedere e una gelida tristezza gli si insinuò nel cuore.

Si guardò intorno nella stanza, ma era vuota fatta eccezione per il kit di primo soccorso e la sottoveste di Amy appoggiati sul letto.

Se ne era andata?

Era finita così? Senza neanche un addio, niente?

Immaginò che la notte precedente fosse stato l'unico addio che si potevano dire, ma perché si sentiva come se avesse perso qualcosa di ancor più prezioso della sua stessa vita?

Forse non se ne era ancora andata. Si alzò e si vestì in fretta. Se si fosse sbrigato, forse sarebbe riuscito a raggiungerla...

Ma perché? Cosa sarebbe cambiato? Non lo sapeva. L'unica cosa che sapeva era che non riusciva a sopportare il pensiero che se ne andasse per sempre, che non l'avrebbe più vista.

Corse giù per una rampa di scale, poi un'altra, poi attraverso la corte interna fino alla torre orientale, oltre le guardie e nel magazzino sotterraneo. Spalancò la porta della stanza sul retro.

E lei era lì, accovacciata vicino alla pietra, con il giacchetto, i pantaloni aderenti e quella strana borsa sulla schiena. Teneva una mano sulla pietra.

Stava già svanendo, come se le lavassero via il colore.

Tutto dentro di lui gli gridava di correre da lei e di fermarla. Di buttarsi in ginocchio e di pregarla di restare. Erano gli ultimi momenti in cui l'avrebbe vista in tutta la vita. Davvero non riusciva a vedere oltre il suo nome? Davvero non poteva darle un'altra possibilità?

Gli servì tutta la propria forza di volontà per restare fermo, per non fare un altro passo verso di lei.

La pietra tornò a illuminarsi, di blu e marrone. Amy stava svanendo, come nebbia spazzata via da un forte vento.

Lei si voltò a guardarlo, i loro occhi si incrociarono, quelli di lei erano pieni di paura, tristezza e dolore.

«Amy!». Fece un passo avanti per afferrarle un polso e tirarla a sé, lontano da tutto quello che la poteva ferire.

Ma un attimo dopo era scomparsa.

Craig corse verso la pietra, incapace di credere che se ne fosse andata.

Ma lo aveva fatto. Di lei non rimaneva traccia.

Sapeva che la consapevolezza sarebbe arrivata più tardi e lo avrebbe investito come una valanga. Come la notizia orribile del rapimento e della violenza di Marjorie, e la vista di suo nonno senza vita. Il dolore l'avrebbe schiacciato, divorato, cambiato.

Per il momento rimase a fissare le onde, la strada e l'impronta incise sulla pietra.

A chiedersi se si sarebbe mai perdonato per aver lasciato andare l'amore della sua vita.

CAPITOLO 34

Stowe, Vermont, fine Gennaio 2021

Amy respirò a fondo liberando una nuvoletta di vapore. Il nitore della neve contro il verde intenso, quasi nero dei pini, sulle pendici del monte Mansfield le feriva gli occhi. La giornata era luminosa, il cielo di quel particolare blu invernale che capita solo poche volte all'anno.

Avrebbe voluto che Craig lo potesse vedere.

Ogni volta che viveva un bel momento, il suo primo pensiero era di condividerlo con lui.

Craig, nelle sue Highlands verdi e marroni.

Craig, che era morto da tempo.

Come sempre, sentì una fitta di dolore al pensiero.

«Allora, dove andiamo?», chiese Jenny, chiudendo la porta di casa di Amy dietro di sé. «Accidenti, fa freddo».

Amy tirò il pesante cappello fatto a maglia sopra le orecchie di sua sorella. «Che ne dici di andare a piedi al pub invece di guidare. È a soli quindici minuti».

«Oh sì, l'aria è così fresca. Mi si gela il sedere che è una meraviglia».

Amy rise. «Oh, andiamo. Non fare una tragedia».

Jenny ridacchiò. «Sono arrivata solo ieri. Lasciami abituare a questo freddo. Sei sicura che questa è la più bassa temperatura possibile?».

Iniziarono a camminare verso il centro. La neve scricchiolava in modo piacevole sotto le scarpe di Amy. Case di legno bianco e mattoni rossi con i tetti coperti di neve fiancheggiavano la strada.

«Aspetta fino alla fine di febbraio», le disse Amy. «Allora la maggior parte del mio lavoro sarà curare l'ipotermia degli sciatori e degli escursionisti che si perdono su in montagna».

«Oh, non ho intenzione di aspettare fino a febbraio. Non starò più a lungo del necessario. In realtà», Jenny le strizzò l'occhio, «il mio piano segreto è impacchettarti e portarti con me in North Carolina».

L'odore di Stowe – neve fresca e natura mescolate con il profumo di muffin appena sfornati, torte salate e pasticcio di carne – non era accogliente come una volta. Le ricordava come si era sentita a casa a Inverlochy, quando era stata felice con Craig, e le faceva male.

La casa che aveva perso.

L'uomo che aveva perso.

Avrebbe scambiato volentieri il profumo di muffin e torte salate con quello di stufato, e la sua casa calda e accogliente con le fredde mura del castello.

E il tocco delle sue mani, il suo corpo, i suoi occhi verdi, ed essere chiamata "ragazza" un centinaio di volte al giorno.

«Ah be'», disse Amy sforzandosi di sorridere. «La mia casa è qui. C'è bisogno di me». Indicò il Monte Mansfield.

«Sono felice che tu abbia riavuto il tuo vecchio lavoro», le disse Jenny. «E scusami se ci ho messo tanto a venire a trovarti».

«No, no, per favore non ti scusare. Hai un lavoro. Non puoi fare da babysitter alla tua sorella maggiore. E io sto bene».

Amy sentì su di sé lo sguardo inquisitore della sorella. «Non sembri star bene, tesoro».

Lanciò una rapida occhiata a Jenny. «No? Ma è così».

Guardò dritto davanti a sé, le spalle tese. Voleva essere libera, no? Non voleva una relazione. Se l'era ripetuto molte volte dopo essere tornata. Era la decisione giusta.

«Se non è ancora così, lo sarà», disse con determinazione.

«Okay, ma ho la sensazione che tu non mi stia dicendo qualcosa. Cosa mi nascondi?», le chiese Jenny con voce preoccupata.

Amy deglutì. Le si stavano gelando il naso e anche le guance. Aveva raccontato a Jenny di essersi persa nei tunnel di Inverlochy e che, quando si era svegliata, la classe se ne era già andata. Le aveva detto che si era stancata di fare la babysitter e che aveva deciso di esplorare le Highlands da sola e si era persa sulle montagne. Aveva detto la stessa cosa anche alla polizia scozzese.

Ma Jenny non si era mai bevuta quella storia. Non le aveva fatto molte domande al telefono, ma Amy sapeva che le aveva già pronte nella sua testa e che gliele avrebbe fatte una volta arrivata.

Amy era stanca. Tutto il tempo passato a mentire a Craig l'aveva resa infelice. Non voleva mentire a Jenny.

«Te lo dirò quando avremo qualcosa di forte davanti a noi. Probabilmente penserai che sono pazza e non mi parlerai per il resto della vita».

«Sembra inquietante», disse Jenny.

«Non sai quanto».

Arrivarono al pub, uno dei tre a Stowe. Aveva gli interni in legno scuro tipici delle località sciistiche. Amy fu avvolta dall'odore di birra e candeggina. In tv c'era una partita di hockey e dagli altoparlanti proveniva della musica rock. Il luogo familiare in cui era andata centinaia di volte con i colleghi e con Nick le sembrava carico di tensione, piccolo e limitante. Come aveva fatto a sentircisi a proprio agio prima?

Si sedettero a un tavolo vicino alla finestra e Amy prese una birra per Jenny e uno scotch per sé. Fecero un brindisi e bevve un sorso. Lei lasciò che il liquore le bruciasse la bocca e la gola e si depositasse come un piccolo fuoco nello stomaco. Era più ricco e più sofisticato del *uisge* che aveva bevuto a Inverlochy con Craig, solo un'eco del gusto che le ricordava così tanto la sua avventura.

Ma desiderava qualsiasi cosa la facesse sentire più vicina a Craig in qualche modo. Chiuse gli occhi per un attimo, immaginando di bere da una coppa d'argento nella sala grande del castello di Inverlochy. Il whiskey era come una parte di lui che voleva assorbire.

Disperazione quotidiana, tristezza e senso di perdita erano come pesanti manette di acciaio intorno ai polsi. Le facevano male spalle, aveva i muscoli tesi. Avrebbe mai smesso di fare male?

«Vedo che hai preso delle abitudini scozzesi», le disse Jenny. «Non ricordo di averti mai visto bere dello scotch prima».

Amy rise. «Soprattutto perché era il veleno preferito di papà».

«Già».

Rimasero in silenzio per un momento.

«Allora, cosa è successo?», le chiese Jenny con molta cautela.

Amy fece un respiro profondo e guardò sua sorella negli occhi. Erano azzurri come i suoi, ma Jenny aveva i capelli scuri come mamma, mentre Amy aveva i colori di papà.

«Bene, prima di cominciare, tieni presente che sono consapevole di quanto possa sembrare folle tutto questo».

«Okay...», rispose Jenny lentamente.

«Okay».

E Amy cominciò. Le raccontò di Sìneag, della pietra, dell'assedio e di Craig. E tutto quello che le era successo. Ordinarono un altro giro, poi ancora un altro. Si fece sera dietro la finestra e il pub iniziò a riempirsi di persone, molte delle quali salutarono Amy.

Erano al quarto giro quando finì di raccontare come era tornata. Fu bello poterlo dire a qualcuno, smettere di fingere che non fosse successo niente di straordinario.

Era successo. E l'aveva cambiata. In effetti, sarebbe stato di certo il più grande evento di tutta la sua vita. Come sarebbe stato triste se non avesse potuto condividerlo con la persona a lei più cara!

Sarebbe stato triste e sensato, a giudicare dall'espressione incredula sul viso di Jenny, che deglutì la birra, già un po' alticcia, e si limitò a fissare Amy.

«Hai delle prove?», le chiese infine.

«Prove?»

«Sì. Che non ti sia immaginata tutto o non sia stata un'allucinazione. Intendo, capisco che tu creda che sia successo Ma, scusami tesoro, è proprio difficile immaginare che i viaggi nel tempo siano reali».

A Amy si torse lo stomaco per la delusione. Scrollò le spalle. «Non ho prove, Jen. Capisco che tu non mi creda. Se avessi sentito una storia come questa, non ci avrei creduto neppure io. Quindi non ti biasimo. E non hai idea di quanto vorrei che fosse un'allucinazione e non la verità».

Jenny aggrottò la fronte. «Perché?»

«Perché allora Craig sarebbe un prodotto della mia immaginazione. E potrei smettere di chiedermi se ho fatto un errore ad andarmene».

Jenny fece ruotare la birra nel bicchiere. «Lo ami, eh?».

Amy annuì lentamente. «Sì. Purtroppo lo amo».

«Amavi anche Nick».

«Esatto. È questo il punto. Lo amavo. Avevo l'uomo migliore del mondo, che voleva essere sposato con me. Che non era vissuto centinaia di anni fa».

«Non scherzare. Ma è diverso? Con Craig?»

«Se ti dicessi di sì, penseresti che è solo un'illusione? Del tipo, vorrei che fosse diverso, ma in realtà è lo stesso? Che anche se fossi rimasta con lui, avrei finito per scappare dal matrimonio come ho fatto con Nick?»

«Non lo so, tesoro. In qualche modo, penso di no».

«Perché?».

Jenny guardò fuori dalla finestra per un momento. «Perché tu sei diversa».

«Io?»

«Penso di sì. Sei più calma e...felice».

«Felice?», gridò Amy. «Penso di non essermi sentita più triste di così in tutta la vita».

«Bè, sì, sei triste. Ma lo sguardo impaurito che hai da quando avevi dieci anni, come se fossi un animale braccato e avessi bisogno solo di essere al sicuro nella tua tana, non c'è più».

Amy scosse la testa, guardando nel bicchiere. «Non avevo idea di avere uno sguardo impaurito».

«Qualsiasi cosa Craig ti abbia fatto, nella realtà o nella tua testa, ti ha cambiata».

Amy sollevò le sopracciglia e rimase in silenzio. Forse si sarebbe accorta di essere cambiata se non avesse provato quel dolore costante nel cuore e nell'anima. Ma non era quello che aveva detto Sìneag?

...il solo uomo che amerete davvero. Quello per cui cambierete.

Era cambiata per Craig? Aveva ritrovato sé stessa su quella montagna nelle Highlands.

Stranamente si trovò a pensare a suo padre. E invece del risentimento e del disprezzo che aveva provato verso di lui per tutta la vita, provò pietà. Non doveva essere stato facile per lui, quando mamma era morta. E poi scoprire cosa aveva fatto a sua figlia, di averla quasi uccisa.

«Come sta papà?», chiese.

Jenny inclinò la testa, perplessa. «Papà? Sta bene, perché?»

«Penso che verrò con te in North Carolina. A trovarlo».

Jenny sbiancò. «Sul serio?».

Amy annuì. «Sì, penso di sì. Non lo vedo da tanto tempo. E penso di essere pronta, finalmente».

<h1 style="text-align:center">CAPITOLO 35</h1>

Castello di Inverlochy, gennaio 1308

«Rimuginate ancora?», chiese Owen.

Craig si voltò verso di lui, con un sopracciglio inarcato. Owen stava camminando dalla torre dei Comyn lungo le mura settentrionali che affacciavano sul fiume e sul lago. Le cime delle colline e delle montagne erano innevate, i piedi ancora grigi e marroni.

«*Aye*», rispose Craig. «E voi mi state disturbando».

Owen si fermò accanto al fratello e si appoggiò anche lui al parapetto.

«Rimuginate quanto volete», disse Owen. «Forse sono venuto a rimuginare anch'io».

«Su cosa dovreste rimuginare?»

«La mancanza assoluta di donne nella mia vita».

«Spero che la morte di Lachlan vi abbia insegnato una lezione a riguardo».

Owen lo guardò con la coda dell'occhio e non rispose niente.

«Sapete che non mi fiderò mai più di voi».

«Non lo pensate davvero, fratello, di certo».

Craig lo fissò a lungo negli occhi. «Lo penso davvero, Owen. Andrei a combattere contro qualsiasi nemico con voi, ben sapendo che mi guardereste le spalle in battaglia. Ma per il resto... Sapevate bene perché non avreste dovuto sedurre le ragazze del villaggio. E lo avete fatto comunque. Come posso fidarmi di voi?».

Owen annuì. «Mi sembra giusto. Ma combattereste comunque al mio fianco in battaglia?»

«*Aye*».

«Quindi sapete che non vi tradirei mai».

«*Aye*. Non riesco a immaginare che lo fareste. Perché dovreste?»

«Giusto. Non lo farei. Ma se sapete che non vi ingannerei, perché non concedete a Amy lo stesso beneficio?».

Amy.

Il nome lo colpì all'addome come una spada affilata.

«Perché sono cresciuto con voi», ringhiò. «E lei...».

«E lei non è vostra nemica. Non è neppure nata qui. È una forestiera».

«*Aye*».

«Quindi non ha ragioni per essere sleale».

«Ma lo è stata. Ha mentito. E i MacDougall sono comunque la sua famiglia, anche se sono i suoi antenati. Dopo tutto potrebbe volerli aiutare, per quel che ne so. Perché la difendete, comunque?»

«Non difendo lei, difendo voi».

«Da cosa?»

«Dalla vostra stupida testardaggine».

In quel momento Craig avrebbe voluto avere qualcosa tra le mani per poterlo lanciare oltre le mura e guardarlo andare in mille pezzi a terra.

«La lealtà è importante per me. Cosa c'è di sbagliato in questo?»

«Niente. A parte il fatto che vi state condannando a una vita di infelicità».

Le sue parole risuonarono dolorosamente nel petto di Craig. Non che non avesse immaginato Amy nella sua vita. Era sua moglie. Non avevano divorziato, non avevano neanche mai pronunciato la parola. Ma aveva pensato di passare lunghe, calde notti insieme a lei, alle gite in montagna che avrebbero fatto insieme, a quando avrebbe incontrato Marjorie. La sorella avrebbe amato Amy. Erano entrambe molto forti. Entrambe ne avevano passate tante, ma erano sopravvissute e ne erano uscite più forti. Aveva immaginato i loro figli. Avrebbero avuto i capelli rossi come lei? O scuri come lui?

E aveva immaginato i molti giorni, mesi e anni nei quali avrebbe ringraziato Dio per avergli donato l'amore e la felicità.

Ma non poteva avere tutto questo. Perché ogni minuto di ogni giorno, avrebbe dubitato di lei.

Come poteva fidarsi di nuovo?

Non che l'avrebbe rivista nella vita, certo.

Craig si addrizzò e si mise davanti a Owen, incrociando le braccia sul petto.

«Perché siete tanto interessato alla mia tristezza o alla mia felicità? All'improvviso siete diventato un sostenitore dell'amore? Voi, che non vi lasciate sfuggire una sottana?».

Owen abbassò gli occhi. «*Nae*», disse. «Ma vedo che voi, senza di lei, siete molto più stupido di quando è con voi».

Craig scosse la testa. «Voi siete decisamente più stupido quando avete delle donne intorno».

«Ma non stiamo parlando di me. Stiamo parlando di voi».

«*Aye, aye*. Cercate di cambiare argomento».

«*Nae*, sono serio. Dovete imparare a fidarvi delle persone che amate, fratello. Non potete più vivere così. Ve ne pentirete».

«Se il prezzo della pace è il rimpianto, lo accetterò».

«Non penso che lo farete, invece. Un giorno sarete sul letto di morte, come faremo tutti. Non rimpiangerete di aver mandato via Amy? Non rimpiangerete di esservi lasciato sfuggire una vita felice con lei e di non aver corso il rischio che lei commettesse un errore?»,

Craig sospirò, cercando di pensare. Era arrabbiato con Owen perché ne stava parlando, perché aveva sollevato di nuovo il dubbio.

Le domande che gli giravano per la testa da quando aveva scoperto la verità.

Se fosse stato forte abbastanza da crederle? Abbastanza coraggioso da prendere in considerazione la possibilità che potesse essere leale? Che fosse una persona onesta. Che sarebbe morta piuttosto che tradire la sua fiducia.

Come avrebbe fatto lui.

Si era già imposto di crederle una volta, e guarda come era finita.

Ma la vita senza di lei sarebbe stata vuota.

La vita senza di lei non sarebbe stata vita.

Avrebbe significato aspettare un miracolo. Il miracolo che aveva avuto tra le braccia, ma al quale non aveva avuto il coraggio di credere.

Amare significava essere aperto al dolore e alla sofferenza. Amare era un rischio. La felicità era un rischio.

Non avrebbe mai avuto garanzie di potersi fidare completamente di un altro essere umano... Owen, Amy, Bruce o perfino sé stesso.

Stava tradendo sé stesso anche in quel momento, aggrappandosi alle sue vecchie abitudini e credenze. Se fosse stato onesto, avrebbe dovuto ammettere che non c'era niente che desiderasse più che perdonare Amy e chiederle di restare con lui per sempre.

Le avrebbe dato tutta la libertà che desiderava. L'avrebbe fatta sentire al sicuro. L'avrebbe adorata ogni giorno senza chiedere niente in cambio.

«*Aye*», disse Craig. «Lo rimpiangerò molto. In effetti lo rimpiango già».

CAPITOLO 36

Fattoria di Thornberry Hill, North Carolina, febbraio 2021

La casa odorava di vecchio. Tappeto vecchio, legno vecchio, vecchi ricordi. Le familiari pareti verde pallido e i pensili della cucina; i mobili in legno scuro; i paralumi stinti; i dipinti sbiaditi con paesaggi di montagna, campi e laghi. Tutto all'interno sembrava sbiadito, come se Amy lo stesse guardando attraverso un filtro color seppia. Le assi del pavimento si incurvavano e cigolavano un po' mentre ci camminava sopra.

Fece un respiro profondo per prepararsi. Contò fino a quattro, raccolse le forze e finalmente, dopo più di venti anni, guardò suo padre negli occhi.

Davanti a lei c'era un uomo vecchio, curvo, rugoso e segnato dal tempo. Era più alta di lui adesso. Come la casa, sembrava sbiadito, smorto. Sentì una fitta di dolore nel petto.

«Amy», le disse lui, con gli occhi azzurri pieni di lacrime.

«Ciao papà», gli rispose.

Jenny entrò in cucina dopo Amy. «Ciao, papà, metto su l'acqua per il tè».

«Sì», le rispose lui, distrattamente. «Entra, Amy, prego».

Le indicò la cucina con la mano, Amy annuì ed entrò. Si sedette al tavolo rotondo attorno al quale avevano cenato molte volte. Il ricordo della madre, intenta a preparare i pasti, le balenò nella mente. Sembrava tutto più piccolo adesso. Surreale. Come se si trovasse in un sogno, ma non sapesse ancora se si sarebbe trasformato in un incubo.

Con mani tremanti, suo padre prese le tazze e una scatola di bustine di tè.

Sedettero a tavola. Cadde il silenzio.

«Come stai, Amy?», le chiese con voce sommessa.

«Sto bene. Credo tu abbia saputo da Jenny del lavoro di ricerca e soccorso, del Vermont e di tutto il resto».

«Sì, lo so. Sono contento per te».

Era strano. Come camminare sulle uova. Come se ogni parola fosse densa di significato e ogni cambiamento di intonazione potesse rompere quella tregua momentanea e far riemergere l'antico dolore e il rancore.

«E tu, papà?»

«Tiro avanti, tiro avanti. Ho affittato i campi. Non riesco più a coltivarli».

Amy si chiese se avesse affittato anche il fienile, o se fosse ancora vuoto, abbandonato.

Rimasero in silenzio.

Jenny si alzò. «Vado di sopra a vedere se le camere hanno bisogno di una pulita», disse.

Amy guardò la sorella uscire dalla cucina e quasi desiderò correrle dietro.

«La salute, tutto bene?», chiese, voltandosi di nuovo verso suo padre.

«Ho la cirrosi, lo sai. Ma per il momento è stabile».

«Bè, fammi sapere quello di cui hai bisogno. Continuerò a mandarti dei soldi».

Lui abbassò gli occhi e annuì, con espressione mortificata. «Sei troppo buona con me, Amy. Non me lo merito».

Gli tremò un po' il mento e a Amy vennero le lacrime agli

occhi. Chi era quell'uomo? Era l'ombra dell'uomo che era stato quando l'aveva visto l'ultima volta. Non c'era malevolenza in lui, nessun un segno di aggressività.

Solo dolore. Rimpianti.

Amy allungò una mano sul tavolo e la posò su quella del padre.

«Va tutto bene papà», sussurrò.

Lui la guardò negli occhi. I suoi erano pieni di lacrime. Amy non aveva mai visto suo padre piangere, nemmeno al funerale della madre.

«Mi dispiace così tanto per quello che ti ho fatto. Brucerò all'inferno per aver chiuso una ragazzina nel fienile ed essermi dimenticato di lei. Ma se tu fossi morta là dentro, io...».

Scoppiò a piangere e si accasciò sul tavolo, coprendosi il viso con le mani. Amy spostò la sedia vicino a lui e gli mise un braccio intorno alle spalle. Lo sentì tremare sotto la mano che gli aveva posato sulla schiena. Premette la testa contro la sua. Anche lei aveva il viso rigato di lacrime, ma non le importava.

Le bruciava il viso, le sanguinava il cuore e aveva lo stomaco sottosopra.

Piansero insieme.

Piansero per la madre, morta troppo presto. Per l'uomo che il padre era stato un tempo e che era morto con lei. Per la ragazzina che aveva rinchiuso nel fienile. Per gli anni che avevano perso, gli anni in cui lei aveva rifiutato i tentativi di suo padre di contattarla.

Per le vite spezzate che avevano vissuto e per la vita spezzata che Amy aveva avuto. Per il poco tempo che gli rimaneva.

Dopo un po', le loro lacrime si asciugarono e si sedettero così, stretti l'uno contro l'altra.

Suo padre voleva che lo perdonasse, Amy lo sapeva. L'aveva voluto per anni.

Ma lei non era riuscita a farlo. Era stata solo capace di distrarsi per non pensarci più.

Forse si era comportata come Craig. Incapace di perdonare. Incapace di dimenticare.

Ma adesso ne era capace, si rese conto, perché aveva ritrovato la ragazza che aveva perso nel vecchio fienile.

«Ti perdono, papà», gli sussurrò.

Lui addrizzò la schiena e la guardò con gli occhi gonfi e arrossati. «Mi perdoni?»

«Sì, ti perdono. Tutto quello che è successo mi ha resa la persona che sono adesso. È parte di me. Mi fa essere brava a ritrovare le persone. Le aiuto, salvo loro la vita, le riporto dai loro cari».

«Sono così fiero di te. Ero malato. Se non avessi bevuto, non avrei mai...».

«Lo so. Va tutto bene. Vorrei che tu avessi avuto la forza di non bere. Vorrei non aver avuto paura dei mostri. Abbiamo fatto entrambi del nostro meglio, date le circostanze».

Lui annuì.

«Grazie per la comprensione. Grazie per avermi perdonato. Non sai quanto significhi per me, Amy. Per tutti questi anni sono stato divorato dai sensi di colpa. Non mi rimane molto tempo, sai. E il tuo perdono è il dono più grande che mi potessi fare».

Lei trovò la forza di sorridere.

«È un dono anche per me», gli disse.

Sedettero in silenzio per un po', cercando di abituarsi a quella nuova realtà, in cui non ci sarebbe stato più rancore e le parti perdute di entrambi sarebbero tornare a vivere.

«E adesso?», le chiese suo padre. «C'è un uomo nella tua vita?».

Amy sospirò, il ricordo di Craig risvegliò un dolore sordo. «Più o meno. Ma io... ho pensato che fossimo incompatibili perché non riuscivo a essere felice in una relazione. Il mio matrimonio non ha funzionato, mi sentivo in trappola. E non pensavo che un giorno avrei incontrato qualcuno con cui mi sarei sentita me stessa».

«Invece è successo?»

«Sì. Credo di sì».

«E non state insieme?»

«No. Abbiamo rotto. Ma adesso... Non lo so, qualcosa è cambiato in me».

La verità era che, guardando suo padre, aveva pensato che non voleva finire come lui, pieno di rimpianti negli ultimi anni della sua vita. Aveva perso la moglie, il suo grande amore, e questo lo aveva distrutto. E se Amy avesse passato tutta la vita lì, distrutta e piena di rimpianti come lui?

La riconciliazione con il padre aveva cambiato le cose nella sua anima. Non aveva più paura dei luoghi chiusi. Non aveva più paura di parlare con lui. Il perdono aveva aperto degli spazi dentro di lei che aveva chiuso molti anni prima. E quello che vi aveva trovato non faceva paura.

La guarigione.

Il coraggio.

L'accettazione di sé.

Come le aveva detto Craig. *Avete perso voi stessa in quel fienile... Dovete prima ritrovare voi stessa.*

Bene, l'aveva fatto, finalmente. Adesso, dopo aver parlato con suo padre, aveva ritrovato la ragazza che aveva perso.

E si sentiva completa. Forte. Amata.

L'unica cosa che mancava era l'uomo di cui era innamorata.

«Sì, lo penso anche io. E lui ti merita?»

«Oh sì. È l'uomo più gentile e forte che conosca. Ti piacerebbe».

«Forse un giorno ci incontreremo. Scusami, non voglio insistere. Dipende da te».

Amy sorrise. «Mi piacerebbe, ma vive in Scozia».

Gli occhi di suo padre si illuminarono. «In Scozia? Torni alle origini allora, Amy. Sei scozzese in tutto e per tutto».

«Non ne sono sicura». Ridacchiò. «Probabilmente lui non sarebbe d'accordo».

«Ti ama?»

«Sì. Mi ama. Ha solo paura di impegnarsi. Ne avevo anch'io.

Ma adesso non più. E penso di potergli far capire che non deve averne neanche lui».

Si immaginò con Craig. Vivere con lui nelle Highlands, esplorare insieme le montagne. La famiglia che avrebbero avuto. Sarebbe stato un padre stupendo. Non avrebbe mai fatto del male a lei o ai loro figli. Li avrebbe protetti.

Sarebbe stata una vita dura, nel passato, certo. Una vita di duro lavoro e senza le comodità e le medicine moderne.

Ma quello non la spaventava. Avrebbe preso ogni giorno come un'occasione per stare con Craig più a lungo possibile.

Sospirò.

Stava pensando di tornare da lui?

Non ci stava solo pensando. Aveva deciso.

Nonostante le avesse detto di non poter stare con lei, sarebbe tornata da lui. Gli avrebbe fatto capire. Sarebbe rimasta al suo fianco e alla fine lui si sarebbe reso conto che lei non gli avrebbe più mentito. Che era leale.

Sì, aveva solo bisogno di farglielo capire.

Lui aveva bisogno di tempo per potersi fidare di lei.

Glielo avrebbe concesso.

E se non fosse riuscito comunque a fidarsi e a perdonarla, almeno lei avrebbe saputo di aveva fatto del proprio meglio. Sarebbe tornata nel futuro senza rimpianti.

«Bene», le disse suo padre. «Magari allora riuscirete a riconciliarvi».

«Sì, forse ci riusciremo», gli rispose.

Gli prese la mano tra le sue e la strinse. Strano che fosse stato suo padre, l'uomo che aveva incolpato per le proprie sciagure per tutta la vita, ad averle dato le risorse più grandi.

Perdono. Forza. E coraggio.

CAPITOLO 37

AMY GUARDÒ LA CORTE INTERNA VUOTA, LE TORRI DIROCCATE, le mura in rovina. Non c'erano il fossato, la cucina, la sala grande. Non c'era la stalla in cui lei e Craig avevano fatto l'amore per la prima volta. La torre dei Comyn era di nuovo un moncone. C'era silenzio, solo il vento faceva frusciare i rami spogli degli alberi.

Gli odori del castello in attività erano spariti. Come le persone che aveva conosciuto. Craig. Owen. Hamish. Fergus. Elspeth.

Si chiedeva se le rocce conservassero il ricordo di tutto quello che era accaduto da allora. Le persone che vi avevano vissuto. Amato. Combattuto. E vi erano morte.

Amy sistemò lo zaino. Era pesante, pieno di medicine, un binocolo e altri strumenti utili per la ricerca e il soccorso, libri di fitoterapia e su come fare molte cose utili, tipo la carta. E assorbenti. Molti, molti assorbenti.

Jenny aveva insistito che Amy ne portasse il più possibile. Ragazza intelligente. Come avrebbe fatto senza di lei? Le si strinse il cuore pensando alla sorella, all'idea che non si sarebbero viste mai più. Per Jenny era stato difficile lasciarla andare, e lei si sentiva ancora in colpa per averla abbandonata a prendersi cura del padre da sola. Le aveva intestato la casa e tutti i suoi beni, così avrebbe potuto venderli se avesse voluto. Avevano pianto per ore.

«Faccio ancora fatica a crederci», aveva detto Jenny tra le lacrime.

«Immagina che io sia in un paese straniero senza telefono, senza email, senza possibilità di comunicare».

«Sarà come se fossi morta!», aveva singhiozzato Jenny.

«No, no! Avrò una vita stupenda con un uomo che mi renderà molto felice. Quella che non potrei avere qui».

La sorella aveva sospirato e l'aveva abbracciata. «Sei pazza. Ma ti voglio bene lo stesso».

Si erano dette addio, e Amy aveva visto ancora dei dubbi negli occhi di Jenny, quando le aveva lanciato un'ultima occhiata dalla fila per il controllo bagagli dell'aeroporto.

Amy aveva l'affanno. Non perché aveva camminato, ma perché entro pochi minuti, se tutto fosse andato bene, avrebbe visto l'uomo con cui doveva stare.

«Ve l'avevo detto, non avevate ancora incontrato quell'uomo», disse una donna accanto a lei. Amy voltò la testa di lato.

Ma certo.

Sorrise. «Ciao, Sìneag».

«Salve, mia cara. Vedo che vi siete decisa a tornare».

«Già. Mi sono decisa».

Sìneag si voltò, afferrò la mano di Amy e la strinse. «Sono molto felice che lo abbiate fatto! Oh, voi e Craig siete una splendida coppia».

«Lo siamo?»

«Oh *aye*, ragazza. E sono così colpita dal fatto che abbiate trovato il coraggio di cambiare. Adesso potete vivere una vita piena, all'altezza delle vostre potenzialità».

Amy sorrise. L'energia positiva di quella donna era contagiosa, come una fonte di gioia.

«Chi sei, Sìneag? Di certo, non solo una guida turistica».

Sìneag scosse la testa. Quando sorrideva le si formavano delle piccole rughe attorno agli occhi.

«Se ve lo dico, manterrete il segreto?»

«Certo. Ma ti avverto. Lo dirò a Craig. Se mai vorrà di nuovo parlare con me, chiaro».

«*Aye*. Mi fido di Craig».

«Quindi?».

Sìneag sospirò. «Sono quella che voi chiamate una fata. Si può dire che io viaggi nel tempo, come voi».

Amy sollevò le sopracciglia, incerta se crederle, ma la ascoltò senza pregiudizi nonostante tutto. In fin dei conti, se era possibile viaggiare nel tempo, potevano esistere anche le fate.

«Ero qui quando i Pitti incisero le pietre», continuò Sìneag. «In effetti, fui io a dare loro l'idea. Sono una romantica senza speranze, forse ve ne sarete accorta».

«Sì». Amy ridacchiò. «Ma perché mi stai aiutando?».

Sìneag sospirò. «Non sono umana, vedete. Non avrò mai quello che potete avere voi: l'amore. Non c'è nessuno per me, *nae*». Fece un sorriso triste. «Quindi, visto che non posso amare, ho deciso di aiutare gli esseri umani. Non ci sono spesso coppie che posso rendere felici, non tutti sono come voi, pronti ad attraversare il tempo per l'uomo che amano. Ma quelli che lo fanno...».

«Vivranno per sempre felici e contenti?».

Sìneag rise. «Fino a che resteranno aperti all'amore e all'altro, avranno di certo tutte le possibilità di farlo».

«Bè, la vita va avanti, giusto?»

«Giusto, mia cara».

In un impeto improvviso di gratitudine e affetto, Amy si voltò e abbracciò Sìneag. Sentì un profumo fresco e naturale di erbe, lavanda e alberi.

«Grazie», le disse. «Craig potrebbe non volermi più, lo so. Farò tutto quello che posso per fargli cambiare idea. Ma qualsiasi cosa accada, grazie». La guardò negli occhi, verdi ed eterni. «Mi hai aiutata a trovare l'amore della mia vita. E a vivere un'incredibile avventura. E a cambiare. Non lo dimenticherò mai».

Gli occhi di Sìneag si riempirono di lacrime, sul suo viso si dischiuse un grande sorriso dolce.

«*Aye*, ragazza. È stato un piacere. E adesso andate a riprendervi il vostro uomo».

CAPITOLO 38

CRAIG LASCIÒ LA MONETA D'ARGENTO SUL TAVOLO DELLA bottega.

«Aye, mio signore, molto obbligato», disse Fingal, il carpentiere.

Era un uomo possente, non molto più vecchio di Craig, con un viso intelligente e grandi mani ruvide per il lavoro.

«Vi ringrazio», disse Craig. «E una volta che il letto sarà fatto, vi sarei grato se voleste occuparvi del tetto della sala grande».

Quello che Craig intendeva era: una volta che il letto sarà fatto bene. Anche se, a giudicare dalla bella e solida mobilia della casa, il carpentiere era un maestro nel proprio lavoro.

Owen rise. «Te l'avevo detto che c'era della brava gente al villaggio».

«*Aye*, lo so». Craig lanciò un'occhiata a Fingal. «Ma non si è mai troppo cauti».

«Non avete niente da temere da me, mio signore», gli rispose l'uomo. «Tutto quello che voglio è un lavoro onesto per sfamare la mia famiglia».

Craig annuì. La moglie di Fingal tolse il pane dal forno proprio in quel momento. Il profumo faceva venire l'acquolina in bocca. Due bambini e una bambina erano rannicchiati sul piccolo letto nell'angolo e guardavano timidamente Craig.

«I Comyn non torneranno», disse Craig. «Dobbiamo andare avanti, abituarci alla nuova situazione. Tutti. Me compreso».

«*Aye*. Il letto sarà pronto tra due settimane».

Craig annuì e si salutarono. Lui e Owen uscirono e percorsero le strade del villaggio.

Era una giornata fredda, ma soleggiata. I bambini giocavano all'aperto, correvano e gridavano. L'aria era frizzante e odorava di neve fresca, che copriva il terreno con uno strato sottile.

«Letto nuovo?», disse Owen. «Donna nuova, allora? Posso presentarvela».

Craig ridacchiò. «*Nae*. Nessuna donna. Non sopporto quel letto, non ci posso dormire. Quando lo guardo, vedo Lachlan. Mi ricorda Hamish e Amy. Il mio errore».

Come se avesse bisogno di qualcosa che gli ricordasse Amy. Pensare a lei era come respirare con una costola rotta. Necessario per vivere.

Ma doloroso.

Quindi il letto se ne doveva andare. In verità lui e Amy non ci avevano neppure mai fatto l'amore. Gli ricordava soltanto dolore e sofferenza. Era tempo di ricominciare. Insieme agli abitanti del villaggio.

Aveva nutrito molti sospetti verso di loro. Ma era pronto a fidarsi di più. Owen aveva ragione. Doveva aprirsi con le persone. Inoltre, se qualche abitante del villaggio fosse stato in contatto con i Comyn o con i MacDougall, sarebbe stato più facile venirne a conoscenza se fosse stato più vicino alla gente. Avrebbe persino potuto chiedere a quelli di cui si fidava di avvertirlo se avessero sentito qualcosa di sospetto. Li avrebbe conquistati con la gentilezza. Di certo non trattandoli come dei nemici.

«Quale errore?», chiese la voce più dolce del mondo.

Lui si voltò, lo stomaco in subbuglio, la gola chiusa.

E lei era lì, con la sua strana giacca verde scuro del futuro. Aveva i capelli raccolti in un ciuffo dietro la nuca, che lasciava scoperti il bel viso e il collo. I grandi occhi azzurri erano luminosi e adorabili come non ti scordar di me, le guance rosee per il freddo, le labbra atteggiate in un timido, dolce sorriso che era pronto a baciare per l'eternità.

La gente intorno a loro si fermava a guardarli, ma Craig riusciva a vedere solo lei.

«Siete davanti a me?», le chiese.

Di certo, era uno scherzo della sua immaginazione. Come avrebbe potuto essere lì, altrimenti?

«Sì, sono qui».

Allungò una mano e lo toccò. La sensazione fu così scioccante che si sentì come se fosse stato colpito da una forza potente. Ma non percepì nessun dolore. Invece, tenerezza e amore si diffusero in lui.

«Perché?». Non riusciva a trovare le parole giuste. «Avete dimenticato qualcosa?».

Non avrebbe potuto dire niente di più stupido. Del resto, era un idiota.

«Intendo...», iniziò a dire.

«Sì, ho dimenticato qualcosa». Rise, il suono di un ruscello in primavera, alimentato dalla neve che si scioglie sulle montagne.

Craig cercò di deglutire, ma aveva la bocca secca. «Cosa avete dimenticato?»

«Ho dimenticato di dirti che non ho intenzione di andare da nessuna parte, se tu non vieni con me o io con te. E se adesso non ti fidi di me, lo farai. Resterò qui, cucinerò, pulirò e farò tutto quello che devo, fino a che non comincerai a credere che nessuno ti sarà più fedele di me. Tua moglie».

Gli girava la testa e si sentiva confuso come se avesse bevuto diverse coppe di *uisge*. Era tornata. E sembrava che volesse restare. Sembrava che non avesse intenzione di andare da nessuna altra parte.

«Quindi siete tornata?»

«Sono tornata. Perché ti amo e il mio posto è qui accanto a te. E te lo dimostrerò, costi quel che costi».

Craig rise. «Non mi dovete provare niente, ragazza. Sono stato un pazzo a lasciarvi andare. Non avrei dovuto. Vi voglio con tutto me stesso, se voi mi volete».

«Oh, Craig», sussurrò lei.

Lo baciò e lui la prese tra le braccia, attirandola più vicina a sé. Respirò il suo profumo, di legno ed erba, di natura, fiori e primavera. E di lei. Aveva un sapore divino, come ricordava. Con i corpi e le lingue intrecciati, la baciò senza remore, come se fosse la prima e l'ultima volta.

Perché forse era così.

«Non vi lascerò andare via mai più», mormorò contro le sue labbra. «Spero che non sembri che voglia chiudervi di nuovo da qualche parte».

«Puoi chiudermi dove e quanto vuoi», gli rispose. «A patto che tu sia con me, nella stessa stanza, nudo».

«Oh, *aye*, fanciualla. Allora consideratevi mia prigioniera».

E mentre la baciava di nuovo, circondato dai sospiri lieti degli abitanti del villaggio, pensò di non essere mai stato più felice.

EPILOGO

Amy versò la salsa sul cinghiale che stava arrostendo sullo spiedo. Il fuoco sibilò e la cucina si riempì di un profumo da far venire l'acquolina in bocca. Aveva sempre fame a causa della gravidanza. Ma non aveva le nausee come la maggior parte delle donne.

Era affamata.

Di continuo.

Lanciò un'occhiata alla cucina in piena attività alle sue spalle. Le cuoche e le servette stavano affettando le verdure e impastando il pane. Nessuno faceva caso a lei. Prese un coltello e tagliò un pezzetto di carne, ci soffiò sopra e se lo mise in bocca.

Si scottò un po' la lingua, ma lo masticò chiudendo gli occhi, in estasi.

Oh-oh. Sarebbe stato meglio uscire dalla cucina prima di rovinare il cibo per il banchetto e fare una pessima impressione su suo suocero.

«È tutto stupendo, squadra!», disse.

Gli addetti alla cucina le risposero con un grido di giubilo.

«Non vi preoccupate, ragazza», disse Fergus alzando lo sguardo dal pesce che stava pulendo. «Il banchetto sarà un successo».

Lei sorrise «Grazie, Fergus».

Poi uscì e fu avvolta dall'aria estiva, calda e satura del profumo di fiori. Nella corte interna i tavoli e le panche, che erano stati portati fuori dalla sala grande, erano decorati con mazzi di fiori selvatici e coperti di piatti con pane e formaggio. C'era un gran chiacchierio e una lira suonava in sottofondo. La porta del castello era spalancata.

Lei e Craig avevano deciso di organizzare il banchetto all'aria aperta, per godere dell'estate e perché così avrebbero potuto ospitare più gente. C'erano il clan Cambel al completo, come pure gli abitanti del villaggio di Inverlochy e alcuni rappresentanti dei clan alleati che non erano essenziali alla guerra.

Il castello era stato riparato e adesso era pronto ad affrontare qualsiasi cosa. Robert Bruce si era ripreso dalla malattia ed era riuscito ad annientare il clan Comyn a est, il suo più grande nemico dopo gli Inglesi. Grazie a questo, i Cambel erano potuti tornare a ovest per un breve periodo e partecipare al raduno del clan.

Craig prese la mano di Amy, la fece ruotare su sé stessa e le cinse la vita con le braccia.

«Dove state andando così di fretta?» La baciò, facendole tremare le ginocchia e stringere lo stomaco per l'euforia.

Lei gli accarezzò il petto con entrambe le mani, affondando la bocca in quella deliziosa di Craig.

«A cercarti», gli rispose.

«Oh, *aye*? Mi avete trovato. Venite con me. Voglio fare un annuncio».

Rise mentre lui la prendeva per mano e la tirava dietro di sé. Si sedettero al tavolo d'onore del signore e della signora del castello. Vicino a loro sedevano Dougal, Owen, Domhnall, Marjorie, il figlio undicenne di lei, Colin, e Lena.

Amy aveva già conosciuto Marjorie, che era arrivata due

giorni prima, e le due si erano capite al volo. Marjorie non era una donna chiacchierona e vivace, ma c'era qualcosa di gentile e dolce in lei. Lena era una giovane molto graziosa, felicemente sposata con un MacKenzie su al nord.

Guardandosi intorno, Amy sentì il calore della sua nuova famiglia. L'avevano accettata tutti. Owen le era piaciuto fin dal principio e, avendo trascorso parecchio tempo insieme negli ultimi quattro mesi, si erano avvicinati molto. Apprezzava il suo senso dell'umorismo e la sua leggerezza, e scherzavano volentieri.

Era ancora un po' cauta con Dougal, suo suocero, nel modo in cui si rispetta un grande condottiero.

Nessuno di loro sapeva che lei aveva viaggiato nel tempo, solo Owen e i quattro guerrieri che avevano sentito la sua confessione nel magazzino sotterraneo. Ognuno aveva giurato sulla propria vita di mantenere il segreto. Craig si fidava di loro, e questo diceva molte cose. Avevano raccontato a tutti che lei era una lontana cugina del capo dei MacDougall, che portava lo stesso nome della figlia e che non aveva corretto la loro supposizione per proteggersi durante l'assedio. Era cresciuta in Irlanda e non aveva mai incontrato i MacDougall scozzesi, ma uno dei suoi parenti era amico dei Comyn. Di certo, da allora, Dougal aveva delle riserve su di lei, e lei era ansiosa di piacergli e di farsi perdonare.

«Amici, familiari», disse Craig, e il brusio si acquietò. «Voi tutti sapete il motivo per il quale siamo qui riuniti. Per vedere la mia famiglia e salutarla, perché io e mia moglie ci sposteremo nella tenuta di Loch Awe. Ma c'è un'altra ragione per cui volevamo avervi qui. Per annunciarvi che mia moglie aspetta un bambino».

La corte interna risuonò di applausi e felicitazioni. Tutti brindarono alla loro salute. Dougal si alzò, diede una pacca sulla spalla al figlio e lo abbracciò. Poi andò da Amy, con gli occhi che brillavano, le posò entrambe le mani sulle spalle e la tenne così, con le braccia tese.

«Ragazza», le disse. «Congratulazioni. Non potrei essere più felice per voi».

«Davvero?».

Le sorrise. «Penso di non avervi dato il benvenuto in famiglia che meritavate. So che avete dovuto mentire all'inizio. Ma mi fido dei miei figli, Craig e Owen, che pensano entrambi grandi cose di voi. Quindi confido che siate una persona buona e che sarete una brava madre per i miei nipoti, che continueranno il clan Cambel».

La gioia sbocciò nel petto di Amy. «Grazie, Dougal», gli rispose. «Significa molto per me. Davvero. Non ho molti rapporti con mio padre, quindi sono lieta di averne trovato uno qui».

Lo abbracciò, cogliendolo di sorpresa. Lui le diede un abbraccio da orso, stritolandole quasi la gabbia toracica.

«*Aye*, ragazza, potrete sempre contare su di me».

La lasciò andare e le strinse di nuovo le spalle, prima di tornate al tavolo, buttare giù dell'*uisge* e manifestare di gradirlo con un gemito roco.

Fu la volta di Marjorie, con i lunghi capelli scuri raccolti in una treccia e gli occhi verdi che brillavano. Colin era al suo fianco, alto e magro, ma con le spalle già larghe. Aveva i capelli scuri di Marjorie, una folta e lucente criniera con la frangia che gli copriva la fronte e sfiorava gli occhi verdi leggermente obliqui, orlati da folte ciglia nere. Il ragazzo aveva una spada di legno alla cintura e Amy lo aveva visto usarla giocando con Owen.

Erano nel Medioevo, e poiché Colin era nato fuori dal matrimonio, Marjorie era una peccatrice agli occhi della Chiesa e della società. A lei e alla sua famiglia non importava, perché sapevano bene che non era stata una sua scelta. E di certo non importava a Amy.

«Sono così lieta per voi», le disse, stringendole la mano. «Non vedo l'ora di conoscere il mio futuro nipote o la mia nipotina».

«Grazie, Marjorie». Amy ricambiò la stretta. «È quello che avrebbe detto mia sorella, Jenny».

«Oh, *aye*, mi dispiace che non sia con voi».

«Spero che potremo venire presto a trovarvi a Glenkeld», le rispose.

«*Aye*, sarebbe bellissimo». Guardò Colin, che giocherellava con l'elsa della spada di legno. «A Colin piacerebbe avere un cuginetto, non è vero, ragazzo?».

Colin sorrise raggiante a Amy, con gli occhi verdi che brillavano. «Spero sia un bambino e che ce lo affiderete. Gli insegnerò a combattere con la spada e a tirare con l'arco. Andremo a caccia insieme».

Amy gli arruffò i capelli. «Certo, Colin. Non potrebbe avere un maestro migliore».

«*Aye*. Mamma mi ha insegnato a tirare di spada e con l'arco, e non c'è miglior maestro di lei. Quando nonno e gli zii andranno a combattere per Bruce, io e mamma resteremo al castello di Glenkeld e lo difenderemo da chiunque».

Marjorie sollevò le sopracciglia e scambiò uno sguardo d'intesa con Amy. «Spero che non ci attacchi nessuno, Colin. Il re sarà ad ovest e tutto il movimento sarà lì».

Colin sospirò.

«Non vi preoccupate, ragazzo, arriverà anche per voi il momento di essere un forte guerriero. Coraggio, andate a congratularvi con vostro zio».

Colin andò ad abbracciare Craig e Marjorie proseguì. «Oddio, spero che nessuno venga a sapere che sono l'unica Cambel rimasta nel castello. Ma se pensano che una donna non sappia difendere la propria casa e il proprio figlio, avranno una sorpresa davvero sgradita».

Amy annuì, colpita dal carattere e dalla determinazione di Marjorie, anche se, quando la cognata andò ad abbracciare Craig, scorse un lampo di paura e di incertezza nei suoi occhi. Era probabile che si stesse mostrando più coraggiosa di quanto si sentisse in realtà.

Gli altri si congratularono con loro e continuarono tutti a bere. La musica e il brusio ripresero e Craig le mise un braccio attorno alle spalle.

Si sentiva protetta. Si sentiva completa. Si sentiva sé stessa.

«Ti va di allontanarti per un momento?», gli chiese. «Sembra che non abbiano bisogno di noi per divertirsi».

«*Aye*, Amy, quando volete», disse. «Volete andare nella stalla?».

Lei rise. «No. Vieni, prendiamo una boccata d'aria sulle mura. La vista delle montagne deve essere bellissima oggi».

«*Aye*, mia cara».

Salirono sulle mura dalla torre occidentale, da dove potevano vedere il sole tramontare sulle montagne. Le Highlands erano verdi e rigogliose adesso e i riflessi del sole facevano brillare il fiume Lochy di rosso e arancio.

La vista toglieva il fiato, ma non quanto l'uomo in piedi accanto a Amy. I suoi occhi, più intensi che mai, le accesero il fuoco nelle vene, guardandola con un calore che avrebbe sciolto un iceberg. Si mise dietro di lei e la abbracciò, posandole le mani sul ventre ancora piatto, poi le baciò il collo.

«Non sei triste di lasciare questo posto?», gli chiese lei.

«La vista dalla vostra finestra non sarà molto peggiore di questa, ragazza. *Aye*, non sarà un castello, ma una casa».

«Sarei felice con te anche se vivessimo in una grotta».

Lui rise. «Farei di una grotta un castello per voi. Sapete che non vi farò mai mancare niente».

«Lo so. So anche che non mi sono mai sentita più felice in tutta la vita, o più completa».

«Anche se siete nata tra diverse centinaia di anni? Non vi manca il vostro tempo?»

«Non mi è mai importato molto delle comodità. E non ho mai sentito di appartenere ad un posto tanto quanto mi succede qui, con te. Potremmo essere mille anni indietro, nel passato, o mille anni avanti, nel futuro. Tu sei la mia casa».

«E voi siete la mia», le rispose.

Poi la baciò. E lei affondò nel calore della bocca e delle mani del suo uomo.

Con lui non si sarebbe mai sentita in trappola, persa e abbandonata.

Ma il suo cuore sì, era suo prigioniero.
E non c'era prigione più dolce.

FINE

VI È PIACIUTA LA STORIA DI CRAIG E AMY? *LEGGETE LA storia di Marjorie e Konnor, Il segreto dell'highlander.*

Potete trovare l'epilogo bonus della storia di Amy e Craig qui: https://mariahstone.com/epilogobonus/

GLOSSARIO

aye – sì

birlinns – imbarcazioni delle Highlands occidentali

Borderlands – zona di confine tra Scozia e Inghilterra

Cruachan – grido di battaglia del clan Cambel

claymore - spada scozzese a due mani

cuach – coppa a due manici, detta coppa dell'amore, in quanto bere tenendo ciascuno un manico è una dimostrazione di fiducia e condivisione

handfasting – antica tradizione Celtica del matrimonio di prova per un anno e un giorno

kelpie – spirito acquatico del folklore scozzese, che assume tipicamente la forma di un cavallo e si diverte a far annegare i viaggiatori

léine croich – giaccone di guerra lungo fino al ginocchio di cuoio, lino o canapa, plissettato e a volte imbottito come protezione

nae – no

uisge-beatha (uisge in breve**)** – Scozzese Gaelico per acqua della vita o acquavite, la bevanda distillata antenata del whiskey

ALTRI LIBRI

AL TIEMPO DEGLI HIGHLANDER

Sìneag (GRATIS)

La prigioniera dell'highlander

Il segreto dell'highlander

Il cuore dell'highlander

L'amore dell'highlander

Il Natale dell'highlander

Il desiderio dell'highlander

Il voto dell'highlander

La sposa dell'highlander

Il tutore dell'highlander

La richiesta dell'highlander

Il destino dell'highlander

In inglese:

CALLED BY A VIKING SERIES (TIME TRAVEL):

One Night with a Viking (prequel) — lese jetzt gratis!

The Fortress of Time

The Jewel of Time

The Marriage of Time

The Surf of Time

The Tree of Time

A CHRISTMAS REGENCY ROMANCE:

Her Christmas Prince

VOI SIETE INVITATI

Iscriviti alla mailing list su mariahstone.com per ricevere i bonus esclusivi, le notizie dall'autrice, gli annunci delle nuove pubblicazioni e rimanere sempre informata sui giveaway, gli scoop e le promozioni sui libri in vendita – e molto altro!

Iscriviti all'exclusive Facebook author group di Mariah Stone per leggere le anteprime dei libri, partecipare ai giveaway esclusivi e interagire direttamente con l'autrice.

COME HO SCRITTO QUESTO LIBRO

Questo libro, in realtà l'intera serie *Al tempo degli Highlander*, è stata ispirata da voi, mie lettrici. Quando vi ho chiesto di cosa avreste voluto che scrivessi nei libri seguenti, la risposta più frequente è stata: un romance sui viaggi nel tempo all'epoca degli Highlander. Fin dai tempi di *Outlander* anch'io ho sempre voluto scrivere un racconto su quegli scozzesi pieni di muscoli.

Per me, uno dei periodi più affascinanti della storia scozzese è la Prima guerra di indipendenza. La storia di Robert Bruce è straordinaria. Lui è stato un uomo straordinario, a giudicare da quello che ha fatto. Fu annientato da Edoardo I nel 1306, ma già nel 1307 cominciò a rialzarsi. Proprio come Davide contro Golia, quasi senza un esercito, senza soldi e senza speranze.

Cominciò a rialzarsi grazie agli highlander che lo sostennero nonostante tutto: i Cambel (Campbell è la grafia moderna). E alla fine del 1308 sconfisse i suoi nemici scozzesi, i MacDougall, i Comyn e il conte di Ross. L'Inghilterra, ormai guidata da Edoardo II, fu distratta da altri accadimenti politici, che permisero a Bruce di tirare il fiato.

Quando si scrive un romance sui viaggi nel tempo, alcuni temi molto amati sono difficili o persino impossibili da usare. Uno di questi è *da nemici ad amanti*. Di solito il personaggio che viaggia nel tempo è un completo outsider e non ha rapporti o relazioni con le persone che vivono nel passato.

Ma ho voluto accettare la sfida e penso di aver trovato uno dei pochi casi in cui il personaggio che viaggia nel tempo può essere un nemico degli abitanti del posto. Ho adorato scrivere ogni singola pagina. Per me la ricerca è uno degli aspetti più interessanti del lavoro di scrittrice. Mi è piaciuto documentarmi su come gli agenti di ricerca e soccorso rintracciano le persone, sulla guerra e soprattutto sulle tradizioni scozzesi.

Spero che questo libro vi piacerà e che aspetterete insieme a me il prossimo episodio della serie, perché mi avete ispirato così tante idee fantastiche che non vedo l'ora di farvi sapere di più!

Con affetto,
  Mariah

RECENSIONE

Lasciate una recensione onesta del libro, grazie.

Anche se mi piacerebbe, non ho le risorse economiche degli editori di New York per pubblicizzare i miei libri sui giornali o per mettere dei poster nella metropolitana.

Ma ho qualcosa di molto, molto più potente!
Delle lettrici devote e fedeli!
Se il libro vi è piaciuto, vi sarei grata se voleste impiegare cinque minuti del vostro tempo per scrivere una recensione sulla pagina Amazon del libro.

Grazie di cuore!

L'AUTORE

Quando non è impegnata a scrivere di donne moderne e forti che attraversano il tempo e cadono tra le braccia di vichinghi, highlander e pirati sexy, la scrittrice di romance sui viaggi nel tempo Mariah Stone rincorre la sua bambina e trascorre delle serate romantiche sul Mare del Nord con suo marito. Mariah parla sei lingue, adora Outlander, il sushi e il cibo tailandese e conduce un gruppo locale di scrittori. Iscriviti alla newsletter di Mariah e ricevi subito un libro gratuito sui viaggi nel tempo!

facebook.com/mariahstoneauthor

instagram.com/mariahstoneauthor

bookbub.com/authors/mariah-stone

pinterest.com/mariahstoneauthor

amazon.com/Mariah-Stone/e/B07JVW28PJ